보이차에 관해 알아야 할 모든 것

쉽게 정리한 보이차 사전事典

보이차에 관해 알아야 할 모든 것

쉽게 정리한 보이차 사事典典

신광헌 지음

이른아침

서문

복잡하지만 매력적인 보이차의 세계로

여행을 즐기는 어떤 사람이 내게 이런 말을 한 적이 있다. "복잡하게 할 수 있는 일은 그대로 복잡하게 해야 재미가 있다. 간단하게 하면 곧 매력을 잃는다." 이 말은 매우 충격적이었다. '모두들 복잡한 일을 간단하게 하려고 하는 시대에 저런 생각을 가진 사람도 있구나' 싶고, 어떤 면에서는 그런 유연한 사고가 부럽기도 했다.

사고방식은 아니지만 차를 즐기는 입장에서 중국이라는 나라에 대해 부러운 점이 하나 있다. 바로 아주 다양한 종류의 차가 있다는 것이다. 검인증을 거쳐 등록된 국가급 혹은 성(省)급 우량 차나무 품종만 해도 무려 600여 가지나 된다. 여기에 더해 각 지역마다 전해 내려오는 재래품종까지 합한다면 수 천 가지가 넘어간다. 수 천 가지의 차나무 품종이 있다는 것은 수 천 가지의 차를 만들 수 있다는 뜻이다. 품종도 많고 지역마다 만드는 차의 종류도 다양하다 보니 차를 분류하는 것도 보통 일이 아니다. 그래서 중국에서는 생산되는 차를 크게 여섯 가지 종류로 나누어 분류한다. 가공 방법과 품질을 비교하여 '녹차, 황차, 청차, 백차, 홍차, 흑차' 이렇게 여섯 개의 큰 카테고리로 나누었다. 이것이 바로 육대차류 분류법이라고 부르는 구분법이다. 녹차라는 카테고리를 열고 들어가면 그 안에 다시 수십, 수백 가지의 차가 있다. 홍차, 청차도 마찬가지다. 몇 년 동안 하루에 한 가지 종류의 차를 마셔도 끝이 안 보일 만큼 많다. 이렇게 다양한 중국차 중에서 복잡하지만 가장 매력적인 차를 꼽아보자면 고민할 필요 없이 보이차라고 말하고 싶다.

현재 우리나라에서 가장 인기 있는 중국차 역시 보이차라고 해도 과언이 아니다. 각종 예능 프로그램에서 인기 연예인들이 보이차를 마시는 장면이 심심치 않게 나오고 인터넷 쇼핑몰에서는 여러 형태의 보이차 제품을 쉽게 구할 수 있다. 하지만 이제 막 입문하려고 하는 사람에게 보이차는 어렵기만 하다. 보이차를 오래 마셔온 사람들과 대화를 하다 보면 도통 무슨 말인지 알 수 없는 용어의 향연을 맞이하게 된다. 예를 들어보자. 보이차는 발효를 하지 않고 완제품으로 만들면 생차, 발효를 거치면 숙차로 나뉜다. 생차나 숙차도 제품의 형태에 따라서 산차, 병차, 긴차, 전차 등의 이름으로 부른다. 여기까지만 해도 서서히 머리가 아파진다. 하지만 아직 더 있다. 보이차는 오랜 기간 저장하면서 마실 수 있는 차다. 만든 지 얼마 안 된 차는 신차, 오래된 차는 노차라고 부른다. 최근에는 그 중간 단계를 중기차(中期茶)라고 부르기도 한다. 예전에는 없던 용어다. 저장하는 곳의 환경에 따라서 건창, 습창으로도 나눈다. 대략적으로 살펴봐도 다른 어떤 차보다 복잡하다.

보이차가 처음부터 이렇게 복잡한 성격을 가진 것은 아니었다. 주로 홍콩에서 소비되었던 시절에는 쓰고 떫은 맛을 없애기 위해 묵혀서 마시는 저렴한 차가 보이차였다. 다루(茶樓)에서 공짜나 다름없는 저렴한 가격으로 물처럼 제공했다. 노동자들은 갈증이 날

때 보이차를 마셔 갈증을 없앴다. 단순했고 그저 생차와 숙차의 구분만 있었다. 그러다가 90년대 중후반 대만 사람들에 의해 보이차는 지위가 변한다. 당시 저장 기간이 필요하고 소비량이 많았던 보이차의 특성상 광동, 홍콩에서 대량으로 보관되는 경우가 많았고 창고에서는 때때로 아주 오래된 차들이 발견되었다. 대만 사람들은 이렇게 발견된 소량의 오래된 보이차를 오래될수록 가치가 높아지는 골동품에 비유하며 마실 수 있는 골동품이라는 독특한 상품으로 변모시킨다. 골동품인데 마실 수 있다! 얼마나 사치스러운 상품인가. 저렴한 노동자의 음료였던 보이차가 순식간에 막대한 소비성을 가진 사치품이 되었다. 이런 마케팅은 크게 성공하며 보이차의 소비지역을 여러 나라로 넓히게 되었다. 최근 우리나라에서도 오래된 보이차의 유행이 본격적으로 시작되었다. 부작용으로 매우 소량만 있다는 오래된 보이차가 시장에 쏟아져 나오는 기현상도 생겼는데 이런 현상은 지금도 이어진다.

2000년대에 들어서면서 보이차의 소비는 더욱 다양해진다. 나이가 많은 차나무, 즉 고차수의 이파리로 만든 보이차는 맛이 부드럽고 좋아서 묵히지 않아도 바로 마실 수 있다. 마실 수 있는 골동품은 한 번 마셔버리면 다시는 만들 수 없다는 한계가 있지만 고수차는 매년 생산된다. 더구나 늘 가짜 논란이 있던 노차와 비교하면 상대적으로 안전하기도 했다. 게다가 중국 사람들의 경제 능력이 올라가면서 품질이 좋고 안전한 식품에 대한 열망도 커져갔다. 화학농법이 필요 없는 환경에서 만들어지는 안전한 고수차는 신차여도 매년 가격이 올라가는 히트 상품이 된다. 대만 사람들은 오래된 보이차에 골동품이라는 옷을 입혀 희소성을 부여했고 중국 사람들은 매년 생산되는 고수차를 막대한 자본력으로 경쟁하며 구매하면서 희소성을 부여하고 있다.

새로운 유행은 새로운 용어를 만들어 낸다. 불과 몇 년 사이에 생긴 용어들도 많다. 보이차가 어려운 점이 바로 용어가 많다는 것이다. 이 책에서는 현재 보이차에 쓰이는 용어를 정리해 보았다. 모든 용어를 다 포괄했다고 말하기는 어렵지만 최대한 다양한 용어를 소개하려고 노력했다. 중국, 대만, 홍콩의 다인과 상인들이 쓰는 용어, 보이차를 만드는 운남성 여러 지역의 농민들이 쓰는 용어, 그리고 학술논문과 중국 농업대학교 차학과에서 쓰는 용어를 정리했다. 보이차의 산지와 역사에 대해서도 경험과 수집한 자료를 통해 엮어보았다. 복잡하지만 매력적인 보이차를 즐기는 많은 분들에게 조금이나마 도움이 된다면 좋겠다.

이 책이 나오기까지 많은 도움을 받았다. 도서 시장이 어려운 시기에 출판을 결정해 준 도서출판 이른아침 김환기 대표님, 다양하고 흥미로운 차의 세계로 이끌어준 어머니 황엽 여사, 물심양면으로 지원을 아끼지 않고 격려해 준 죽로재 신정현 대표님께 깊은 감사를 드린다. 마지막으로 고된 육아에도 불평 없이 늘 지지해 주는 아내 이유진에게 고마움을 전한다.

2021년 9월
신광헌 씀

차 례

서문 복잡하지만 매력적인 보이차의 세계로 4

1 보이차의 산지 ·14

01. 4대 산지 14
보산시·14 | 임창시·15 | 보이시·16 | 서쌍판납·18

02. 3대 차구 20
하관차구·20 | 맹해차구·20 | 이무차구·21

03. 주요 산지 22

1. 맹납현차산(육대차산)
이무·23 | 의방·24 | 만전·26 | 혁등·27 | 망지·28 | 유락·30

2. 맹해현 차산
만나·32 | 대맹송(맹해맹송)·33 | 남나산·34 | 파사·36 | 하개·37 | 포랑산·38 |
소맹송(경홍맹송)·41 | 파달·42

3. 보이시 차산
수립공차·44 | 용패·45 | 미제·46 | 곤록산·48 | 국경·49 | 노창복덕·51 | 금
정·52 | 만만·53 | 문산·54 | 경매·55 | 방위·56

4. 임창시 차산
빙도·58 | 나오·60 | 지계·61 | 남박·62 | 파외·64 | 석귀·65 | 맹고 대설산·66 |
동과·67

2 보이차의 제작과정 ·70

운남대엽종차·70 | 긴압차·71 | 생차와 숙차의 제다 공정·72 | 쇄청모차·72 |
생차·72 | 숙차·73 | 병차·73 | 긴차·74 | 전차·74 | 방차·75 | 타차·76 | 반생
반숙·76 | 채엽·77 | 아엽·77 | 생엽·77 | 탄방·78 | 살청·78 | 과식살청·79 |
기계살청 – 곤통형·79 | 마이크로 웨이브 살청기·80 | 유념·80 | 수공유념·81 |
기계유념·81 | 건조·82 | 쇄청·82 | 홍청·83 | 선별·84 | 숙차의 가공 단계·85 |
악퇴발효·85 | 악퇴발효 과정·85 | 미생물 접종법·88 | 악퇴발효 시 발생하는

미생물·89 | 경발효 숙차·89 | 1950년대 운남의 쇄청모차 가공방법·90

3 차나무의 분류 ·92

01. 형태적 분류 92
주간·92 | 교목형·93 | 소교목형·93 | 관목형·93

02. 진화에 따른 분류 94

03. 수령에 따른 분류 94
소차수·94 | 노차수·95 | 고차수·95

4 원료에 따른 보이차의 분류 ·98

01. 채엽시기에 따른 분류 98
봄차·98 | 여름차·100 | 가을차·100 | 겨울차·101

02. 원료 배합 여부에 따른 분류 102
순료차·102 | 병배차·103 | 단주차, 독수차·103

5 보이차의 생물학 ·106
유성생식·106 | 무성생식·107 | 찻잎의 명칭·107 | 린편·107 | 아포·108 | 어엽·108 | 진엽·109 | 대, 중, 소엽 구분법·109 | 방해각·110

6 보이차용 차나무의 품종 ·112

01. 국가급 품종 113
맹고대엽차·113 | 봉경대엽차·114 | 맹해대엽차·114 | 운항10호·115 | 운항14호·116

02. 지방 군체종 117
이무녹아차·117 | 빙도장엽차·118 | 원강나차·118 | 차왕수, 차수왕·119

03. 보이차 벌레 120
자모충·120 | 소녹엽선·120 | 좀벌레·121 | 차벌레·121 | 넓적나무좀, 죽각충·122

7 보이차의 저장 ·124

건창차와 습창차의 구별 ·124 | 건창차 ·124 | 습창차 ·125 | 백상 ·126 | 금화 ·126 | 입창 ·127 | 번창 ·127 | 퇴창 ·128 | 해괴 ·128 | 거풍 ·128 | 토기, 자기, 자도, 자사 항아리보관 ·129 | 방품 ·129 | 골동차 ·130 | 호급차 ·132

8 보이차의 역사 ·136

보이차 ·136 | 차마고도 ·137 | 차마호시 ·137 | 기원전~당나라 ·138 | 운남 차에 대한 최초의 기록 『만서』 ·139 | 운남 차에 대한 다른 기록 『운남지략』 ·142 보차, 그리고 보이차 ·145 | 청나라 ─ 보이부의 치인 ·147 | 기대한 변화 ─ 개토귀류 ·149 | 보이차의 황금시기 ─ 청나라 ·152 | 용맹한 사람들이 사는 지역 ·154 | 타차의 탄생 ·155 | 상업의 귀재, 회족 ·160 | 집산지 보이의 몰락─두 문수의 봉기 ·162 | 숨겨진 보고 ─ 맹해 ·165 | 가수훈과 치변십이조, 그리고 맹해 ·166 | 맹해의 개방 ·167 | 가이흥차장 ·169 | 맹해의 차장시대 ·172 | 맹해 최초의 대형 차창, 남나산 실험차창 ·173 | 육숭인과 백맹우 ·174 | 백맹우의 활약 ·175 | 백맹우와 남나산 실험차창 ·177 | 맹주의 등장 ·181 | 차창의 연합, 그리고 중일전쟁 ·183 | 또다른 전쟁 ·184 | 중간 정리 ·186 | 복원창호 ·187 | 동경호 ·192 | 동창호 ·196 | 의방의 차장들 ·198 | 혜민호 ·201 | 승의상 ·203 | 건리정 ·204 | 의방에 있었던 차장 ·205 | 숙차의 태동 ─ 마카오 영기차장 ·206 | 마카오와 홍콩 ·208 | 마카오 숙차의 탄생 ·210 | 홍콩 제작 호급차 ·212 | 홍콩 제작 방품 호급차 ·213 | 숙차 기술 광동성으로 전파 ·214 | 광동 보이차 광운공병 ·216 | 운남 숙차의 탄생 ·218

9 보이차의 포장 ·222

병차의 규격 ·222 | 편 ·222 | 통 ·223 | 건 ·223 | 죽순 껍질 포장, 죽각 포장 ·223 크라프트지 포장 ·224 | 대표 ·224 | 세로식 대표 ·225 | 가로식 대표 ·225 | 통표 ·226 | 내표 ·226 | 내비 ·226 | 평출, 첨출내비 ·227 | 포장지, 면지 ·227 | 대구중 면지 ·227 | 운남칠자병차 ·228 | 마크번호 ─ 로트번호 ·228 | 비차번호 ·229

10 성차사, 국영 차창 ·232

성차사, 성공사 ·232 | 중국토산축산진출구공사운남성다엽분공사 ·232 | 국영 차장 ·233 | 곤명차창 ·233 | 국영 맹해차창 역사 ·235 | 국영 하관차창 ·237 | 여명차창 ·241

11 1960년~2000년대 보이차 종류 ·244

7532·244 | 7542·244 | 8582·245 | 7502·245 | 7572·245 | 7452·246 | 8592·246 | 7262·247 | 7562·247 | 7581·248 | 73청병(소녹인)·248 | 홍대칠자병·249 | 칠자황인·249 | 황인타차·250 | 칠자철병·250 | 문혁전·251 | 중차간체자·251 | 설인·253 | 상검·253 | 88청병·254 | 92방전·254 | 대익패등인·255 | 자대익·256 | 장미대익·256 | 녹대수·256 | 녹대수타차·257 | 2001년 녹대수·258 | 7582·258 | 파달산야생차·258 | 궁정보이·259 | 보염패·259 | 중차패갑급타차·259 | 중차패 을. 병급 타차·260 | 하관차창 송학패·261 | 송학패 1급타차·261 | 남조패·262 | 소법타·262 | 하관차창 포병·철병·263 | 8663·263 | 8653·264 | 8853·264 | 운해원차·265 | 화련청전·266 | 노수원차·266 | 1997 홍콩회귀기념병차, 기념전차·266 | 운남긴차·267 | 수남인·268 | 홍태창·269 | 리흥륭·270 | 이창호·270 | 백판차·271 | 번압차·272 | 홍인산차·272 | 변경차 – 미얀마, 라오스, 베트남·273 | 보이차주·274 | 무지홍인·274 | 갑급. 을급 남인·275 | 대자녹인·276 | 소자녹인·276 | 남인철병·277

12 보이차와 화학성분 ·280

01. 생엽의 화학성분 280

차 폴리페놀·280 | 카테킨·280 | 플라본·282 | 페놀산·282 | 안토시아닌·282 | 단백질·283 | 아미노산·283 | 알칼로이드·284 | 당류·285 | 방향물질·285 | 비타민·286 | 차색소·286

02. 가공 과정 중 생성되는 색소 287

차황소·287 | 차홍소·287 | 차갈소·288

13 보이차의 감관 심평 ·292

01. 심평의 기초 292

감관 심평·292 | 이화학 심평·292 | 심평실·293 | 심평 주의사항·293

02. 심평 도구 293

건평대·294 | 습평대·294 | 양차반·294 | 심평배, 심평완·294 | 엽저반·295 | 저울·295 | 시계(타이머)·295 | 거름망숟가락·295 | 차 숟가락·296 | 토차통·296 | 주전자·296

03. 사전 주의사항 296

우리는 물의 온도·296 | 우리는 시간·296 | 심평 시 차와 물의 비율·297

04. **심평 순서** 297

견본 섞기·297 | 건차심평·297 | 무게 재기·298 | 우리기·298 | 내질심평·298
탕색·299 | 향기·299 | 맛·299 | 엽저·300 | 점수계산·300

14 보이차의 향기와 맛 ·302

청향·302 | 꽃향·302 | 난꽃향·302 | 사탕수수향, 수분 많은 과일향·303 | 열
대과일향·303 | 진향·303 | 나무향·304 | 버섯향, 숲속향·304 | 벌꿀향·304
대추향·304 | 장향·305 | 삼향·305 | 보이차 맛의 종류·305 | 보이차의 구
감·306 | 탕질·307 | 층차감·307 | 회첨·307 | 회감·307 | 생진·308

15 보이차의 다예와 포다법 ·310

01. **다구** 310

개완·310 | 자사호·310 | 자기호, 유리호·311 | 찻잔·311 | 잔받침·312 | 다
하·312 | 다시·312 | 다침·312 | 다루·313 | 다포·313 | 다판·313 | 공도배, 숙
우·313 | 거름망·314

02. **숙차 포다법** 314

숙차 포다법·314 | 상차·314 | 결구·315 | 보이입궁·315 | 윤다·315 | 충
포·315 | 출탕·316 | 짐차·316 | 봉차·317 | 문향, 품명·317

03. **생차 포다법** 317

생차 포다법·317

16 보이차의 보건작용 ·320

다이어트·320 | 혈압강하·321 | 돌연변이 및 세균 활성 방지·321 | 암 예방
및 항암·322 | 충치 예방 및 건치·322 | 에이즈 바이러스의 활성 억제·323 |
항피로·324 | 위장 보호·324 | 노화 방지·325 | 항복사 – 히로시마 현상·325

색인 328
참고문헌 339

1

보이차의 산지

1. 보이차의 산지

01 4대 산지(보산시, 임창시, 보이시, 서쌍판납)

보산시保山市

보산 지역은 운남성에서 매우 일찍 개발되었고 풍부한 역사 문화가 잠재된 변경의 다민족 지역이다. 지금의 보산시를 중심으로 노강(怒江) 중류 유역은 약 8,000년 전에 고대 인류의 활동이 고고학적으로 증명되었다. 전국시대 중기 이전에 부족

연맹을 형성하고, 이어 '애뢰국(哀牢國)'을 세워 흥성했던 노예제 국가였다. 보산시는 한나라 때 영창군(永昌郡)으로 불렸고 명나라 때에는 금치군민(金齒軍民)이 지휘하는 영창군민부(永昌軍民府)를 차례로 두었다. 오늘날의 명칭은 명 가정 3년(1524)부터 사용됐다.

보산은 유명한 '서남실크로드'의 중요한 역참이며 중국 경내 최후의 구간이었다. 고대에는 상업, 무역이 빈번하게 있었고 중일전쟁 때 이곳은 운남 서쪽 전투의 주요 전장이었다. 보산은 2001년

6월 시로 승격된 후 관할로 융양구(隆陽區), 시전현(施甸縣), 등충현(騰沖縣), 용릉현(龍陵縣), 창녕현(昌寧縣)을 두고 있다.

운남성 서부에 위치하고 있으며 서쪽과 남쪽은 미얀마와 경계를 이룬다. 지세는 북쪽이 높고 남쪽이 낮은 형태로 최고 해발은 3,915m, 최저 해발은 535m다. 주요 하천인 노강은 북에서 남으로 관통하여 미얀마로 흐르며, 란창강(瀾滄江)은 동부를 거쳐 임창, 사모, 서쌍판납(西双版納) 지역으로 들어간다. 운남의 네 개 주요 차 산지 지역 중에서 위도와 평균 해발이 가장 높고 기온은 가장 낮으며 일조량과 강우량은 가장 적다.

보산시 관할인 창녕, 등충, 용릉, 시전 등의 지역에서는 모두 차가 생산되고 쇄청차(曬靑茶) 외에도 창녕현에서는 운남 홍차인 전홍(滇紅)도 생산된다. 차, 사탕수수, 담배, 커피가 보산 지역의 기간산업이다. 현재 생산량은 다른 세 지역보다는 떨어지지만 여러 대형 회사들이 투자하여 재배면적과 생산량을 늘려가고 있는 중이다.

임창시 臨滄市

물류 운송이 가능한 란창강이 근접해 있기 때문에 미얀마와 동남아시아의 중요 관문으로 동남아, 남아시아로 통하는 '황금 항구'로 불렸다. 청·명나라 개토귀류(改土歸流) 후 건륭 12년(1748)에 영창부(보산)에 예속되었다. 1953년과 1956년 사이 보산, 대

리특구(大理特區)에서 진강(鎭康), 순녕(順寧, 지금의 봉경), 운현(雲縣)의

세 현에 편입했다. 명칭을 임창특구(臨滄特區)로 바꾸었고 1970년 임창지구(臨滄地區)로 다시 이름을 바꿨다. 임창지구는 2004년 11월 시(市)로 승격하고 정식으로 이름을 임창시로 바꾼다. 운남성의 서남쪽에 위치하며 현재 운남성 전체에서 차 생산량이 가장 많은 지역으로 원래는 녹차와 홍차 위주로 생산했다.

주로 녹차를 생산했던 지역이지만, 2003년부터 시작된 운남 보이차의 열풍이 불면서 보이차의 원료인 쇄청모차(曬青毛茶)를 생산하게 된다. 임창 남부지역의 영덕(永德) 부근은 비교적 유서 깊은 쇄청모차의 생산지다. 2004년부터 여러 대소형 차창들이 차창을 세우고 본격적으로 보이차를 생산했다. 몇 해 전부터 맹고 지역이 시장의 주목을 받고 있다. 특히 빙도(冰島), 석귀(昔歸), 대설산(大雪山)과 같은 산지는 애호가들의 열광적인 지지를 받고 있다.

보이시 普洱市

보이시의 옛 이름은 사모(思茅)였다. 지명의 유래에 대해서 보이 사람들은 제갈량(諸葛亮)을 언급하며 이런 이야기를 풀어 놓는다. 건흥 3년(225) 봄, 촉한의 승상 제갈량은 남쪽 정벌의 종군을 자처하여 남중의 여러 지역에서 일어난 반란을 수습

했다. 제갈량에 의해 일곱 번 잡혔다 일곱 번 풀려난 일이 있었는데 여기에서 탄생한 사자성어가 칠종칠금(七縱七擒)이다. 그 이야기의 주인공이었던 맹획(孟獲)이 감화를 받아 막사 앞에 꿇어 앉아 제

갈량에게 말하였다. "하늘의 위력을 가진, 도저히 이길 수 없는 상대로다. 어찌 불복할 수 있겠는가! 이후로 남방 사람들은 절대 반역하지 않겠다." 승복한 맹획을 제갈량은 막사 안으로 들여 잔치를 베풀며 축하와 위로를 해줬다. 그리고 그에게 남중의 통치를 위임했고 모든 점령지는 다시 돌려주었다. 맹획과 그를 추종하는 부족장, 그리고 병사들은 감동하며 매우 기뻐했다. 제갈량은 한 달의 매우 고생스러운 여정을 마친 후 평지에 주둔하며 휴식을 취했다. 수개월 이어진 불모지에서의 정복전을 마친 후 노곤한 마음으로 푸른 대나무가 어울려 돋보이는 고향의 초가집을 그리워하며 막사에서 '사모' 두 글자를 썼다. 다음날 회의를 위해 각 족장들이 모였을 때, 사모라는 두 글자가 쓰여진 종이를 들고 '이제부터 이곳을 사모라고 부르시오'라 했다. 현지 부족장들은 무릎을 꿇고 양손을 내밀어 종이를 받아 들고 승상이 준 지명을 영광스러워하며 기뻐했다. 『삼국지』에 나오는 재갈량과 맹획의 칠종칠금에 갑자기 '사모'라는 지명이 더해졌다. 그냥 재미로만 생각하자.

사모는 2007년 보이시로 이름을 바꾼다. 관할하는 지역으로는 녕이(寧洱), 묵강(墨江), 경동(景東), 경곡(景谷), 진원(鎭沅), 강성(江城), 맹련(勐連), 란창(瀾滄), 서맹(西勐)이 있다. 북쪽으로는 임창, 남쪽으로는 서쌍판납, 서남쪽으로는 미얀마, 동남쪽으로는 라오스 및 베트남과 경계를 이룬다. 보이 지역의 최고 해발은 3,370m, 최저 해발은 317m이다. 주요 하천은 란창강이 북쪽 임창에서 내려와 보이를 관통하며 서남부로 흐른다. 열 개의 관할구역에서 모두 차가 생산되며 그중 보이시, 경동, 경곡, 란창, 강성 등이 주요 생산지로 녹차, 쇄청모차, 홍차 등을 생산한다.

진원현의 천가채(千家寨)에는 2,700여 년과 2,500여 년의 야생형 고차수가 있고 곤록산(困鹿山)과 판산(板山)에는 두 그루의 1,000여

년 야생형 고차수가 있다. 그리고 경곡에도 1,000여 년의 야생형 고차수가 있고, 란창현 방위에는 1,100여 년의 과도기형 고차수가 있다. 경매(景邁), 망경(芒景)에도 수 백년의 오래된 재배형 고차수와 일만 묘(畝) 고차수 다원이 있다. 이처럼 운남 보이차의 진귀한 문화 유산이 보이에 집중되어 있다.[1묘(畝)는 200평, 666㎡]

서쌍판납西雙版納

태족어로 서쌍판납을 직역하면 '열두 개의 행정구역'이라는 뜻이다. 또다른 이름으로 예전에 태족이 서쌍판납을 부를 때에는 '멍바라나시'라고 불렀다. 신비하고 아름다운 이상적인 땅이라는 뜻이다. 서쌍판납은 운남성의 최남단에 있으며 북으로는 보이시와 연결되어 있고 남쪽으로는 미얀마, 동쪽으로는 라오스와 경계를 이루고 있다. 면적은 19,700㎡이고 인구는 118만 명이다. 전 지역이 북회귀선 이남에 있고 지세는 북쪽으로 갈수록 높아지고 남쪽으로 갈수록 낮아진다. 최고 해발은 2,429m, 최저 해발은 477m이며, 란창강이 북쪽에서부터 남쪽으로 가로지른다. 운남성에서 위도가 가장 낮고 평균 해발도 가장 낮다. 온도는 가장 높으며 강우량도 가장 많다. 보이차 생산 역사도 가장 오래 되었고 생산량도 많은 지역이다.

유기질 함량이 일반 토양보다 몇 배나 높은 전홍양(磚紅壤) 토양인 곳이 많고 기후가 적합해 차나무 생장에 가장 적합한 지역이다.

관할 지역은 경홍시(景洪), 맹해(勐海), 맹납(勐臘)과 열 한 개의 국영 농장이다. 경내에 전 세계에서 유일하게 북회귀선 부근의 열대우림지역이 있으며 국내외로부터 '동식물의 왕국'이라고 불린다.

서쌍판납에서 차가 생산되는 지역은 맹해현(勐海縣), 경홍시(景洪市), 맹납현(勐臘縣) 세 지역으로 나뉜다. 유명한 차산지는 맹해의 포랑산(布朗山) 반장지구(班章地區), 노만아(老曼峨), 하개(賀開), 대맹송(大勐宋), 소맹송(小勐宋), 남나산(南糯山), 파사(帕沙), 파달(巴達)이 있고, 경홍에 속하는 곳으로는 유락(攸樂)이 있으며, 맹납(勐臘)에 속하는 지역으로는 이무(易武), 망지(莽枝), 혁등(革登), 의방(倚邦), 만전(蠻磚)이 있다. 맹납의 마을 단위로는 고진(古鎭), 마흑(麻黑), 낙수동(落水洞), 이비(易比), 괄풍채(刮風寨), 박하당(薄荷塘), 백차원(白茶園), 천문산(天門山), 만송(曼松), 만궁(彎弓), 만수(曼秀), 삼합사(三合社) 등에서 좋은 차가 나온다.

서쌍판납은 일찍부터 유명한 전통 보이차 산지였다. 차창은 맹해차창(勐海茶廠)이, 차산지는 육대차산(六大茶山)이 유명했다. 수백 년 동안 보이차 주류시장을 이끌던 서쌍판납은 최근 보이차 시장의 번성과 함께 다시 한번 발전하고 있지만, 일부 차산에서 보이는 과도한 채엽으로 인한 차 품질의 저하가 논란이 되기도 한다.

하관차구 下關茶區

차구(茶區)는 차를 생산하는 지역을 말한다. 3대 차구는 역사적으로, 그리고 현재에 이르기까지 보이차 생산이 가장 활발하게 이루어지는 지역 세 곳을 선정한 것이다. 현재 하관차구는 초기 순녕 및 경곡 차구, 즉

지금의 보이시, 보산시와 임창시 북부의 보산, 창녕, 운현, 경동, 경곡, 묵강, 진원을 포함하고 있다. 하관차구의 공통점은 높은 위도와 높은 해발 고도, 그리고 일조량이 적고 기온은 낮으며 강우량은 비교적 적다는 점이다. 차탕은 가벼우면서 깔끔하고 부드러우며 높은 해발의 일부 지역은 매우 높은 향기를 가지고 있지만 대체로 낮게 가라앉는 향기가 많다. 다소 높은 떫은맛, 약한 쓴맛을 가진 것이 이 차구에서 생산되는 차의 특징이다.

맹해차구 勐海茶區

맹해는 서쌍판납 관할의 현(縣)급지역이다. '맹'은 태족어로 행정 단위를 말하는 것이고 '해'는 사람 이름으로 '암해(巖海)'라는 사람 이름의 뒷글자다. 암해는 치열한 전투를 거쳐 가장 먼저

맹해지역을 점령하고 통치했던 태족 수령의 이름이다. 그래서 어떤 이는 '해'는 용맹한 자가 사는 지역이라는 뜻이라고도 말한다.

청나라 말, 민국 초기 교통의 불편, 역병 창궐 등의 이유로 보이차의 제작과 유통, 교역은 이무와 맹해로 옮겨진다. 1950년대 초기 맹해차창은 맹해차구에 쇄청모차 수매소를 세웠고 경홍과 맹납 등의 차구에도 수매소를 세웠다.

맹해차구는 서쌍판납 지역에서 란창강 이남의 범위를 말한다. 경홍, 파달, 포랑산, 반장, 남나산, 대맹송, 소맹송, 맹차 등의 지역이 속한다. 야생형 차나무와 재배형 고차수, 그리고 현대식 밀식(密植) 다원도 많다. 지역 특징은 위도와 해발은 비교적 낮고 기온은 높으며 강우량은 많다. 차기(茶氣)가 강하고 향기는 묵직하게 깔리는 낮은 향기, 떫은맛과 쓴맛은 비교적 강하고 회감(回甘)이 좋은 것이 특징이다.

이무차구 易武茶區

현재 좁은 의미의 이무차구는 이무와 이비, 괄풍채, 낙수동, 마흑, 삼합사 등을 말한다. 넓은 의미의 이무차구는 이무를 포함하여 유락, 의방, 만전 등의 육대차산 지역을 말한다. 청나라 시절, 보이차가 흥성할 때 집

산지였던 보이 지역은 이무차구에서 나오는 차에 전적으로 의지하여 차를 만들었다 해도 과언이 아니다. 현재 이무차구에는 상원차창(祥源茶廠), 진승복원창호(陳升復元昌號), 대우다업(大友茶業) 등의 대

형 가공장이 들어섰고, 역사상 청나라 때부터 있었던 보이차 제작의 경험을 바탕으로 수많은 소형 가공장들이 차를 생산하고 있다. 차나무의 재배 역사가 길어서 오래된 고차수가 즐비하고 외부에서 인종(引種)한 차나무도 많아 여러 품종의 차나무가 자생하는 지역이 많다.

위도와 해발은 비교적 낮고 기온은 전체 차구 중에서 가장 높으며 강우량도 많다. 오래된 재래품종으로 만든 차의 맛은 진하면서 부드러우며 복합적인 높은 향기가 나온다. 떫은맛은 약하고 쓴맛은 매우 적은 것이 이무차구 차의 특징이다.

03 주요 산지

1. 맹납현(勐臘縣) 차산(육대차산)

청나라 시대부터 보이차를 생산하던 여섯 차산을 말한다. 육대차산에 대한 기록은 1799년, 단췌(檀萃)가 편찬한 『전해우형지(滇海虞衡志)』에 기록되어 있다.

'보이차의 명성이 천하에 자자하다. 보이차는 여섯 차산에서 나오는데 유락, 혁등, 의방, 망지, 만전, 만살이며 주위는 팔백 리에 이른다'라고 하였다.

이무易武

태족어로 '미녀뱀'이 사는 곳이라는 뜻이다. 차산의 경계로 이무고
진(古鎭)의 정산, 만살, 만납 등이 있다. 이무는 맹납현에서 북쪽에
있고 거리는 110km 떨어져 있다. 연평균 기온은 17.2℃, 연평균
강수량은 1,500~1,900mm다. 유명한 산지로는 이무고진, 만살,
이비, 마흑, 낙수동, 괄풍채, 정가채, 동경하, 만수, 대칠수, 삼합
사 등이 있다.

이무에는 오래 전 고대 소수민족인 복족(濮族)이 차나무를 심었
다고 전해진다. 명·청나라 이후 육대차산의 명성이 높아지며 대량
의 외지인들이 들어와 차나무를 가꾸고 차를 만들며 살게 되었다.
초기에는 만살 지역의 생산량과 교역량이 가장 많았지만, 화재 등
의 이유로 이무 지역이 부각되었다. 이무에서는 청나라 말부터 오늘
날까지 호급차(號級茶)라고 부르는 차를 생산하는 차장(茶莊)이 출현
했다. 현재 육대차산 중에서 면적이 가장 크고 생산량도 가장 많다.

이무 고차수 다원

재배 역사가 길어 오래된 고차수도 많았지만 80~90년대 정부의 정책으로 차나무의 밑동을 잘라내어 키를 작게 만드는 왜화(矮化)가 많이 실행된 지역이다. 그래서 이무에는 왜화를 거친 고차수 다원도 많고 원형 그대로의 차나무를 가진 다원도 일부 존재한다. 고차수 다원의 환경은 비교적 좋은 편이며 높은 가격을 형성하고 있다. 계단식 밀식 다원인 대지차(臺地茶) 다원도 매우 광범위하게 형성되어 있는데 이무 재래품종, 즉 군체종(群體種)으로 형성된 다원은 대지차라고 해도 품질이 뛰어나 높은 가격에 거래된다. 높은 명성 때문에 방품(倣品)도 많이 유통된다.

봄철 고차수의 일아이엽, 일아삼엽으로 만든 이무차의 경우 하얀 솜털은 보이지만 새싹은 작고 얇다. 줄기와 이파리가 길게 자라는 편으로 이른 봄차는 묵녹색(墨綠色), 묵황색(墨黃色)의 외형을 보인다. 향기는 은은한 청향(靑香)과 벌꿀향이고, 탕질(湯質)은 부드럽고 매끄러우며 깨끗한 단맛이 있다. 쓰고 떫은맛은 적으며 회감(回甘)과 생진(生津)이 좋아 '보이차의 황후'로 불린다.

의방倚邦

태족어로 '차나무와 우물이 있는 곳'이라는 뜻이다. 맹납현의 최북부로 상명향(象明鄕)에 속한다. 의방에는 19개 마을이 있다. 해발은 마을마다 편차가 있어서 600m부터 1,900m 사이에 분포한다. 그중 유명한 만송(曼松)차산의 해발은 1,340m다. 유명한 고차수 산지로는 만송, 습공(嶍崆), 가포(架布), 만공(曼拱), 마율수(麻栗樹) 등이 있다.

의방 지역의 차 재배 역사는 매우 오래되었고 현재까지도 5백년 이상의 고차수가 여기저기 존재한다. 특히 청나라 때의 만송차는 공차로 지정되어 의방의 명성을 높이는데 기여했다. 청나라 때

의방 고차수 다원

의방은 육대차산에서 생산되는 보이차의 가공·교역의 중심지가 되면서 여러 차장이 건립되며 매우 번영했지만, 여러 악재가 겹치면서 중심지의 자리를 이무로 넘기게 된다.

의방 지역의 독특한 점은 소엽종 차나무가 많다는 것이다. 군체종 품종을 재배하는 고차산은 대부분 여러 품종이 자생하긴 하지만 의방처럼 소엽종이 많은 곳은 드물다. 만공, 의방, 마율수 등의 마을에서 소엽종 다원을 어렵지 않게 볼 수 있다. 명성이 자자한 만송 지역은 다원 훼손이 심한 편이라 고차수의 수량이 매우 적다. 매년 만송 고수차라는 이름으로 많은 양의 차가 시장에 돌고 있지만 생산량에 비추어 보면 가품의 양이 상당하다는 것을 알 수 있다. 특히 만송 왕자산 고수차의 경우 시장에서 진품을 구한다는 것은 불가능에 가깝다. 다른 지역과 마찬가지로 1990년대 이후 조성된 대지차 다원도 많고 고수차 인기가 높아지던 2005년 이후 심어진 어린 차나무도 많다.

봄철 고차수의 일아이엽, 일아삼엽으로 만든 의방 고수차의 특징은 중소엽종이 많아 모차, 건차의 외형도 매우 어리고 작다는 것이다. 건차의 색은 윤기 나는 묵녹색이며 쓴맛은 적고 떫은맛은 약간 도드라지는 편이다. 회감은 비교적 빠르고 독특한 꿀향기, 꽃향기가 있다. 그중 만송 고수차는 쓰고 떫은맛이 매우 약하며 탕질은 부드러우면서 가득찬 느낌이고 잔 바닥에 달콤한 향기가 오래 남는다.

만전蠻磚

태족어로 '큰 마을'이라는 뜻이지만 한족은 제갈량이 벽돌을 묻은 곳이라고 말하기도 한다. 맹납현 상명향의 남부에 위치해 있다. 동쪽은 이무와 가깝고 해발은 1,100m 정도이며 유명한 고수차 산지로는 만장(蠻莊), 만림(蠻林), 팔총채(八總寨) 등이 있다.

만전의 차 재배 역사는 매우 오래되었고 청나라 때 이미 명성이

만전 고수수 다원

자자했다. 『본초습유(本草拾遺)』와 『전해우형지』에 모두 육대차산에 대해 나오는데 의방과 만전차의 맛이 좋다고 나온다. 역사적으로 보면 다원은 많았지만 차를 생산하던 차장은 적었다. 청말, 민초시기 대다수의 만전차는 이무의 차장에서 가공되었는데 '이무칠자병차의 절반은 만전차'라는 말도 나올 정도였다. 다원도 이무와 가까우며 차나무의 생태적 특징, 토양 구조와 조성이 비슷해 두 지역의 고수차 맛은 비슷하다. 고차수 다원도 많은 편이고 생산량도 많지만 과도한 채엽으로 예년에 비해 맛이 싱거워진 경향이 있다. 역시 대지차 다원과 고차수 다원이 여기저기 많아서 고수차 순료를 가공할 때 채엽에 주의를 해야 한다.

봄철 고차수 일아이엽, 일아삼엽으로 만든 쇄청모차, 긴압차의 특징은 이파리와 줄기는 크고 시원하게 뻗어있다는 것이다. 건차는 윤기 나는 묵녹색으로 시원한 숲속의 향기를 가지고 있다. 탕질은 매끄럽고 두툼하다. 향기는 달콤한 벌꿀, 사탕수수향이 나고 회감은 늦지만 은은하게 오래 지속되며 목젖 뒤로 남는 향기가 오래 간다.

혁등革登

태족어로 매우 높은 지역이라는 뜻이다. 맹납현 상명향 안락촌(安樂村)에 속하며 망지와 의방 사이에 위치한다. 해발은 1,300m로 고차수 산지는 치방(値蚌), 신발(新發) 등이 있다. 육대차산 중에서 면적이 가장 작은 차산이다. 청나라 시기에 기록된 『보이부지(普洱府誌)』에는 한 그루의 집채만큼 거대한 차왕수가 있다고 기록되어 있지만 현재 그 차나무는 존재하지 않는다. 다른 육대차산과 마찬가지로 삼림 훼손이 심했던 지역이며 오래된 고차수의 벌목이 광범위하게 진행되었던 차산이다. 넓은 면적은 아니지만 다원에는

혁등 고차수 다원

대·중·소엽종이 혼재해서 자라며 차나무가 드문 만큼 고수차 생산량 역시 매우 적은 차산이다.

봄철 고차수 일아이엽, 일아삼엽으로 만든 쇄청모차, 긴압차의 경우 솜털이 많은 어린 새싹에 윤기 나는 묵녹색의 외형이며, 이파리와 줄기는 짧은 편이다. 쓰고 떫은맛이 약한 편이고 회감은 좋다. 향기는 높고 깔끔한 느낌의 푸릇한 청향이 난다. 탕질은 부드럽고 매끄럽지만 다소 가벼운 느낌도 있다.

망지莽枝

태족 언어로 망지는 제갈량(諸葛亮)이 '구리거울을 묻은 지역'이라는 뜻이다. 혁등차산의 서남쪽으로 상명향에 속한다. 해발은 1,400m 정도이며 고차수 산지로는 앙림(秧林), 홍토파(紅土坡), 만아(曼丫), 강서만(江西灣), 고탈(口奪) 등이 있다.

망지 고차수 다원

천 년 전부터 소수민족이 차를 심고 가꾸며 지냈던 곳으로 원나라 때 이미 다원이 조성되어 있었다. 우곤당(牛滾塘)은 망지차산에 있는 지역으로 '사계절 물이 있어 소가 뒹굴었던 곳'이라는 뜻으로 청나라 초부터 육대차산 북부의 중요한 보이차 집산지였다. 옹정 시기 한족 상인이 망지차산에 들어와서 차를 수매하다가 망지차산의 우두머리에게 살해당하는 일이 발생한다. 이를 빌미로 청나라 군대가 육대차산에 내려와 토사(土司)를 몰아내고 개토귀류를 정착시킨다. 그후 보이에는 보이부가 들어서게 되며 청나라는 보이차를 독점하게 된다. 이때부터 청나라 입장에서는 보이차의 전성시기가 열렸고 소수민족에게는 수탈의 시기가 시작되었다.

재배 역사에 비해 고차수 다원은 그리 넓지 않다. 연속된 규모로 있는 고차수 다원은 앙림, 홍토파가 유명하고 역시 1990년대 이후 조성된 대지차, 소수차 다원도 많다. 대·중·소엽종이 모두 혼재해서 자라며 그중에는 중엽종이 많다. 이러한 품종의 다양성은 자연변이와 함께 외지에서 인종한 품종 때문이다.

봄철 고차수 일아이엽, 일아삼엽으로 만든 쇄청모차, 긴압차의 특징은 어린 싹이 통통하고 솜털이 많은 외형을 가지고 있다는 점이다. 갓 만든 차는 매우 높은 난꽃 향이 나며 쓴맛과 떫은맛이 약하게 남는다. 회감은 빠른 편이고 지속성 역시 좋다. 탕질은 저장 초창기에 깨끗하고 약간 가볍게 느껴지지만 저장 시간이 길어지면 묵직하고 매끄러운 계열로 변한다.

유락攸樂

현재 지명은 기낙산(基諾山)이다. 즉, 소수민족인 기낙족(基諾族)이 사는 곳이라는 뜻으로 기낙족의 옛 명칭은 유락인(攸樂人)이다. 지리적으로 육대차산 중 유일하게 경홍시에 속해있다. 기낙산은 동서로 75km, 남북으로 50km로 육대차산 중 가장 넓은 재배지역을 가지고 있다. 해발은 575m부터 1691m까지이며 평균기온은 18~20℃, 연평균 강수량은 1,400mm다. 고차수 산지로는 용파(龍帕), 사토노채(司土老寨), 마탁(麼卓), 파표(巴飄) 등이 있다.

기낙족은 스스로를 제갈량이 남정을 왔을 때 귀향하지 않고 남은 군인의 후예라고 여긴다. 사실 여부를 차치하고 보더라도 유락차산에서 차를 심고 재배한 역사는 매우 오래 되었다. 청나라 때부터 유락차산의 차 생산량은 매우 많았는데 생산된 차는 주로 이무와 의방으로 넘겨 가공을 했다. 맹해의 유명한 가이흥차장(可以興茶莊)의 전차(磚茶)도 유락차산의 원료가 사용되었다는 기록이 있다. 고차수는 해발 1,200~1,500m에 분포하고 면적은 3,000여 묘 정도 되며 수백 년 자란 고차수가 여전히 많이 남아 있다. 교통이 불편하여 개발이 상대적으로 늦어졌기 때문인데 2006년부터 고수차

유락 고차수 다원

열풍이 불면서 과도한 채엽이 시작되어 품질이 다소 떨어졌다. 유락차산의 차나무는 중·소엽종이 많다.

봄철 고차수 일아이엽, 일아삼엽으로 가공했을 때 쇄청모차, 긴압차의 외형은 솜털이 많은 통통한 새싹이며, 이파리와 줄기는 작은 편이다. 향기는 높은 청향 위주며 잔 바닥에 남는 향기는 달콤한 벌꿀향이다. 쓴맛은 약하지만 다른 육대차산 차에 비하면 떫은맛이 강한 편으로 회감은 비교적 좋다. 탕질은 맑고 깨끗하고 부드럽지만 가벼운 느낌도 있다.

2. 맹해현劢海縣 차산

만나曼糯

맹해현의 가장 북단에 위치하며
맹왕촌(劢往村)에 속한다. 보이의
란창과 경계지역에 위치한다.
보이시에서 서쌍판납으로 들어
갈 때 첫 번째로 나오는 마을이
며 해발은 1,200~1,300m, 연
강수량은 1,300~1,400mm다.

   만나차산은 세 개의 마을로
구성되어 있으며 각각 대채(大
寨), 상채(上寨), 중채(中寨)로 나
눈다. 예전 만나차산은 맹해에
서 란창으로 들어가는 옛 길이
있어서 보이차 생산과 교역에서 매우 중요한 역할을 하던 지역이
었다. 이후 맹해에서 란창으로 가는 넓은 신작로가 닦이면서 점점
쇠락의 길을 걸었다. 50~60년대에 이르러서는 차 가격이 좋지 않
아 오래된 차나무를 베어내고 양식을 심는 일이 빈번하게 일어나
서 광범위하게 펼쳐져 있던 만나차산의 고차수 다원 면적은 많이
축소되었다. 현재까지 전해 내려오는 고차수 다원은 2,000여 묘
정도다.

   봄철 고차수 일아이엽, 일아삼엽으로 가공한 만나차산의 모차,
긴압차의 외형은 통통하고 길쭉한 새싹에 솜털이 가득하고, 자란
이파리에도 솜털이 있어 윤기가 흐른다. 색깔은 윤기 나는 묵녹색,
묵황색으로 이파리와 줄기가 시원스럽게 긴 형태를 가진다. 중·대

엽종 위주이며 쓴맛과 떫은맛이 있는 편으로 회감은 늦지만 매우 오래 유지되는 장점이 있다. 향기는 은은한 청향 계열이며 잔 바닥에 벌꿀향이 남는다.

대맹송大勐宋 (맹해맹송勐海勐宋)

태족어로 '높은 곳에 있는 마을'이라는 뜻으로 현지에서는 대맹송, 맹해맹송이라고 부른다. 맹해현 맹송향에 위치하고 동쪽으로는 경홍시, 남쪽으로는 격랑화(格朗和)와 연결되어 있고 작은 강을 사이에 두고 남나산(南糯山)이 보인다. 맹해 맹송에서 유명한 고차수 산지로는 대안(大安), 남본(南本), 보당(保塘), 나카(那卡), 활죽량자(猾竹梁子), 패몽(壩檬), 대만여(大蔓呂) 등이 있다. 보당과 나카는 1,600~1,800m 사이에 있으며 맹송차산에서 가장 유명한 지역이다. 맹송은 맹해에서 매우 오래된 고차산 중 하나로 백 년 전부터

대맹송 고차수 다원

한족이 들어와서 차 사업을 시작했다. 대만여 마을은 80년대 후반부터 현대식 다원이 개발되었으며, 맹해차창의 중요한 모차 공급지 중 하나였다. 맹해 맹송의 고차수 다원은 3,000묘 정도나. 역사가 오래된 만큼 외지에서 인종된 품종이 많다. 대부분 대·중·소엽이 혼재해 자라며 품종이 매우 다양하다.

봄철 고차수 일아이엽, 일아삼엽으로 가공했을 때 모차와 긴압차의 외형은 솜털이 많은 새싹이며. 새싹은 짧고 유연하다. 윤기 나는 묵녹색의 건차 색깔에 청향, 화향(花香)이 동시에 나온다. 쓴맛과 떫은맛이 비교적 강한 편으로 회감은 빠르고 강한 편이다. 탕색은 투명하고 맑은 금황색인데, 갓 만든 차는 솜털이 차탕에 빠져나와 부유하여 약간 혼탁해 보이기도 한다.

남나산南糯山

태족어로 '죽순장(竹筍醬)을 만드는 곳'이라는 뜻이다. 맹해현에 속한다. 경홍에서 맹해로 가는 큰 길가에 남나산으로 향하는 입구가 있으며 맹해현으로부터 24km 거리다. 평균 해발은 1,400m, 연평균 강수량은 1,500~1,750mm, 연평균 기온은 16~18℃로 차나무가 자생하기 좋은 환경이다. 고차수 산지로는 죽림채(竹林寨), 반파채(半坡寨), 고냥채(姑娘寨), 석두채(石頭寨), 아구채(丫口寨), 다의채(多

依寨), 발마채(拔馬寨) 등이 있다.

남나산의 차 재배 역사는 매
우 오래되었고 현재 까지도 명
성이 자자하다. 소수민족 사이
에서 전해지는 말로는 제갈량
이 남정을 왔을 때 이곳에 차를
심었다고 하지만 제갈량이 남
나산까지 왔다는 기록은 어디
에도 없다. 역사적으로 보면 운
남의 차 재배 역사에서는 고대
소수민족인 복족을 빼놓을 수
없다. 복족은 운남 전역에 거주

남나산 차왕수

하면서 차를 심고 가꾸며 살아왔다. 고대 복족들이 남나산에서도
차를 심고 가꾸며 살아왔고 나중에 애니족(愛尼族)이 남나산으로 들
어와 다원을 유지하며 살아왔다. 오랜 역사를 증명하는 듯 남나산
반파채에는 800년 수령의 재배형 차왕수가 한 그루 있다. 민국시
기, 신중국 건립 후 남나산은 보이차 생산의 중요한 기지가 된다.
운남 최초의 기계화 차창인 남나산실험차창(南糯山實驗茶廠)도 남나
산에 세워졌고 훗날 맹해차창과 함께 운남 보이차 생산을 이끌어
가는 중요한 장소가 된다. 80년대 중후반부터 대규모의 현대식 다
원이 들어서면서 고차수 다원의 훼손도 어느 정도 발생했지만, 여
전히 매우 넓은 규모의 고차수 다원을 보유하고 있다. 현재 남나산
고차수 다원은 1만 2,000묘 정도로 서쌍판납에서는 가장 넓은 면
적을 가지고 있다. 각 마을마다 품질과 맛에서 차이가 있지만 전체
적으로 우수한 품질의 차가 생산된다.

봄철 고차수 일아이엽, 일아삼엽으로 가공한 모차, 긴압차의 특

징을 보면 외형은 백호가 많고 통통하며 길쭉한 새싹이다. 채엽 기준이 높아 이파리와 줄기는 짧은 편이다. 윤기 나는 묵녹색, 묵황색이며 향기는 달콤한 화과향(花果香), 벌꿀향을 보인다. 투명하고 맑은 금황색 탕색으로 쓰고 떫은맛이 비교적 강하다. 회감도 빠르며 오래 유지된다.

파사帕沙

태족어로 파사는 '하나의 산, 하나의 강이 있는 곳'이라는 뜻이다. 맹해현 격랑화향 서남쪽에 위치하며 남나산과 포랑산 사이에 있다. 다원은 해발 1,200~2,000m사이에 위치하며 연평균 기온은 22℃, 평균 강수량은 1,500mm다. 산지는 파사신채(帕沙新寨), 파사노채(帕沙老寨), 파사중채(帕沙中寨), 남간(南幹), 노단(老端) 등이다. 파사는 오래 전에 애니족의 선조가 이주해 와 차를 심었고 지금까지도

파사 고차수 다원

오래된 고차수가 많이 보존되어 있다. 현재 고차수 다원은 3,000묘 정도로 각 마을마다 일정 수량의 고차수가 있다. 몇 백년 수령의 고차수가 연결된 형태로 다원을 이루고 있으며 왜화를 거치지 않은 차나무도 많다. 그중 파사노채의 고차수 다원이 가장 유명하다.

봄철 고차수 일아이엽, 일아삼엽으로 가공했을 때 모차와 긴압차의 외형은 길쭉하고 통통한 새싹에 백호가 많고 줄기는 짧은 편이다. 채엽 기준이 높아 어리게 딴다. 어느 정도 자란 이파리에도 솜털이 있으며 전체적으로 윤기 나는 묵녹색의 찻잎이 나온다. 향기는 청향, 화향이 있고 쓴맛과 떫은맛은 중간 정도다. 입안에서 떫은맛이 사라지는 속도는 매우 빠르며 바로 회감이 느껴진다. 탕질은 맑고 투명하며 가벼워 보이지만, 맛과 향기는 결코 가볍지 않다.

하개賀開

태족어로 하개는 '가장 먼저 태양을 볼 수 있는 곳'이라는 뜻이다. 맹해현 맹혼진(勐混鎭) 하개촌에 속하고 북쪽으로는 남나산, 동쪽으로는 납달맹(拉達猛) 저수지, 서쪽으로는 맹혼의 넓은 평야를 볼 수 있는 해발 1,400~1,700m의 차산이다. 하개는 납호족(拉祜族)이 사는 마을로 납호족은 예로부터 수렵, 사냥에 능한 소수민족이다. 아주 오래 전부터 그들의 선조는 이곳에서 차를 심고 가꾸며 살았다. 유락차산의 기낙족과 비슷하게 제갈량을 차조로 여기며 매년 제례(祭禮)를 올린다. 유명한 마을로는 만농신채(曼弄新寨), 만농노채(曼弄老寨), 방분노채(邦盆老寨) 만매(曼邁), 만방(曼蚌), 만납(曼囡), 광별노채(廣別老寨) 등이 있다. 현재 연결된 고차수 다원만 9,000묘 이상으로 서쌍판납에서 연결된 다원으로는 가장 큰 면적을 가지고 있어서 연구 및 관상적인 가치가 뛰어나다. 만농 신채와 노채 사이

하개 고차수 다원

에는 수령이 천 년에 가까운 수십 그루의 거대한 차나무가 아직도 남아 있을 정도로 고차수의 보호가 잘 된 지역이다.

봄철 고차수 일아이엽, 일아삼엽으로 가공했을 때 차의 외형은 솜털이 분명한 새싹에 이파리와 줄기는 긴 편으로 윤기 나는 묵녹색이다. 투명하고 맑은 금황색의 탕색, 쓴맛은 약하고 떫은맛은 약간 강하게 느껴진다. 쓴맛은 바로 사라지고 떫은맛은 입에 약간 남는다. 회감은 늦지만 오래 유지되고 내포성도 뛰어나다.

포랑산布朗山

맹해현 포랑산 포랑족향으로 남쪽으로 미얀마와 접경을 이룬다. 연평균 강우량은 1,300~1,500mm, 연평균 기온은 18.7℃다. 대표적인 산지로 노반장(老班章), 신반장(新班章), 노만아(老曼娥), 만신용(曼新竜), 만나(曼糯) 등이 있다. 노반장과 신반장은 해발 1,600~1,900m, 노만

아는 해발 1,300m에 위치하고, 다원 해발은 1,400m다. 포랑산에는 맹해차창(현 대익다업집단)의 원료를 공급하는 대지차 다원이 있다.

  포랑산의 포랑족(布朗族)은 고대 소수민족인 복족의 후예다. 운남에서 최초로 차를 재배한 민족인 복족의 시작은 상주(商周)시대까지 올라간다. 현재 노만아, 노반장에는 매우 오래된 고차수로 이루어진 다원이 조성되어 있다. 모두 복족과 그들의 후예인 포랑족이 조성한 고차수 다원이다. 노반장에 조성된 수령 600년 이상의 차나무는 모두 이전에 살던 포랑족이 심었던 차나무다. 예전 노만아는 포랑산의 주인 역할을 하던 마을이었다. 마을의 역사만 해도 1,300년이 넘었다. 노만아의 우두머리는 노반장을 비롯한 여러 포랑산 마을의 주민들에게 조공을 받았다. 포랑산 각지의 마을에서는 일년에 한두 번 양식을 진상했고 사냥을 나가서 성공하면 포획물의 다리 하나를 노만아로 보냈다. 이런 조공은 70~80년대까지 이루어졌으나 지금은 사라진 풍습이다.

노만아 마을

노반장 고차수 다원

노반장과 신반장 모두 고차수 다원이 있는데 약 2,000묘 정도 된다. 신반장보다 노반장의 고차수가 좀 더 많고 나이도 많다. 노만아의 고차수 다원 면적은 두 마을보다 넓어서 약 3,000묘 이상 된다. 포랑산 경내에서 생산되는 차는 공통된 맛과 향기의 특징이 있으며 우수한 품질의 차가 생산되지만, 차 가격이 올라가면서 과도한 채엽이 지속되어 품질이 다소 떨어졌다는 평가를 받는 지역도 있다.

봄철 고차수 일아이엽, 일아삼엽으로 가공한 쇄청모차, 긴압차의 외형은 솜털이 빼곡한 살찌고 길쭉한 형태의 새싹이며, 채엽 기준이 높아 어리게 딴다. 줄기는 굵지만 길이가 짧다. 건차의 색은 솜털이 많은 묵녹색, 묵황색이고, 향기는 포랑산 특유의 남성적이고 낮게 깔리는 향이다. 투명하고 밝고 맑은 금황색의 탕색인데, 솜털이 많아 첫 탕은 뿌옇게 보인다. 묵직한 탕질에 쓴맛, 떫은맛이 다소 강하지만 사라지는 속도도 매우 빠르며 한 모금에 회감이 시작되며 매우 강하고 오래 간다. 생진도 강하게 느껴지며 마신 후 입안, 코와 목구멍을 연결하는 비후 통로에 향이 오래 남는다. 노만아 차는 쓴맛이 더욱 강하게 난다. 노만아 차는 쓴맛의 지속 시간이 다른 지역의 차보다 더 길게 느껴지지만 몇 년간의 저장을 통해 극적인 단맛으로 변화한다. 포랑산 차는 쓴맛이 강한 차와 단맛이 강한 차 두 가지로 나누는데, 두 가지 모두 다른 차산에서 생산되는 차에 비하면 쓴맛이 강하다.

소맹송小勐宋 (경홍맹송景洪勐宋)

태족어로 '높은 곳에 있는 마을'이라는 뜻이다. 대맹룡(大勐龍) 맹송, 혹은 소맹송(小勐宋)이라고 부른다. 경홍시 맹룡진 맹송촌에 위치하며 경홍의 최남단에 위치한다. 운남에서 위도가 가장 낮은 고차산으로 해발은 1,500~1,800m 사이다. 고차수 다원이 있는 마을로는 맹송대채(勐宋大寨), 묘서산(苗鋤山), 만천노채(曼遷老寨), 만가파감(曼家坡坎), 만와과(曼窩科), 만산(曼傘) 등이 있다. 맹송의 여러 마을 중 만산촌을 제외하면 모두 애니족이 거주한다. 차를 재배한 역사가 오래되어서 각 마을마다 오래된 고차수가 발견된다. 청나라 때에는 맹송에서 만든 품질 좋은 차는 토사에게 진상되었다. 지리적으로 편벽한 환경이라 외부인의 유입이 적어 환경보존은 매우 잘 되어 있었지만 현재 고수차 열풍과 함께 개방되어 널리 알려져 있다. 5,000여 묘의 고차수 다원이 있으며 관리 상태도 좋다. 차나무의 외형, 종자, 이파리의 형태, 차의 품질은 포랑산 노만아, 만나

소맹송 고차수 다원

품종과 매우 유사한 형태지만 맛의 자극성은 포랑산보다 약하다.

봄철 고차수 일아이엽, 일아삼엽으로 만든 쇄청모차와 긴압차는 솜털이 있는 길고 통통한 새싹에 이파리는 길고 줄기는 짧은 편이며 건차색은 윤기 있는 묵녹색이다. 탕색은 투명하고 맑은 진한 금황색이고, 향기는 포랑산의 묵직하고 낮은 향에 벌꿀향이 더해져 있다. 대맹룡맹송에서도 단맛 나는 차와 쓴맛 나는 차의 두 가지로 나누는데 대부분 오래된 고차수는 단맛이 강한 차가 나온다. 맛은 쓴맛과 떫은맛은 제법 있지만 사라지는 속도가 매우 빠르며 회감으로 나타난다.

파달巴達

태족어로 파달은 '선인(仙人)의 발자취가 있는 곳'이라는 뜻이다. 맹해현의 서부에 있으며 미얀마와 국경을 맞댄 지역으로 해발 1,580~2,000m다. 파달차산은 1962년 중국 최초로 야생형 차나무가 발견되면서 이름을 알리기 시작했다. 이 차나무의 발견으로 중국은 차나무의 원산지를 인도가 아닌 운남성이라는 주장을 했다. 포랑산과 함께 파달은 대익다업집단의 원료를 공급하는 대지차 다원이있다. 대표적인 고수차 산지로 만매(曼邁), 장랑(章朗), 만파륵(曼帕勒) 등이 있으며 대지차 다원, 고차수 다원을 제외하고도 많은 개체의 야생형 차나무도 발견된다. 마을 구성원의 대부분은 포랑족이며 오래된 차나무는 모두 그들의 선조가 심어놓은 것이다.

장랑촌의 역사는 1,400년이 넘어가며 맹해에서 가장 오래된 역사를 가진 마을이라고 할 수 있다. '장랑'이라는 이름은 태족어로 '코끼리가 얼어붙은 지역'이라는 뜻이다. 1,400여 년 전 불가의 제자 마하홍은 스리랑카에서 불교를 공부한 후 코끼리 등에 불경을

모시고 돌아오는 길이었다. 어떤 마을에 도착하자 갑자기 눈보라가 치며 날이 추워졌고 코끼리가 그 자리에서 얼어붙어 쓰러졌다. 인근 마을에서 사람들이 몰려와 코끼리 주위에 장작을 쌓고 불을 피워 몸을 녹여서 극진하게 보살핀 결과 코끼리는 건강을 회복했다. 훗날 마하홍은 이곳에 불탑을 세우고 마을을 세워 이름을 장랑이라고 지어 불경을 구한 주민들에게 고마움을 표했다고 한다.

최근에는 교통이 좋아졌지만, 예전에는 불편한 교통 때문에 고차수 다원의 보존은 잘 되어 있는 편이다. 왜화를 거친 나무가 적고, 있는 그대로의 형태를 간직한 고차수가 많다. 다원에는 여러 나무들이 공생하며 자라서 생태적 환경 역시 우수한 지역이다. 다원에는 대엽·중엽·소엽이 혼재해서 자라는데 대부분 재래품종이 변이해서 발생한 것이다. 고차수 다원은 약 2,000여 묘정도 된다.

봄철 고차수 일아이엽, 일아삼엽으로 만든 쇄청모차, 긴압차는 그 새싹이 얇고 솜털은 비교적 적다. 줄기와 이파리가 긴 편으로 윤기 나는 검은색 위주다. 탕색은 진한 금황색으로 탕질이 매우 두텁다. 향기는 연한 청향이고, 쓴맛은 약하고 떫은맛이 있는데 사라지는 속도가 매우 빠르다. 은은한 회감과 생진이 있으며 내포성이 매우 좋다.

3. 보이시 차산

보이시 묵강현(墨江縣) 연주진(聯珠鎭)에 위치해 있는 차산이다. 해발 1,400~1,600m에 고차수 다원이 있으며 연평균 기온은 17~18℃, 평균 강수량은 1,300~1,400mm로 유기질이 풍부한 토양으로 되어 있으며 애뢰산맥의 일부에 속한다.

청나라 때 황실에 공차로 진상되었고 연주진은 차마고도의 유명한 역참이었다. 주요 산지는 채원(茶園), 반중(班中), 벽승

(碧勝), 용계(勇溪) 등이며 고차수는 군데군데 무리를 이루어 다원이 형성되어 있다. 품종은 모두 군체종 품종으로 채원촌의 대엽녹차(大葉綠茶), 벽승촌의 수립공차 등이 있다. 벽승촌의 고차수 다원은 대체로 보존이 잘 되어 있으며 청나라 때에는 이곳의 차가 황실로

수립공차 고차수 다원

진상되기도 했다.

봄철 고차수 일아이엽, 일아삼엽으로 만든 모차, 긴압차의 특징은 짧고 통통한 새싹에 솜털이 명확하게 보이며, 윤기 나는 묵녹색의 건차색을 보인다. 향기는 청향과 화향이 나며, 맑은 금황색의 탕색이고, 쓴맛은 매우 적고 떫은맛이 느껴진다. 회감은 늦는 편이지만 부드럽게 지속된다.

용패龍堋

묵강현 통관(通關) 용패향에 위치하고 해발은 1,300~1,700m, 연평균 기온 15~18℃, 평균 강수량은 1,350mm로 다원은 유기질이 풍부한 토양으로 조성되어 있다. 주 산지는 용빈(竜賓), 맹리(勐裏), 대먀다(大乜多), 용장(竜場), 다동(打洞), 석두(石頭), 만파(曼婆) 등지로 애뢰산맥의 일부에 속한다. 일부 지역에서 고차수의 왜화가 진행

용패 고차수 다원

되었으며 다원의 면적은 그리 넓지 않다.

　봄철 고차수 일아이엽, 일아삼엽으로 만든 쇄청모차, 긴압차의 특징은 새싹은 얇고 짧으며 이파리와 줄기는 다소 긴 편이다. 윤기 나는 묵색의 건차색을 가지고 있으며 금황색의 진한 탕색으로 밝은 편이다. 쓴맛이 떫은맛보다 강조되어 나오지만 곧 사라지고 단맛으로 변화한다. 탕질은 투툼한 편이며 회감이 있다.

미제迷帝

묵강현 신무향(新撫鄕)에 위치하며 해발은 1,300~1,940m, 평균 기온 14~18℃, 평균 강수량 1,290mm이며, 유기질이 풍부한 토양으로 조성되어 있고 애뢰산맥의 일부에 속한다. 주요 산지로는 계비(界碑), 신당(新塘), 반포(班包), 나헌(那憲) 등이 있다.

　명나라 신종(神宗,1573~1620) 시기부터 차나무를 심기 시작했고

미제 고차수 다원

청나라 때 재배면적이 더욱 확대되었으며 차마고도의 중요한 역
참이 된다. 원래 이름은 미지(米地)였는데 청나라 때 공차로 지정되
면서 황제(皇帝)가 즐겨 마신다고 하여 미제로 불리게 된다. 황제가
마셨던 차라는 명성은 그리 오래가지 않았다. 대약진 운동, 문화혁
명, 담배농사 장려 등의 정책으로 농민들은 다원의 고차수를 많이
베어내고 다른 작물들을 심어서 고차산의 면적은 갈수록 줄어들었
다. 현재 남아 있는 고차산의 면적은 그리 넓지 않으며 남은 차나
무는 일정 군락을 이루며 재배되고 있다. 가장 나이가 많은 차나무
로 이루어진 고차수 다원은 300여 묘 정도 되지만 원래 형태를 유
지한 높은 차나무는 쉽게 볼 수 없다. 명나라, 청나라 때부터 심어
진 오래된 고차수, 그리고 80년대부터 다원에 보충되어 심은 차나
무가 많다. 봄철 순 고수차 생산량은 200kg 미만이며 연간 고수차
생산량은 1톤 미만이다. 현재 미제차는 과거의 명성과 적은 생산
량 덕분에 인기를 끌며 투기 현상도 보이고 있다.

봄철 고차수 일아이엽, 일아삼엽으로 만든 미제차의 특징은 새싹이 많으며, 이파리와 줄기는 비교적 가늘고 긴 편이다. 건차의 색은 윤기 나는 묵녹색이고, 탕질은 부드러우며 매끄럽다. 향기는 청향과 난꽃향이 나며, 쓰고 떫은맛이 명확하게 느껴지지만 사라지는 속도 역시 빠르다. 회감도 빠르며 유지 시간도 긴 편이다.

곤록산困鹿山

녕이현(寧洱縣) 녕이진(寧洱鎭)에 위치하며 해발 1,000~1,800m 사이에서 고차수가 자란다. 연평균 기온 17~19℃, 평균 강수량 1,700mm로 차나무가 자생하기 좋은 기후다. 토양은 유기질이 풍부한 홍토(紅土)로 구성되어 있으며 무량산(無量山) 산맥에 속한다. 주요 산지는 관굉(寬宏), 서살(西薩), 겸강(謙崗) 등지이며 고차수 다원은 마을 주변에 형성되어 있다. 다원과 양식을 간작하는 곳이 많아 비료와 농약에 노출된 다원도 발견되는데 일부 고차수 다원에서는 간작을 포기하고 차나무만 재배하기도 한다.

곤록산은 청나라 때 공차가 생산되었던 산지 중 하나로 관굉촌의 소수민족 애니족이 400여 년 전부터 차나무를 심고 가꿔왔다. 고차수의 품종은 곤록산대엽차, 서살대엽차 등의 군체종 위주이며 현지에서는 이파리가 가늘고 백호가 많다고 하여 백모차(白毛茶)라고 부른다. 곤록산 관굉촌의 고차수 다원에는 수령 400년 이상의 370여 그루의 오래된 차나무가 있으며 대·중·소엽이 혼재해서 자란다.

관굉촌의 고차수 다원 이외에는 대부분의 마을에 있는 고차수는 왜화를 거친 것이 많다. 수령이 매우 오래된 것으로 추정되는 과도기형 차나무도 발견되며 근처 원시삼림에는 대리차(大理茶) 품종의 야생형 차나무도 발견된다. 곤록산은 가까운 범위 내에 야생형, 과

곤록산 고차수 다원 차왕수

도기형, 재배형 차나무가 자생하는 지역이라 차나무의 진화와 품종 연구에 매우 중요한 의미를 가지고 있다.

봄철 고차수 일아이엽, 일아삼엽으로 만든 곤록산 고수차는 새싹이 얇은 편으로 윤기 나는 묵색이며, 묵녹색의 건차색을 가지고 있다. 향기는 청향, 벌꿀향이 있고 탕질은 부드럽지만 가볍고 입에서 느껴지는 단맛이 좋고 생진도 뚜렷하지만 회감은 약한 편이다. 내포성은 다소 떨어진다.

국경國慶

강성현(江城縣) 국경향(國慶鄉)에 속해 있으며 해발 1,100~1,400m에 고차수 다원이 있다. 연평균 기온은 19.2℃, 평균 강수량은 2,360mm로 기온이 높고 비가 많이 내려 습한 환경이다. 토양은 유기질 함량이 높은 붉은색 적홍양(赤紅壤)으로 구성되어 있다. 주

국경 고차수 다원

요 산지는 낙첩(絡捷), 마등(麽等), 전방(田房), 알륵(嘎勒), 박별(博別),
화평(和平) 등이다.

　강성 지역은 이무 지역의 북쪽에 위치해 육대차산이 흥성했을
때 많은 영향을 받은 지역이다. 강성의 낙첩촌, 전방촌 등에서 차
나무를 재배한 역사는 200여 년이 넘는다. 낙첩은 소수민족 이족
이 많이 사는데 지역 이름은 민족 언어로 '차'라는 뜻이다. 전체 강
성 지역에서 수령 100년 이상의 고차수 다원은 6,000여 묘로 넓은
편이며 일부 지역에서는 수령이 매우 오래된 야생형 차나무도 발
견되었다. 강성 지역에서 발견되는 고차수는 오랜 예전 이무지역
에서 차나무 종자를 가져와서 심은 것이다. 이무에서 재배기술과
가공기술도 들여왔고 지리적으로 가깝기 때문에 차의 품질 역시
이무와 흡사하다. 고차수 다원 이외에도 매우 넓은 규모의 현대식
대지차 다원이 조성 되어있다. 이곳에서는 장엽백호(長葉白毫), 운
항10호(雲抗10號) 등의 신품종이 재배된다.

봄철 고차수 일아이엽, 일아삼엽으로 가공한 쇄청모차, 긴압차의 외형은 새싹이 가늘고 짧다. 줄기와 이파리는 길게 자라는 편으로 가공을 마친 차는 윤기 나는 묵녹색을 띤다. 향기는 청향과 은은한 꽃향기가 있으며, 쓴맛과 떫은맛이 매우 약하다. 마신 후 입에서 단맛이 느껴지며 회감은 늦게 올라오지만 지속 시간은 긴 편이다. 전체적으로 이무 고수차와 비슷한 성격을 가지고 있지만 이무 고수차의 두텁고 매끄러운 탕질이 아니라 부드럽고 가벼운 느낌이다. 내포성도 이무 고수차와 비교하면 짧은 편이다.

노창복덕 老倉福德

경동현 북부의 안정향과 문용향에 있으며 무량산(無量山)의 동쪽 기슭이다. 해발은 1,600~2,300m, 연평균 기온 12~15℃, 연평균 강수량은 1,300~1,400mm로 낮은 기온이며 건조하다. 토양은 유기질이 풍부한 홍양(紅壤)이며 풍화된 청석(靑石)과 자갈이 많은 구조다. 주요 산지는 이창(迤倉), 중창(中倉), 외창(外倉), 하저(河底), 민복(民福), 방위(邦崴), 방매(邦邁) 등이다. 노창복덕에는

노창복덕 고차수 다원

수많은 고차수 다원이 조성되어 있는데 모두 마을 주변에 있다. 고차수는 주로 밭의 두렁가에 심어져 있는 형태로 천여 년 전 남조국(南詔國), 대리국(大理國) 시절의 재배 방식이다. 다원은 연결되어 있

는 형태보다는 군데군데 떨어진 형태로 일부 수량의 고차수가 모여 작은 다원을 이룬다. 산세가 험하고 바람이 많이 부는 지역이라 건조지수가 높다. 낮은 기온과 습도, 높은 해발 때문에 봄차의 생산시기가 매우 늦지만 높은 향을 가진 차가 만들어진다. 노창복덕의 안정(安定) 지역은 티베트로 올라가는 차마고도가 지나가는 길목이어서 청나라 때 매우 번성했던 지역이었지만, 현재 서쌍판납과 보이, 임창지역의 발전에 비해면 개발이 늦은 편이다.

1925년 차박람회에서 운남성 성장(省長)이 수는 최우수상을 수상했다. 차나무 품종도 매우 다양하다. 재래품종인 군체종품종, 경곡 소엽종, 맹고대엽종이 모두 혼재하여 자란다. 원시삼림에는 대리차 품종인 야생 차나무도 많이 발견된다. 교통이 불편해서 훼손된 다원은 적은 편이다.

봄철 일아이엽, 일아삼엽으로 만든 고수차의 외형은 작고 가는 새싹 형태이며, 자생하는 품종이 여러 품종이라 이파리와 줄기의 형태도 다양하다. 건차의 색깔은 윤기 나는 묵녹색으로 녹색이 약간 진한 편이다. 경곡 소엽종은 줄기와 이파리가 작고 맹고 대엽종은 줄기, 이파리가 모두 길쭉한 형태다. 무량산 재래품종은 새싹의 발달이 약하고 윤기 나는 묵색의 이파리 색이다. 탕질은 부드럽고 매끈하며 향기는 독특한 야생꽃 향기, 탕색은 투명한 황녹색으로 쓴맛은 약하고 떫은맛이 남는다. 회감은 늦지만 오래 지속되며 생진도 좋은 편이다.

금정金鼎

경동현 임가향(林街鄉)과 경복향(景福鄉)에 위치한 차산으로 고차수가 있는 지역의 해발은 1,800~2,000m. 연평균 기온은 11~15℃,

강수량은 1,300~1,400mm이며 무량산 서쪽 기슭의 특징은 유기질이 풍부한 홍양과 작은 자갈이 많은 구조다. 고수차가 생산되는 주요 산지는 암두(巖頭), 용동(龍洞), 정두(箐頭), 정파(丁帕), 청하(清河), 금계림(金雞林), 공평(公平) 등이다. 전체 고차수 재배 면적은 넓지만, 차나무 재배 형태가 연결된 다원의 모습이 아닌 몇 십 그루씩 군데군데 조성되어 있어서 실 재배 면적은 그리 많지 않다. 무량산, 애뢰산의 다른 마을과 마찬가지로 오래된 고차수는 남조국, 대리국 시절의 재배방식으로 밭두렁에 심어져 있다. 품종은 무량산 군체종 품종, 봉경대엽차, 맹고대엽차, 경곡소엽차 등으로 여러 품종이 함께 자란다.

봄철 고차수 일아이엽, 일아삼엽으로 만든 고수차는 여러 품종이 자생하는 환경으로 인해 다양하게 나온다. 외형은 윤기 나는 묵녹색, 향기는 높은 청향과 독특한 야생꽃 향기, 맑은 금황색의 탕색, 매끄럽고 두터운 탕질, 쓴맛이 떫은맛보다 강하게 남지만 사라지는 속도가 빠르다. 회감도 빨리 느껴지며 내포성은 적당하다. 노창복덕의 차와 비슷한 유형이지만 향과 맛은 다소 떨어진다.

만만漫湾

경동현 만만진에 위치하며 무량산의 서쪽, 임창의 경계에 속한다. 해발은 1,700~2,300m, 평균 기온은 14~15℃, 평균 강수량은 1,300mm로 고해발, 저기온, 저습도의 다원이다. 토양은 유기질이 풍부한 홍양과 자갈이 많은 재질로 구성되어 있다. 임창 운현의 봉경대엽차와 맹고대엽차, 무량산 군체종 품종이 자생하는 차산이다. 주요 산지는 안소(安召), 온죽(溫竹) 등이며 고차수는 몇 십 그루씩 군데군데 분포해 있다.

봄철 고차수 일아이엽, 일아삼엽으로 만든 고수차는 여러 품종이 자생하는 환경으로 인해 다양하게 나온다. 외형은 윤기 나는 묵녹색, 향기는 높은 청향이고, 투명한 황녹색의 탕색, 매끄러운 탕질, 쓴맛이 떫은맛보다 강하게 남지만 사라지는 속도가 빠르다. 회감과 내포성은 적당하다.

문산文山

경곡현 경곡향에 위치하며 고차수 다원은 해발 1,600~2,100m 사이에 있다. 연평균 온도는 20℃, 연평균 강수량은 1,300mm로 따뜻한 기후를 보인다. 유기질이 풍부한 홍양과 일반적인 황종양(黃棕壤)으로 구성되어 있으며 일부 지역의 토양은 점착성이 있다.

주요 산지는 고죽산(苦竹山), 소경곡(小景谷), 문소(文召), 운반(雲盤), 문련(文聯), 단산(團山), 문동(文東) 등이다. 오늘날 넓은 면적을 자랑하는 경곡의 다원은 청나라 말 기양정(紀襄廷)이라는 사람이 주도하여 이루어 낸 성과다. 편벽한 산골에서 곡식의 생산량이 소비량을 따라가지 못하던 시절, 기양정은 경곡의 기후와 토양이 차나무 재배에 적합하다고 생각하여 외지에서 차나무 종자를 도입, 경곡 일대에 보급했다. 그리고 소경곡에 항풍원(恒豊元)차장을 세워 경곡 지역을 보이차 산업의 중요한 지역으로 만들었다. 당시 그가 보급했던 차나무는 지금 현재 백 년이 넘은 고차수가 되었고 오늘날 우수한 보이차가 생산되는 명산지로 이름을 알리고 있다. 소경곡과 더불어 고죽산, 문산 등지에도 오래된 차나무가 다원을 이루며 자생하고 있다.

봄철 고차수 일아이엽, 일아삼엽으로 만든 쇄청모차, 긴압차의 특징은 통통하고 짧은 새싹에, 솜털이 많으며 이파리와 줄기는 짧은 편이다. 건차의 색은 윤기 나는 묵황색, 맑고 빛나는 금황색이며, 향기는 벌꿀향, 연한 청향 위주이고, 탕질은 두툼한 편이다. 쓴맛은 적고 떫은맛이 있다. 회감은 비교적 괜찮은 수준이며 지속 시간은 긴 편이다.

경매景邁

란창시 혜민향(惠民鄕)에 위치하며 현존하는 가장 넓은 고차수 다원이 있는 차산으로 태족어로 '새로 발견한 마을'이라는 뜻이다. 해발 1,100~1,570m, 연평균 기온 17~19℃, 평균 강수량은 1,400mm로 토양은 유기질의 함량이 매우 높은 적홍양과 홍양 위주이다. 고수차가 생산되는 산지는 경매(景邁), 망경(芒景), 망홍(芒洪), 맹본(勐本), 옹

경매 고차수 다원

와(翁窪), 옹기(翁基), 노주방(老酒房) 등이다. 경매차산은 만 묘 고차수 다원으로 유명하다. 대단위 차나무를 재배한 기록은 약 1,300여 년 전으로 경매에 있는 사원 비석에 새겨져 있다. 그리고 망경 마을의 포랑족 사료에 의하면 차나무를 심기 시작한 것은 1,800년 전, 혹은 그보다 더 오래되었다는 주장도 있다. 전설로 전해지는 포랑족 전쟁영웅 팔암냉(叭巖冷)의 일화에 차나무가 등장하며 매년 망경의 사원에서는 팔암냉을 기리는 제례가 열린다.

생산량이 가장 많은 곳은 경매와 망경 두 지역으로 경매는 태족,

망경은 포랑족이 거주하는 마을이다. 경매, 망경 차산의 고차수 다원 면적은 2만 묘 이상으로 매우 넓은 면적이다. 연결된 다원으로는 현존하는 가장 넓은 재배형 고차수 다원이다. 경매차산은 환경보호가 비교적 훌륭한 편이다. 왜화를 거친 차나무는 드물며 원형 그대로를 유지한 고차수가 많다. 2012년 7월부터 밀식 다원을 유기농 다원으로 전환하기 시작했고 현재 경매차산에서 생산되는 모든 차는 유기농 제품이다.

경매차산은 여러 품종이 자생하는 지역이다. 재배 역사기 오래된 만큼 외지에서 들어온 품종도 많고 자연 변이가 발생한 품종도 많다. 가장 많이 발견되는 품종은 중·소엽종으로 완성된 차에서도 그 특징이 나타난다.

봄철 고차수 일이이엽, 일아삼엽으로 만든 쇄청모차, 긴압차의 특징은 새싹은 솜털이 많고 통통하며 짧은 편이다. 건차는 윤기 나는 묵녹색, 묵황색으로 이파리와 줄기의 사이가 짧다. 향기는 높은 청향과 함께 난꽃향이 있으며 맑고 투명한 금황색의 탕색을 가진다. 탕질은 가벼운 느낌이지만 매우 매끄럽다. 쓴맛과 떫은맛이 모두 있는데 균형있는 느낌이며 사라지는 속도가 빠르다. 회감, 생진이 빠르고 오래 지속되며 마신 후 비후 통로에 남는 향기가 근사하다.

방위邦崴

란창현 부동향(富東鄕)에 위치한다. 향정부 소재지에서 12km 거리에 있으며 최근 개통된 도로가 있어 접근성이 매우 좋아졌다. 해발 1,600~2,026m, 연평균 기온 16~17℃, 연평균 강수량 1,100~1,300mm로 높은 해발 때문에 기온이 다소 낮은 지역이다. 토양은 유기질이 풍부한 홍양 위주이며, 대표적인 산지는 방위신채(邦崴新

寨), 방위노채(邦崴老寨), 나동(那東), 소패(小壩), 남전(南滇) 등이다. 방위는 소수민족인 납호족(拉祜族)과 한족이 사는 지역이다. 납호족이 방위에 거주한 기록은 매우 오래 되었고 훗날 한족이 유입되었다.

방위 일대의 소수민족인 납호족의 차 재배 역사는 수백 년에 이른다. 방위가 유명한 차산지가 되기까지는 이 지역의 독특한 차나무의 역할이 있었다. 이곳에는 과도기형 차나무가 자라는 독특한 군락이 있다. 과도기형 차나무는 야생형 차나무에서 현재 재배형 차나무로 진화하는 가운데 발생한 과도기적 특징을 가진 차나무를 말한다. 대표적인 과도기형 차나무로는 마을에 있는 수령 1,100년 가량의 차수왕(茶樹王)이 있다. 1993년 4월 중국 보이차 국제 학술 연구회 당시 9개 나라 181명의 전문가들이 방위를 찾아가 고차수를 분석하고 연구 결과를 발표했다. 고차수의 염색체 조형을 분석한 결과 방위 고차수는 인도 아쌈종과 운남 대엽종보다 원시적인 형태이며 외관으로 보이는 특징도 야생형 차나무와 재배형 차나무의 형태를 모두 갖춘 차나무라고 발표했다. 현재 이곳 고차산의 차나무는 마을 주변으로 드문드문 분포되어 있다. 수형이 장대하며 주간도 높이 자라서 오래된 고차수의 교과서와 같은 모습을 보여준다.

봄철 고차수 일아이엽, 일아삼엽으로 만든 쇄청모차, 긴압차의 특징은 윤기 나는 묵녹·묵황 색의 건차색이며, 백호가 있다. 새싹은 길고 통통하며 전체적인 형태가 시원하고 길쭉해 보인다. 연한 쓴맛과 약한 떫은맛을 가지고 있으며 진한 탕질을 가지고 있다. 회감은 비교적 느린 편이지만 생진이 활발하게 일어난다. 탕색은 맑고 투명한 금황색이고, 향기는 은은하고 오래 가며 내포성이 좋다.

4. 임창시 차산

빙도冰島

임창의 차 생산지역은 주로 창원(滄源), 쌍강(雙江), 봉경(鳳慶), 운현(雲縣), 영덕(永德) 등지에 집중되어 있다. 그중 규모가 큰 고차수 군락지는 쌍강 맹고 대설산(大雪山)이고 매우 중요한 차 생산지역이다. 임창 지역의 다원은 매우 다양한 품종을 가지고 있으며 유명한 산지인 빙도 차나무 품종은 운남 국가급 우량품종인 맹고대엽종의 모수가 되는 품종이다. 임창에서 가

장 유명한 산지를 일컬어 맹고18채라고 말하는데 다음과 같다.

동반산	망방(忙蚌), 파나(壩糯), 나초(那焦), 방독(幫讀), 나새(那賽), 동래(東來), 망나(忙那), 성자(城子)
서반산	빙도(冰島), 패가(壩卡), 동과(懂過), 대호새(大戶賽), 공롱(公弄), 방개(幫改), 병산(丙山), 호동(護東), 대설산(大雪山), 소호새(小戶賽)

위에 나열한 산지들은 최근 들어 모두 인지도가 높아졌다. 그중에서 빙도라는 마을은 매년 최고가의 모차 가격을 기록하며 이름을 알리고 있다. 빙도촌민위원회(冰島村民委員會)는 빙도, 지계(地

界), 나오(糯伍), 남박(南迫), 파외(壩歪)라는 다섯 마을을 관할한다. 그중 파외와 나오는 동반산에, 나머지 세 마을은 서반산에 있다. 빙도 노채는 근 몇 년간 엄청난 상승폭을 보이며 가격이 올랐다. 빙도 노채의 차가 비싼 이유는 생산량이 매우 적기 때문이다. 유명세를 타기 시작하고 사람들이 몰리자 파는 사람은 물론 사는 사람까지 가격을 올려가며 사기 시작했다. 빙도 노채에는 고차수라고 부를 수 있는 다원의 면적이 겨우 100여 묘이다. 그리고 1949년 이후 새로 심은 소차수는 600~700여 묘에 불과하다. 고차수는 마을 앞, 중간에 몇 백 그루 정도 있으며 빙도 노채의 고차수 순료는 봄철에 많이 생산되어도 1~2톤을 넘지 않는다.

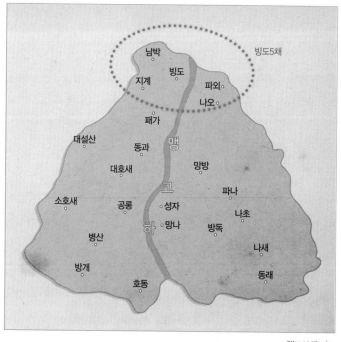

맹고18채 지도

빙도 차수왕

게다가 최근 한 그루의 차나무로만 만드는 단주차(單株茶) 붐이 불어 각 집에서 만든 빙도 고수차의 품질이 서로 다르다. 단주 붐이 불기 전, 봄철 고차수 혼채(混採) 일아이엽, 일아삼엽으로 만든 쇄청모차, 긴압차의 득징은 다음과 같다. 윤기 나는 묵녹색의 건차, 새싹은 통통하고 긴 편이며 솜털이 많다. 떫은맛은 매우 적고 약한 쓴맛이 있다. 쓴맛은 곧바로 단맛으로 변하고 혀 아래의 생진도 풍부하게 일어난다. 탕질은 매우 매끄럽고 부드러우며 강하지 않고 은은한 회감이 지속된다. 자칫 싱겁다고 느낄 수 있지만 차를 마신 후 목과 비후 통로를 통해 올라오는, 그리고 잔류하는 향기는 결코 약하지 않다. 여리고 달콤한 꽃향기가 나오며 내포성이 매우 우수하다.

나오糯伍

고차수의 수량은 매우 적지만 성장 형태는 매우 장관인 지역이다. 특히 남박, 지계, 나오는 오래된 고차수가 자라는 지역이다. 나오 노채는 2003년 이전에는 겨우 30여 가구가 살던 작은 마을이었다. 마을은 모두 소수민족인 납호족이 거주한다. 전기, 도로가 들어오기 힘든 매우 편벽한 지역에 위치해서 정부에서는 한 차례 이주를 권장했고 많은 사람들이 대로변에 조성된 마을터로 옮겨 가서 새로운 마을을 만들었다. 새로운 마을의 이름은 나오신채(新寨). 하지만 고차수는 모두 나오노채 주변에 있기 때문에 매년 차철이 오면 다시 노채로 돌아가 차를 채엽한다.

나오노채 고차수

나오노채의 차는 생산량이 매우 적다. 아직도 노채로 향하는 길은 매우 불편한데 봄철 하루에 300여 명이 찾는 빙도노채보다 보존된 환경은 월등하게 앞선다. 나오노채의 고차수 다원은 겨우 70여 묘 정도밖에 되지 않아 차나무 수량은 매우 적지만 가지치기를 하지 않은 차나무가 많고 수령이 오래된 고차수도 많아 다원 보존이 잘 된 곳이다.

봄철 고차수 일아이엽, 일아삼엽으로 만든 쇄청모차, 긴압차의 특징은 다음과 같다. 솜털이 가늘고 빽빽하게 들어선 새싹과 자란 이파리는 윤기 나는 어두운 검은 색으로, 병차로 가공하면 시원하게 뻗은 윤기 나는 어두운 색의 이파리와 가지가 매력적이다. 탕색은 투명하고 깨끗한 맑은 황색이며, 향기는 낮게 깔리는 순한 향으로 빙도노채와는 사뭇 다르다. 부드럽지만 묵직한 탕질, 은은한 회감 등이 특징이다.

지계地界

지계마을은 나오마을과 마찬가지로 교통이 불편해서 정부의 주도 아래 다른 마을로 이사를 했다. 역시 지계노채 주변으로 50여 묘

지계 고차수

의 고차수 다원이 있고 품질은 빙도노채에 비해 결코 뒤지지 않는다. 지계에서 생산되는 생엽은 빙도노채로 운송되어 차상들에게 빙도차로 판매되기도 한다. 역설적이게도 불편한 교통 덕분에 생태 환경은 좋지만, 나원 면적이 작아서 차 생산량은 매우 적다. 빙도노채, 나오노채, 지계노채 세 지역은 빙도 5채 중에서 생산량이 매우 적은 지역이다.

봄철 고차수 일아이엽, 일아삼엽으로 만든 쇄청모차, 긴압차는 윤기 나는 어두운 색의 시원하게 뻗은 찻잎이 특징이다. 떫은맛은 적고 은은한 쓴맛이 있다. 떫은맛, 쓴맛이 사라지는 속도가 빠르며 곧바로 단맛으로 변한다. 생진은 빠르고 회감은 빙도노채보다 늦지만 은은하다. 회감 지속 시간도 긴 편이고 비후 통로에 남는 향기도 빙도노채와 비슷하게 근사하다. 여러 모로 빙도노채와 비슷한 특징이 있다.

남박南迫

빙도노채와 겨우 5km 떨어진 마을로 역시 다른 마을과 마찬가지로 교통이 불편하여 새로운 마을로 이사를 갔다. 이사 가는 것을 반대하고 여전히 노채에 남아서 사는 사람도 일부 있다. 매년 차철이 되면 새로운 마을로 이주했던 사람들도 노채로 돌아가 채엽을 한다. 500년 정도의 마을 역사를 가졌고 이사 가기 전에는 70여 가구가 살았던 마을이다. 남박노채는 가공 기술이 낮아 직접 가공한 차는 품질이 떨어지는 편이다. 그래서 이곳에서 생산되는 생엽의 대부분은 빙도노채로 가져가 가공을 거쳐 판매가 되었다. 남박노채의 고차수는 빙도노채보다 많다. 그리고 해발도 더 높으며 생태 환경도 매우 원시적이다. 남박노채에는 한 그루의 맹고대엽종 차왕수가 있는데 주간 둘레가 3m, 높이는 약 10m에 이르는 대형 차나무다. 다른 지역과 다르게 뿌리 윗부분까지 잘라내는 가지치기를 하지 않고 원형을 유지하고 있는 고차수가 많다.

봄철 고차수 일아이엽, 일아삼엽으로 만든 쇄청모차, 긴압차는 이파리와 줄기가 튼실하고 윤기가 있다. 백호가 많은 새싹, 전체적으로 어두운 색이지만 옅은 녹색도 보인다. 깔끔한 단맛, 약한 쓴맛이 특징이며 회감도 좋은 편으로 단맛이 오래 이어진다. 향기는 꽃향기 계열로 빙도노채와 비슷하다.

남박 고차수 다원

파외帕歪

파외 고차수 다원은 해발 1,500m의 맹고 동반산 지역에 있다. 빙도촌민위원회에 속하며 빙도 5채 중 하나다. 차나무는 마을을 중심으로 주변에서 자라고 있으며 빙도노채보다는 고차수 다원의 면적도 넓고 생산량도 많다. 소수민족인 납호족이 사는 지역과 한족이 사는 지역으로 나뉘는데 수령이 오래된 고차수는 주로 납호족이 사는 지역에 많고, 수령이 어린 소차수는 한족 지역에 많다. 파외는 지리적으로 빙도노채와 가깝고 차의 품질도 비슷하지만 가격은 빙도노채와 비교하면 저렴한 편이다. 게다가 고차수 다원의 면적도 빙도노채와 비교하면 넓은 편이라 생산량도 많다. 파외 마을의 고수차는 두 가지 유형의 맛으로 나뉘지만 차의 향기는 빙도노채와 매우 흡사하다. 마을의 아래에 있는 다원에서 생산되는 차는 향이 진하고 떫은맛이 대체로 강한 편이다. 마을 왼쪽의 다원에서 생산되는 차는 단맛이 느껴지며 떫고 쓴맛은 약하여 부드러운 맛이 특징이다. 다만 빙도노채의 차보다는 내포성이 다소 떨어진다.

파외 고차수 다원

석귀昔歸

석귀는 운남성 임창의 망녹산(蟒鹿山) 석귀촌(昔歸村)에 위치한다. 망녹산은 임창 대설산에서 동쪽 방향으로 연결된 지역이다. 예전에는 석귀차와 망녹차의 구분이 없었지만, 최근 석귀 지역의 명성이 높아지면서 따로 구분하고 가격 차이도 많이 벌어졌다. 석귀 지역에는 주간의 낮은 부위에서 가지치기를 하지 않은 차나무가 많다. 그리고 예전에는 채엽을 과도하게 하지 않아 맛이 다른 지역에 비해 진하게 나오는 편이었다. 하지만 최근 몇 년간 모차 가격이 급격하게 오르자 과도한 채엽을 하는 다원도 늘어나서 맛이 다소 싱거워졌다. 가장 오래 되어 보이는 고차수의 수령은 약 250년 정도로 주간 둘레는 100cm 정도 된다. 석귀 지역에는 100여 년 된 고차수가 많고 주간 둘레는 60~100cm로 측정된다. 석귀 지역의 고차수 다원 면적은 그리 넓지 않다. 오히려 새로 조성한 소차수 다원은 매년 증가하는 추세다. 봄차 생산량은 순수 고수차를 기준으로 많이 잡아도 2톤 내외이며 가을차는 그보다 적게 나온다. 다른

석귀 고차수 다원

지역처럼 몇 백, 몇 천 년이라는 과장은 없지만 이곳에서 생산되는 차가 인기를 끄는 이유는 바로 맛과 향기가 우수하면서 희소성이 있기 때문이다.

봄철 고차수 일아이엽, 일아삼엽으로 만든 쇄청모차, 긴압차는 흡사 난꽃의 향기와 닮았고 떫은맛, 쓴맛이 조화로우며 마신 후 목에 걸리는 단맛이 매우 강하다. 그래서 석귀차를 경매차산의 난꽃 향과 노반장의 회감을 가진 차라고 말한다. 이파리와 줄기는 길게 자라고 가공을 마치면 약간 마른 형태가 된다. 새싹은 백호가 있지만 뚜렷하지는 않고 이파리는 윤기 나는 어두운 색으로 긴압을 마치면 병면에 윤기가 흐른다.

맹고 대설산勐庫大雪山

맹고 대설산 야생 차나무

야생 차나무가 군락을 이루어 자생하는 지역이며 약 1만 묘가 넘는 광범위한 면적으로 세계에서 가장 높은, 가장 넓은 야생 차나무 군락지이다. 맹고 대설산은 임창시 쌍강현의 서부에 있다. 최고 해발은 3,200m로, 유명한 야생 차나무 군락지는 해발 2,200~2,750m 사이에 있다. 여기에서 자생하는 야생 차나무는 운남에서 가장 많은 야생차 나무 품종인 대리차(大理茶)종이다. 폴리페놀과 아미노산, 카페인이 모두 있지만 비율이 다르고 비린향과 맛을 내는 특정 아미노산 함량이 높아서 비릿한 맛과 향이 나온다. 이런 이유로 대부분의 야생차는 감관심평에서 일반 고수차에 비해 낮은 점수를 기록한다. 어린 싹은 드물고 윤기 없는 어두운 검은색과 녹색이 특징이다. 이파리의 융기면은 적고 가장자리의 톱니모양(거치, 鋸齒)이 없다.

야생차와는 다르게 맹고 대설산에서 생산되는 재배형 고수차는 매우 좋은 품질을 가지고 있다. 크고 두툼한 이파리, 떫은맛이 적고 약간 강하게 느껴지는 쓴맛은 회감을 좋게 만든다. 탕질이 두터우며 매력적인 연한 꽃향기가 있다.

동과懂過

대설산 한 자락의 편벽한 산골에 있는 마을로 교통이 불편해 다른 지역에 비해 큰 명성은 없지만 품질 좋은 차가 나온다. 2007년 이후부터 찻길이 열려 아직까지 세간에 널리 알려지지 않은 지역이다. 동과는 맹고 서반산에서 가장 큰 마을로 네 개의 마을이 모두 동과

동과 고차수 다원

촌위원회(懂過村委員會)에 속해 있다. 그 중 가장 큰 마을인 동과대채(懂過大寨)는 400여 가구가 사는 큰 마을이다. 동과 마을의 전체 다원 면적은 5,700여 묘로 매우 넓지만 소차수 다원이 절반 이상을 차지한다. 그래서 일년 전체 생산량은 100톤에 이를 정도로 많지만 고수차 생산량은 매우 적은 편이다.

봄철 고차수 일아이엽, 일아삼엽으로 만든 쇄청모차, 긴압차에서는 매우 도도한 느낌의 벌꿀향이 난다. 쓴맛과 떫은맛은 강한 편이나 사라지는 속노노 빠르나. 회감과 생진도 내우 빠르고 강하게 다가오는데 매우 남성적인 느낌이다. 비록 석귀고수차에 비해서 부드러운, 진한, 향긋한 느낌은 떨어지지만 묵직하고 진한 느낌은 석귀차와는 다른 또다른 매력이다.

보이차의 제작과정

2. 보이차의 제작 과정

운남대엽종차雲南大葉種茶

운남성 차구에 분포하는 각종 교목형·소교목형 대엽종 차나무 품종의 총칭이다. 다른 차나무 품종에 비해 폴리페놀 함량이 높고 아미노산 함량이 낮다. 주로 보이차와 홍차의 원료로 적합하다.

운남 대엽종의 다 자란 잎

긴압차緊壓茶

모차, 산차를 고온 고습의 증기로 쪄서 압력을 가해 입체적인 형태로 만든 차를 긴압차라고 한다. 차를 긴압한 이유는 저장과 운송에 편리하게 하기 위함이다. 주로 멀리 팔려 나가는 차의 운송에 매우 적합한 가공 방법이다. 일찍부터 운남, 호남, 호북, 광서 등의 지역에서 차를 생산했고 흑모차(黑毛茶)로 가공되었다. 대표적으로 보이차, 천량차(千兩茶), 복전(茯磚), 흑전(黑磚), 육보차(六堡茶) 등이 있다.

긴압 가공 중 증기 긴압 방식은 송대의 증청병차의 가공법과 비슷하며 생산의 역사는 매우 오래 되었다. 약 11세기 전후, 사천의 차상인은 녹차를 쪄서 납작한 떡 모양의 병차(餅茶)로 만들었는데 이런 차들은 서북 등지의 먼 곳으로 팔려나갔다. 송대에는 긴압차의 심미적 분야가 발달한다. 곧이어 용봉단차(龍鳳團茶)라고 불리는 매우 번거로운 가공을 거쳐 만들어지는 사치스러운 긴압차도 등장한다. 용봉단차를 만들기 위해서는 극심한 노동력 착취가 발생했다. 이에 명 태조 주원장은 용봉단차를 만드는 것은 백성의 고혈을 빨아먹는 것이라고 말하며 1391년 단차 제작을 금지한다. 이로 인해서 궁정과 귀족, 문인들이 즐겨 마시던 긴압차는 사라졌고 오직 변방 지역에서 팔리는 차만 긴압차의 형식을 유지하게 된다. 이때부터 긴압차는 변방에서 소비되는 차로 거친 이파리로 만드는 저급차라는 인식이 생겨나게 된다. 청나라 때 보이차가 공차가 된 후 긴압 기술이 한 단계 더 발전하게 되며 긴압차는 많은 변방 소수민족의 필수품이 되었다.

생차와 숙차의 제다 공정

보이차 (생차)	탄방 → 살청 → 유념 → 쇄청건조(쇄청모차) → 골라내기 → 긴압성형 → 음건 → 포장
보이차 (숙차)	쇄청모차 → 악퇴발효 → 건조(고온건조살균) → 산차 → 긴압성형 → 건조 → 포장

쇄청모차晒靑毛茶

쇄청모차

보이차의 원료가 되는 차를 말한다. 쇄청모차는 살청, 유념을 마치고 햇볕에 말려 완성하는데 '쇄청(晒靑)'은 햇볕에 말린 찻잎이라는 뜻이고 '모차(毛茶)'는 아직 정제되지 않은 초벌차라는 뜻이다.

생차生茶

생차 탕색

살청, 유념, 쇄청건조를 마친 쇄청모차를 정제하여 만든 보이차를 말한다. 갓 만든 생차는 폴리페놀 성분이 높아 쓰고 떫은맛이 있으며 재배 환경, 품종, 차나무 수령에 따라서 품질의 차이가 크다. 생차의 탕색은 품종, 가공, 계절, 저장기간에 따라서 황녹(黃綠), 연황(軟黃), 금황(金黃), 등황(橙黃), 황홍(黃紅)색 등으로 다양하다. 긴압 형태에 따라서 병차, 긴차(緊茶), 전차, 방차(方茶), 타차(沱茶) 등으로 구분한다.

숙차熟茶

쇄청모차를 45~60일 가량의 악퇴발효를 거쳐 만든 보이차를 말한다. 발효 과정 중 폴리페놀 함량이 크게 낮아지고 차갈소 성분이 늘어난다. 떫은맛이 없는 순한 맛, 해묵은 진향(陳香)이 있다. 긴압을 하지 않

숙차 탕색

은 산차(散茶)와 긴압차로 나눈다. 긴압 형태에 따라서 병차, 긴차, 전차, 방차, 타차 등이 있다.

병차餠茶

보이차를 떡처럼 납작하고 둥근 형태로 긴압한 차를 말한다. 중국차 역사상 병차의 시작을 송나라 때로 보고 있지만 보이차를 병차로 만들기 시작한 시기는 정확하게 기록된 것이 없다. 일부 전문가는 보이부 설립 후

병차

상품의 도량화를 위해 일곱 편을 한 통으로 계산하면서 병차를 만들기 시작했다고 주장하기도 하지만 이때 만들어진 형태가 납작한 형태의 병차인지 둥근 형태의 단차인지 정확한 기록은 없다.

긴차緊茶

긴차

보이차를 버섯 또는 심장 모양으로 긴압한 차를 말한다. 긴차의 시작은 1912~1917년 불해(佛海, 맹해의 옛 지명)로 전해진다. 주로 티베트로 판매되던 긴압차 형태다. 처음 형태는 둥글게 뭉친 단차 형태였다. 그런데 단차는 긴압 후 수분 건조가 용이하지 않은 상태에서 오랜 운송 기간을 거치면 곰팡이가 발생하여 품질이 떨어지는 문제가 생긴다. 그래서 기본적인 단차의 형태에서 손잡이 형태로 긴압하여 차를 만들었다. 손잡이 덕분에 차끼리 붙지도 않았고 공기 순환이 잘 되어 오랜 운송 기간에도 곰팡이가 피지 않았다.

전차磚茶

전차

보이차를 직사각형의 벽돌모양으로 긴압한 차를 말한다. 1793년 영국 사절단이 청나라에 들어왔을 때 황제가 선물로 내어 준 품목에 '보이차 단차 124개,

여아차 34개, 차고 26갑, 전차 28개, 육안차 48병, 무이차 24병' 등이 있었다는 기록이 있다. 하지만 여기에 나오는 전차가 보이차로 만든 것인지 정확히는 알 수 없다. 전차라는 형태는 지금으로부터 600여 년 전 호북성의 상인이 개발했다고 전해진다. 흑모차를 긴압하여 전차로 만들었고 실크로드와 차마고도를 따라 팔려 나갔다고 한다. 전차의 형태가 보이차에 도입된 시기는 정확하게 알려져 있지는 않다. 가장 이른 기록은 불해의 호급 차장이었던 가이흥 차장에서 생산했던 전차다.

방차方茶

보이차를 정사각형 형태로 긴압한 차를 말한다. 방차의 시작과 관련해서는, 청나라 때 보이차가 공차로 지정되고 인기가 높아지자 전차와 마찬가지로 실크로드, 차마고도를 따라 변경이나 외국으로 판매될 때 운송의 편리함을 위해 만들어진 차라는 주장이 있다. 기록으로 남아 있는 것은 이불일(李拂一)

방차

선생이 작성한 『불해다업개황(佛海茶業槪況)』에서 언급된다. 내용은 '1930~1940년대, 불해 지역의 홍기차장(洪記茶莊)에서 정사각형의 방차를 생산했는데 포장, 크기는 전차와 비슷했으며 홍기차장에서만 생산한다'라고 기록되어 있다.

타차 沱茶

타차

보이차를 밥그릇 모양으로, 뒷면 홈이 파이게 긴압한 차를 말한다. 타차는 1916년 하관의 영창상(永昌祥)이라는 차장에서 개발했다. 초기에 산차 위주로 판매를 했지만 운송 중 차가 파손되는 비율이 높아져서 둥근 공형태의 단차를 만들게 된다. 하지만 단차는 내부의 수분을 완벽하게 건조하기가 어려워서 곰팡이가 피는 경우가 많았다. 그래서 긴압할 때 뒷면이 깊숙하게 파인 밥그릇 형태로 만들어 수분의 건조도 편하게 했고 운송 도중에 발생하는 파손 문제도 해결했다. 타차라는 이름의 유래는 주로 사천 지역에 판매되었고 집산지가 사천의 타강(沱江)이어서 타차라는 이름으로 불리게 되었다.

반생반숙 半生半熟

생차와 숙차를 섞어 만든 보이차를 말한다. 보이차를 제작했던 국영차창에서는 정식으로 생산한 역사가 없지만 유통 시장에서는 매우 많이 유통되는 유형의 제품이다. 주로 광동, 홍콩, 대만 등지의 차상들이 블랜딩하여 만든 제품들이 많다. 생차와 숙차, 노차의 맛이 모두 있으며 생차·숙차의 엽저가 불규칙한 색상으로 관찰된다.

채엽採葉

차나무에서 찻잎을 따는 작업을 말한다. 차나무의 수령, 다원의 환경에 따라서 채엽 시기가 다르고 각 산지마다 채엽하는 이파리의 성숙도가 다르다. 보통 2월부터 11월까지 채엽을 한다. 일반적으로 비 오는 날은 채엽하지 않는다.

아엽芽葉

싹과 이파리를 말한다. 일아이엽은 싹 하나에 잎 두 개, 일아삼엽은 싹 하나에 잎 세 개로 따낸 이파리를 말한다. 일반적으로 상급 보이차를 만드는 생엽은 일아이엽부터 일아삼·사엽까지 채엽한다.

1아2엽

생엽生葉

채엽을 마친 이파리. 선엽(鮮葉)이라고도 부른다. 채엽을 마친 순간부터 생엽은 쉽게 산화된다. 채엽 후 생엽은 가공 전까지 직사광·반사광을 모두 피할 수 있는 서늘하고 그늘진 곳에 보관하여 신선도를 유지해야 한다.

고차수 생엽

탄방攤放

탄방

생엽을 3~5cm의 높이로 넓게 널어 두는 작업을 말한다. 채엽을 마친 생엽에는 약 75~80%의 수분이 있다. 탄방은 수분을 줄여주고 풀 비린내 성분인 리프알코올(Leaf alchol)을 희석하여 청향을 만들어주며 고분지 화합물을 분해하여 차의 품질을 높여주는 과정이다. 또한 수분이 줄어들면 다음 과정인 살청을 할 때 보다 적은 에너지로 살청을 할 수 있다. 생엽의 수분이 70%까지 떨어지면 탄방을 마치고 다음 과정에 들어간다.

살청殺靑

고온으로 효소의 활성을 파괴하여 폴리페놀류 물질의 효소성 산화를 방지하는 것이 목적이다. 보이차의 살청은 소요 시간과 진행 정도에서 일반 녹차처럼 효소의 활성을 철저하게 파괴하지는 않는다. 보이차의 살청은 풀 비린내를 없애주고 일정한 열화학변화가 발생하여 차 품질 형성의 기초를 다지는 역할을 한다. 그리고 일부 수분을 증발시켜서 이파리를 부드럽게 만들어 다음 과정인 유념을 통해 외관을 보기 좋게 만들 수 있다.

　살청은 수공살청과 기계살청으로 나눌 수 있으며 수공살청은 대표적으로 과식(鍋式) 살청이 있고 기계살청은 곤통형(滾筒形) 살청이 있다. 살청 품질에 영향을 주는 주요 원인은 온도, 시간, 투엽량(投葉量)과 기구다. 살청 기술의 요점은 고온살청, 높은 온도로 시작해 낮은 온도로 마무리하며 어린 이파리는 오래 늙은 이파리는 짧게, 덮어주고 털어주는 작업을 결합해서, 골고루 충분하게 해줘야 한다. 주의해야 할 점은 이파리와 줄기가 붉게 변하는 것, 살청이 부족한 것, 그리고 부주의로 이파리가 타는 것이다. 이파리가 부드러워지고 풀 비린내가 사라지며 향기가 드러나면 살청이 적합하게 된 것이다.

과식살청鍋式殺靑

솥으로 차를 덖는 방식을 말한다. 커다란 무쇠솥에 차를 덖는 방법으로 전통적인 살청 방법이다. 무쇠솥의 크기에 따라서 생엽을 덖는 양이 달라진다. 일반적으로 한 번 살청할 때 4~12kg의 생엽을 덖는다. 솥의 온도는 180~250℃ 사이이며 살청 시간은 20~40분 사이로 생엽의 양과 솥의 온도에 따라서 살청 시간은 차이가 있다.

과식살청

기계살청 – 곤통형滾筒形

회전하는 원통형 기계에 찻잎을 넣어 살청하는 방법이다. 연료는 석탄, 장작, 가스, 전기를 사용한다. 최근 운남성 정부는 삼림보호 정책으로 무분별한 벌목을 강력하게 금지하고 있어서 차를 만드는 농가에도 연료로 쓰던 장작을 가스로 교체할 것

곤통형 살청기

을 권장하고 있다. 몇 년 전부터 운남성 정부는 연료로 쓰던 장작의 사용을 줄이기 위해 곤통형 살청기와 LPG 가스 비용을 국가에서 보조해주고 있다.

곤통형 살청기의 살청은 생엽의 상태를 보고 결정한다. 탄방을 마친 생엽이라면 290℃에서 10분 살청, 250℃에서 5분간 뜸을 들이면 살청이 완료된다. 곤통형 살청기의 용량에 따라 한 번의 살청시 최대 용량은 20~50kg까지 가능하다. 고온에서 오랜 살청을 진행하면 찻잎 내부의 효소 구조 변형이 심해져서 후발효가 늦어지거나 어려워진다. 적절한 시간과 온도를 지켜서 진행하면 과식 살청법과 비슷한 수준의 결과를 얻을 수 있다.

마이크로 웨이브 살청기

파장의 범위가 1mm ~ 1m 사이의 전파인 마이크로파를 이용하여 살청하는 기계. 전자레인지의 작동 원리와 같다. 비교적 짧은 시간 안에 살청이 가능하다는 장점은 있지만, 과도한 살청의 염려가 있어 보이차 제작에 사용하는 범위는 아직 초기 상태다. 주로 녹차, 화차의 제작에 사용하고 있으며 점차 여러 종류의 차로 범위를 넓혀가고 있다.

유념揉捻

사람의 힘, 혹은 기계의 힘으로 찻잎에 압력, 마찰을 가해 이파리를 말린 형태로 만들고 이파리 세포 조직을 파괴시키는 작업을 말한다. 차를 만드는 데 매우 중요한 과정이며 유념을 통해 차의 내부 성분은 이파리 표면으로 흘러나와 점착되고 화학변화가 촉진된다.

유념의 강도는 어린 이파리는 약하게, 늙은 이파리는 강하게 해준다. 유념의 정도는 조직 손상률과 모양 완성률로 표시한다. 보통 보이차의 원료인 쇄청모차의 조직 손상률은 대중녹차와 비슷한 수준인 40~50%정도다. 참고로 홍차의 세포조직 손상률은 80% 이상이다. 유념은 수공유념과 기계유념으로 분류한다.

수공유념 手工揉捻

사람의 손으로 유념하는 것으로 이파리의 상태에 따라서 강도와 시간을 조절한다. 부서지기 쉬운 어린 이파리는 살청 후 실온까지 식혀주고 약한 힘으로 작업한다. 반대로 늙은 이파

수공유념

리는 섬유소가 많아 거칠기 때문에 아직 뜨거운 열기가 있는 상태에서 유념을 진행한다. 이파리의 등급에 따라 유념 시간은 다르지만 보통 15~30분 사이로 진행한다.

기계유념 機械揉捻

유념기라는 기계로 진행하는 유념이다. 유념기의 구조는 회전하는 상판과 고정되어 있는 하판(바닥판)으로 구성되어 있다. 상판에는 원통형으로 되어 있는 유념통과 덮개가 있다. 찻잎을

유념기

유념통에 넣어 주고 나선형인 기둥으로 연결되어 있는 덮개를 돌려 가며 덮어 압력을 조절한다. 유념이 시작되면 유념통이 회전하면서 통 안의 찻잎은 덩어리져서 회전한다. 유념기의 하판은 물결모양으로 돌출된 형태로 찻잎이 고루 마찰되는 효과를 내준다. 기계유념은 유념통 안에서의 찻잎끼리의 마찰, 하판에서의 마찰로 이루어진다.

수공유념보다 간단하며 많은 양의 찻잎을 유념할 때 적절하다. 유념 시간은 이파리의 양, 이파리의 성숙도에 따라서 달라진다. 일반적으로 압력을 가하면 5~7분, 압력을 가하지 않는다면 8~15분 사이에서 마무리된다.

건조乾燥

잔여 수분을 제거하고 효소 촉진성 산화를 억제하며 성분의 열화학반응을 유도하여 차의 향기와 맛, 외형을 높이는 과정을 말한다. 보이차 가공에서 건조는 쇄청과 홍청 두 가지로 나뉜다.

쇄청曬靑

쇄청

유념을 마친 이파리를 대나무 채반에 얇게 펴서 쌓아두고 햇볕에 직접 말리는 방식을 말한다. 45℃ 미만의 자연광 아래 찻잎은 서서히 마르면서 수분과 열로 발생하는 화학반응인 습열작용(濕熱作用)이 발생한다. 그 결과 차의 맛은 더욱 부드러워진다. 또한 자연광의 낮은 온도에서의 건조는 녹차와 달리 단백질로 이루어진 효소의 활성을 어느 정도 남겨둔다. 전통적인 보이차 제작의 건조 방법이며 생차의 후발효에 관건이 되는 과정이다. 쇄청은 생차에서도 중요하지만 숙차에서도 중요하다. 연구에 따르면 쇄청으로 건조한 모차로 만든 숙차가 기계로 말린 홍청모차로 만든 숙차보다 품질이 좋게 나온다.

홍청烘青

기계, 혹은 홍방(烘房)에서 고온으로 차를 말리는 방식을 말한다. 건조 기계는 홍건기(烘乾機)라고 부르며 커다란 건조대 안에 서랍형으로 되어 있다. 건조대의 아랫부분부터 열풍이 불어 가장 위쪽의 서랍까지 열기가 전

홍건기

달되어 순차적으로 말리는 방식이다. 일반적으로 녹차를 만들 때 쓰는 기계지만 규모가 큰 가공장에서는 효율을 위해, 혹은 비오는 날 쇄청이 어려울 때 사용하기도 한다. 낮은 온도(45℃ 미만)에서 건조를 진행하면 큰 문제가 없지만 대부분 100~120℃ 이상의 고온으로 건조하므로 단백질로 이루어진 찻잎 내부의 효소가 완전하게 변형되어 후발효가 어려운 차가 만들어진다. 고온의 홍건기로 건조한 보이차(생차)는 녹차처럼 진한 녹색이 나오며 후발효가 쉽게 일어나지 않고 시간이 지나면 윤기 없는 어두운 녹색으로 변한다. 맛은 쓴맛이 도드라지고 오래된 녹차의 불쾌한 맛이 남는다.

홍방은 격리된 공간으로 만들어진 건조실이다. 바닥, 혹은 벽면에 열파이프가 지나가는 구조로 되어 있다. 홍방에 차를 넣고 온

도를 올리면 건조실 내부의 온도가 서서히 올라가 차를 말려준다. 온도 조절이 가능해 30~40℃ 사이에서 건조가 가능하다. 비 오는 날 긴압을 마친 병차의 건조에 홍방을 이용하기도 한다. 낮은 온도의 홍방 건조는 홍청기를 이용한 기계건조보다 쇄청모차에 가까운 품질을 얻을 수 있는 건조 방식이다.

선별

선별기

제품의 완성도를 높이기 위해 불순물이나 등급 이외의 이파리를 골라내는 작업을 말한다. 수공분류, 기계분류로 나뉜다. 수공분류는 사람이 손으로 하나하나 골라내는 작업이다. 세심한 작업이 가능하고 파손되는 이파리가 적지만 작업 속도가 늦고 비용이 많이 발생한다는 단점이 있다.

기계분류는 색깔 구별이 가능한 센서가 내장된 기계에 모차를 넣어 분류하는 방법이다. 일반 등급의 찻잎 색깔과 웃자란 이파리, 줄기, 가지의 색깔이 다르다는 점을 이용하여 분리해낸다. 속도가 빨라서 대량의 차를 골라낼 때 유리하지만 작업 중에 파손되는 모차가 있는 편이라 고가의 차를 분류하는 데는 적합하지 않다.

숙차의 가공 단계

미생물 악퇴발효 → 분류 및 골라내기 → 병배 → 살균 → 건조 → 포장(산차) / 긴압(병차) → 건조 → 포장

악퇴발효 渥堆醱酵

미생물 고체발효(固體醱酵)라고도 말한다. 자유수가 없는 상태에서 미생물이 찻잎이라는 기질 위에 생장하는 과정이다. 악퇴발효에 필요한 물은 복합 혹은 흡수부착의 형식으로 찻잎 내부에 존재한다. 쇄청모차에 물을 뿌려가며 쌓아주고 천으로 덮어두어 일반발효, 혹은 미생물 접종 발효법으로 진행한다. 모차와 물이 만나서 미생물이 발생하고 미생물은 체외효소를 분비하여 찻잎을 발효시킨다. 이때 발생하는 열로 습열작용이 더욱 활발해져 모차의 고분자 화합물을 분해하고 새로운 성분으로 중합(重合)된다. 발효 과정 중 온도는 40~60℃를 유지해주며 65℃가 넘어서면 찻잎이 검게 탄화(炭化)될 수 있으므로 찻잎 무더기를 뒤집어주는 번퇴(飜堆)를 진행한다.

악퇴발효 과정

1. 조수潮水

모차를 10cm 높이로 쌓고 물을 뿌려준다. 이때 물은 수돗물이 아닌 오염되지 않은 수원지의 물을 사용한다. 물을 뿌릴 때는 상·중·하단의 차에 모두 고르

조수

게 뿌려지도록 하여 발효를 가속시킨다. 악퇴발효는 빠른 시간 내로 발효를 진행시키는 과정이므로 온도와 습도에 의한 습열작용과 미생물이 번식하기 좋은 습도와 온도를 제공해주는 것이 필요하다. 그런 과정의 첫 과정이 바로 조수라고 할 수 있다.

뿌리는 물의 양은 원료의 양과 발효 시간에 따라 다르게 정해야 한다. 일반적으로 원료 양의 35% 정도가 적당하다. 10톤의 모차를 발효시킨다면 3.5톤의 물이 필요하다. 물을 뿌려줌과 동시에 모차를 잘 섞어주면서 다시 모차를 더해주게 되는데, 쌓아둔 모차의 높이가 80~120cm가 될 때까지 진행한다. 조수가 끝나게 되면 두께 0.2mm의 천을 모차 무더기에 덮어준다. 천의 가장자리는 잘 눌러주어야 하는데 발효에 필요한 온도와 수분의 손실을 막기 위함이다.

2. 복퇴復堆

조수가 끝난 차에 대해서 다음날 발효가 잘 진행되는지 검사하는 과정이다. 모차에 수분이 고르게 잘 공급되었는지, 온도는 찻잎이 고열에 숯처럼 변하는 탄화가 발생할 수 있는 온도인 65℃를 넘지 않는지 검사한다. 온도계는 기다란 막대 온도계를 사용하는데 찻잎 무더기의 끝 부분과 중간 부분 등의 온도를 고르게 측정한다. 찻잎 무더기 내부 30cm 지점을 측정하게 되고 온도가 지나치게 높다면 덮었던 천을 걷어주고 낮은 온도라면 지속적으로 덮어두는 작업을 진행한다.

3. 번퇴해괴翻堆解塊

발효 과정을 거치면서 쌓아 둔 찻잎은 지속적으로 온도가 상승하게 된다. 덮어둔 천을 걷어내는 것으로 찻잎 무더기의 외부 온도는 내릴 수 있지만, 내부 온도는 쉽게 통제하기가 어렵다. 또한 온도와 수분이 충분한 내부와 그렇지 못한 외부의 발효 상태는 서로 다르게 진행된다. 내부는 충분한 습열(濕熱) 작용, 미생물의 증식과 유기질 분해 활동이 활발하며 이때 발견되는 미생물의 종류와 수량도 다양하다. 그러나 외부는 상대적으로 낮은 온도와 습도 때문에 충분한 발효가 진행되지 못한다. 번퇴 과정은 이러한 발효의 불균형을 해소시키는 작업으로 찻잎 무더기를 뒤집어 주어 내부와 외부를 섞어 다시 쌓는 과정이다.

해괴는 발효로 인하여 분해된 당류, 단백질, 펙틴질 등이 찻잎 표면으로 나와서 찻잎끼리 뭉쳐진 상태를 풀어주는 것을 말한다. 고른 발효를 위한 과정으로 뭉쳐진 찻잎에서 쉽게 발견되는 발효의 불균형을 없애기 위한 과정이다. 번퇴, 해괴의 방법은 먼저 덮어둔 천을 걷어내고 쇠꼬챙이나 써레, 삽 등으로 악퇴 중인 찻잎 무더기를 풀어준다. 윗부분의 찻잎과 중간, 아랫부분의 찻잎을 잘 풀어주면서 골고루 섞이도록 해주면 된다.

일반적으로 번퇴작업은 발효 과정 중 일주일에 한 번 정도 해주는데 전체 기간으로 보면 약 7~8회 정도 실시하게 된다. 그러나 광동과 같은 무덥고 습한 기후에서는 고른 발효를 위해 약 두 배에 가까운 14회에 걸쳐 번퇴 작업을 해주기도 한다. 주의할 점은 발효되고 있는 찻잎 무더기의 온도가 과도하게 높을 경우에는 1주일에 1회로 정해진 날을 지키는 것이 아니라 미리 앞당겨 해줘야 한다는 것이다. 반대로 온도가 지나치게 낮을 경우에는 번퇴하는 시기를 늦춰서 충분한 발효가 이루어지도록 해준다. 약 45일의 발효 기간이 지난 후 덮어둔 천을 걷어내고 서서히 온도를 낮춰준다.

4. 기퇴起堆

50~60일이 지나면 기퇴를 해주는데, 기퇴는 마지막 번퇴라고 생각하면 된다. 이 과정은 원하는 수준으로 발효가 완료된 찻잎에 남아 있는 열과 수분을 발산시켜 발효 정도를 조절하여 품질을 완성하는 작업이다.

발효가 막 완료된 찻잎에는 열과 수분이 많다. 열과 수분이 남아 있다면 지속적으로 발효가 되기도 하고 텁텁한 맛과 향이 나오게 되는데, 기퇴를 통해서 깨끗하고 순한 맛으로 순화시킨다. 방법은 발효를 위해 높이 쌓아 두었던 찻잎 무더기를 번퇴해괴와 같은 방법으로 골고루 섞고 풀어주며 바닥에 낮게 깔아준다. 이때 찻잎에 남아 있던 열과 수분은 고르게 외부로 배출·발산된다. 기간은 약 15일 정도이며 기퇴 작업을 마지막으로 보이차(숙차)의 발효 과정은 끝이 난다. 이후 등급 분류와 선별을 거치게 되며 긴압차를 만들 경우 긴압을 거쳐 병차, 전차, 타차, 방차 등의 상품으로 제작된다.

미생물 접종법

악퇴발효를 진행할 때 발효에 도움이 되는 균류를 배합하여 찻잎 무더기에 첨가하여 발효시키는 방법이다. 접종하는 미생물은 효모, 누룩곰팡이 등으로 완성된 숙차의 향·맛·색을 좋게 만들며 발효 시간을 단축시키는 역할도 한다. 최근에는 품질을 좋게 하는 것 이외에도 보건적인 효능이 있는 특정 성분을 증가시키는 제품도 늘고 있다.

악퇴발효 시 발생하는 미생물

흑국균(黑麴菌), 효모(酵母), 푸른곰팡이, 근균(根菌), 회녹국균(灰綠麴菌), 백국균(白麴菌), 세균(細菌) 등.

경발효 숙차

홍콩, 광동, 대만 상인들이 숙차의 발효도를 낮추어 주문제작한 차를 말한다. 덥고 습한 해당 지역의 환경 때문에 보관 중인 차의 발효가 빨라지는데 발효도가 높은 숙차는 싱겁게 맛이 변하므로 발효도를 낮추어 주문하는 경우가 있다. 갓 만든 경발효 숙차는 일반적인 발효를 마친 보이차에 비해 쓰고 떫은맛이 남아 있다. 해당 환경에서 보관을 거치면서 다시 발효되어 부드러운 맛으로 변한다.

1950년대 운남의 쇄청모차 가공 방법

1953~1954년 사이, 맹해다엽연구소에서 조사한 태족의 가공 방법은 다음과 같다.

1. 살청 → 유념 → 쇄청건조
현재의 쇄청모차 가공법과 같다. 과식살청(솥 살청)으로 이파리의 숨이 죽고 향기가 나오면 대나무 돗자리에 펼쳐두고 유념을 한다. 유념을 마친 후 햇볕에 널어 말린다.

2. 살청 → 유념 → 발효 → 건조
살청과 유념을 마친 이파리를 대나무 바구니에 넣고 갈홍색이 될 때까지 발효를 해준다. 발효를 마치면 햇볕에 넣어 건조한다. 현대의 악퇴발효와 비슷하지만 물을 사용하지 않는다는 것이 특징이며 사천, 호남의 흑차 제조법과 유사하다. 건차 색깔은 흑갈색으로 홍차와 비슷하고 맛과 향기는 쇄청모차와는 차이가 있다.

노만아 지역의 전통 유념

3. 살청 → 유념 → 발효 → 쇄청건조 → 복유 → 쇄청건조
살청 후 유념을 80%까지 마치고 대나무 바구니에 넣고 발효를 진행한다. 다음날 대나무 돗자리에 펼쳐두고 쇄청 건조를 50%까지 해준 후 재 유념을 하고 다시 쇄청건조로 마무리한다.

차나무의 분류

3. 차나무의 분류

01 형태적 분류

차나무의 외형을 보고 분류하는 방법이다. 〈중국국가표준〉에서는
차나무의 주간으로 분류한다.

주간主幹

차나무의 주축을 이루는 중심
줄기로 지상부와 지하부를 연결
하는 부분이다. 지상부분으로
자라나온 주간에서 곁가지로 갈
라지는 것을 분지(分枝)라고 하
며 분지 위치에 따라서 차나무
를 분류한다. 교목, 소교목, 관
목으로 구분하는 것이 그것이
며, 보이차를 만드는 운남 대
엽종은 대부분 교목, 소교목으
로 주간이 확실하게 관찰된다.

교목형喬木形

주간이 명확하게 보이고 분지 위치가 높다. 차나무의 키도 높게 자라서 자연 상태에서 일반적으로 3~5m 정도 자라며 10m를 훌쩍 넘기는 차나무도 많다. 운남 대부분의 지방군체품종, 야생차나무가 이에 속한다.

교목형 차나무

소교목형小喬木形

반교목형이라고도 부른다. 주간이 명확하게 보이지만 분지되는 지점이 교목형에 비해 지면과 가깝다. 자연상태에서 2~3m까지 자라며 5m를 넘기는 차나무도 있다. 운남에서 재배하는 품종으로는 불향(佛香) 1·2·3·4·5호, 그리고 자연(紫娟)차가 있다.

관목형灌木形

처음 발아할 때 지면으로부터 올라오는 줄기는 하나지만, 점차 여러 줄기가 올라와 자라는 형태의 차나무를 말한다. 중국의 중부·북부의 중·소엽종 품종에 관목형이 많다. 뿌리는 비

관목형 차나무

교적 얕으며 측근이 매우 발달하는 형태다. 주로 녹차, 오룡차를 만드는 품종이다. 보이차를 만드는 품종 중에 관목형 차나무는 없다.

02 진화에 따른 분류

차나무는 진화 형태에 따라서 야생형 차나무, 과도기형 차나무, 재배형 차나무로 구분한다. 운남의 야생형 차나무는 대창차(*C. tachangensis*), 후축차(*C. cfassicolumna*), 독방차(*C. gymnogyna*), 대리차(*C. taliensis*) 네 가지 품종으로 나눌 수 있으며 그중 대리차가 가장 많이 분포되어 있다. 과도기형 차나무는 야생형 차나무와 재배형 차나무의 중간 형태로 차나무 한 그루에 야생형 차나무의 특징과 재배형 차나무의 특징을 모두 가지고 있다. 재배형 차나무는 현재 운남에서 재배하고 있는 대부분의 품종을 말한다. 재배형 차나무는 야생형 및 과도기형 차나무와 다른 외형과 화학성분의 구성을 보인다.

03 수령에 따른 분류

소차수小茶樹

수령 50년 미만의 차나무. 소차수로 만든 차는 소수차(小樹茶)라고 부른다. 현대식 계단형 밀식(密植) 다원에서 재배하여 만든 차는 대지차(臺地茶)라고 부르며 차나무 사이의 간격이 넓은 소식(疎植) 다원에서 재배하여 유기농으로 키운 차는 생태차(生態茶)라고 부른다. 대량 재배는 1980년대부터 육종·보급하기 시작한 무성계(無性系) 품종이 대부분이며 일부 지역에서는 재래품종인 유성계(有性系) 품종으로 재배하는 다원도 있다.

노차수 老茶樹

수령 50~100년 사이의 차나무를 말한다. 노차수에서 생산된 보이차는 노수차(老樹茶)라고 부른다. 대부분 재래품종으로 유성계 품종이다. 농약, 비료, 제초제 등을 사용하지 않은 유기농 다원에서 재배하는 것이 대부분이며 소차수 다원을 오래 가꾸어 조성한다. 차나무 간의 간격이 넓은 소식 재배 방식이고 대지차, 소수차에 비해 부드럽고 품질이 좋다.

고차수 古茶樹

수령 100년 이상의 차나무를 말하며 대차수(大茶樹)라고도 부른다. 고차수에서 따낸 이파리로 만든 차를 고수차(古樹茶)라고 부른다. 운남성 내의 모든 고차수 품종은 재래품종으로 유성계 품종이다. 차나무 간격이 매우 넓으며 생산량은 전체 보이차 생산량의 4~5% 정도로 매우 적다. 맛은 부드럽고 향기로우며 회감이 있고 내포성이 좋다. 희소성과 품질 때문에 높은 가격에 거래된다. 2000년도 초까지만 해도 소수차·노수차·고수차의 구분이 없었지만, 2004년부터 운남 보이차 시장이 발전하며 차의 가격이 오르자 제품의 세분화를 위해 구분하기 시작했다.

원료에 따른
보이차의 분류

4. 원료에 따른 보이차의 분류

01 채엽시기에 따른 분류

운남은 위도가 낮아 차나무가 생장하는데 이상적인 지역이다. 봄, 여름, 가을, 겨울 모두 차가 생산되는데 해발, 지형, 차나무의 수령에 따라 차이가 발생한다.

봄차

어린 차나무는 신진대사 능력이 활발하여 2월 중순부터 채엽이 가능하다. 대지차, 소수차 들이 이 시기부터 생산된다. 대지차 다원은 비료와 발아촉진제를 사용하는 곳이 많으므로 여러 차례 채엽이 가능하다. 대부분의 대지차 다원에서 봄철 3~6차례 채엽을 한다.

　1차 채엽 소수차는 매우 쓰고 떫은맛, 그리고 강한 자극성을 동반한다. 향기는 날카롭고 진한 청향을 가진다. 2차 채엽 소수차는 1차보다는 강도가 약하지만 여전히 강한 쓴맛, 떫은맛이 있다. 자극성은 여전히 남아 있으며 향기는 1차 채엽 소수차보다 약해진다. 3차 채엽 소수차는 한결 부드러운 맛이 나온다. 쓴맛과 떫은맛은 많이 줄어들고 향기도 연해진다. 탕질이 얇게 느껴지며 내포성도 급격하게 떨어진다. 4차 채엽 소수차는 싱거운 맛이 늘어나며 모차의 색깔은 어두워진다. 3~4차 사이에 비가 많이 내리며 기온도 내려가기 때문이다. 생엽에 수분이 많아 가공하기 까다롭다. 특히 살청과 건조를 완벽하게 하지 못할 경우 비릿한 향기를 동반할 수 있어 홍건기나 홍방에서 건조하는 경우가 많다. 주로 대형 가공장에서 생차의 병배, 혹은 숙차의 원료로 쓰인다.

노수·고수차는 3월 중순부터 소량으로 생산되기 시작하며 청명(淸明) 전후로 생산량이 증가한다. 노수·고수차 다원의 차나무는 나무의 수령이 많아 신진대사 능력이 떨어진다. 게다가 비료, 발아 촉진제를 사용하지 않아 소수차에 비해 발아 시기가 늦고 채엽량도 적으며 채엽 횟수도 줄어든다. 일반적으로 봄철 채엽 횟수는 해발이 높은 지역은 한 차례, 해발이 낮은 지역은 두 차례까지 가능하다.

1차 채엽한 노수·고수차의 맛은 진하다. 우려낸 탕질도 두터우며 회감과 생진도 강하다. 향기는 높고 진한 청향으로 오래 지속된다. 갓 만든 쇄청모차의 엽저는 비교적 진한 초록색이며 내포성이 우수하다. 건조한 날씨라면 쓰고 떫은맛이 강해지기도 하며 이파리와 줄기가 작고 얇아진다. 2차 채엽 노수·고수차의 맛은 온화하다. 탕질은 투터운 편이며 회감·생진이 있다. 향기는 1차 채엽 차보다는 낮지만 여전히 풍만한 청향을 보인다. 내포성은 1차 채엽 차보다는 떨어진다. 갓 만든 쇄청모차의 엽저는 녹황색이며 1차 채엽 차보다 이파리와 줄기가 크고 두껍다.

소수·고수 모두 봄 1차 채엽 생엽은 솜털이 많고 이파리는 작은 편이다. 채엽 횟수를 거듭할수록 솜털은 적어지고 생엽 색은 옅은 황색으로 변하며 건차의 색은 어두워진다.

여름차

해발이 높은 지역은 5월이 되어서도 1차 채엽이 끝나지 않은 지역이 있다. 일부 고해발 지역의 산지를 제외하면 보통 5월 이후부터 8월 말까지 생산되는 차는 여름차로 본다. 여름철의 높은 기온 때문에 찻잎의 폴리페놀 함량이 늘어나고 반대로 아미노산 함량은 떨어진다. 그래서 쓰고 떫은맛이 강하며 감칠맛과 단맛이 부족한 차가 만들어진다. 소수·대지차는 2~3차례 채엽이 가능하며 주로 일반적인 숙차의 원료로 사용된다. 노수·고수차는 한 번의 채엽으로 끝나며 주로 대형 가공장에서 생산되는 고급 생차의 병배원료로 사용된다. 여름철 높은 기온과 수분은 차나무 성장을 빠르게 한다. 이파리가 자라는 속도도 빠르고 줄기의 두께도 굵어진다. 솜털은 매우 적고 모차로 만들었을 때 어두운 색이 나온다.

가을차

가을차의 다른 이름은 곡화차(穀花茶)다. 가을철 벼에 꽃이 필 무렵 나오는 차라는 뜻이다. 대략 9월부터 11월 사이에 가을차가 생산된다. 가을차는 봄차에 비해서 이파리가 약간 크게 자라는 편이다. 새싹도 통통하며 길쭉하다. 언뜻 여름차와 비슷해 보이지만, 여름차와 비교하면 새싹과 이파리 뒷면에 있는 솜털, 즉 백호(白毫)가 많다.

대지차는 가을에 2~3차 채엽이 가능하며 소수차는 대략 2차까지 가능하다. 노수·고수차는 1~2차까지 채엽을 진행한다.

가을 고수·노수차는 운남에서 인기가 많다. 물론 향기와 탕질, 회감은 봄차보다 떨어지지만, 쓰고 떫은맛은 오히려 봄차보다 더 적고 부드러우며 온화한 느낌과 풍만한 맛이 특징이다. 만약 가을철 비가 적게 내렸다면 봄차와 비슷할 정도의 품질이 나오는데 봄차의 청향·탕질·회감과 비슷한 수준을 보이기도 한다. 노수·고수의 가을차는 순료 상태로 만들어져 판매된다. 일부 대형 가공장에서는 고급 생차의 병배용으로 쓰인다.

대지차와 소수차는 주로 규모가 큰 가공장과 차창에서 숙차의 원료로, 혹은 생차의 병배 원료로 사용한다. 가격은 봄차와 비교해서 약 50~80% 정도로 형성된다. 노수·고수차의 가격은 높은 편이며 대지·소수차의 가격은 저렴하다.

겨울차

겨울차는 가을차가 끝나고 난 뒤 대략 12월부터 이듬해 2월 전에 생산된 차를 말한다. 운남 대엽종 차나무는 추위에 약하지만, 따뜻한 기온이 유지되면 겨울철에도 생장한다. 다만, 신진대사 능력은 기온이 높은 봄과 여름, 가을에 비해 현저하게 떨어진다. 생산량이 적고 이파리의 성장세 또한 약하다. 이런 환경에서 자란 찻잎 안에는 맛과 향기를 만들어주는 화학성분의 축적도 적어진다.

겨울차의 특징을 보면 찻잎은 작고 백호는 많다. 맛은 싱겁고 향기는 낮다. 재배 규모가 거대한 대지식 다원에서 주로 생산하며 고차수에서도 소량 생산된다. 일부 차창과 유명한 산지에서는 겨울철 나오는 차를 따서 매우 비싼 가격에 판매하기도 하지만 앞서 설명한 것처럼 봄, 가을차에 비하면 품질이 떨어진다.

겨울철 채엽은 차나무에게도 좋지 않다. 겨울철은 차나무가 쉬는 기간이다. 특히 노차수나 고차수는 겨울철 과도한 채엽을 하게 되면 봄철 찻잎 생산량이 급격하게 떨어지고 차의 맛도 싱거워진다. 간혹 겨울철 무리한 채엽으로 나이가 많은 차나무가 사망하기도 한다.

운남에서 보이차를 만드는 차는 봄, 여름, 가을, 겨울 모두 생산 가능하다.

생산량은 봄 → 여름 → 가을 → 겨울 순이며, 품질은 봄 → 가을 → 여름, 겨울 순서다.

가격은 봄 → 가을, 겨울 → 여름 순서로 형성된다.

02 원료 배합 여부에 따른 분류

순료차純料茶

순료란 '섞이지 않은 원료'라는 뜻이다. 현장과 유통 시장에서 말하는 의미는 크게 세 가지로 분류할 수 있다.

첫 번째는 생산지를 말한다. 노반장 순료, 이무 순료라고 하면 다른 지역의 차는 섞이지 않은 상태로 해당 지역에서 생산된 차로만 만들었다는 뜻이다.

두 번째는 수령을 말한다. 고차수 순료라고 하면 수령 100년 이상 오래된 차나무의 이파리로만 만들었다는 뜻이다. 소차수의 이파리도 함께 채엽하여 만든 경우에는 혼채(混採)차라고 말한다. 고수차라는 이름을 달고 나오는 많은 보이차들이 소수차와 섞여 만들어지고 있는 실정이지만, 정작 시장에서 혼채차라고 말하는 경우는 극히 드물다.

세 번째는 계절을 말한다. 생산량이 많은 대형 가공장에서는 봄, 여름, 가을차를 모두 섞어서 만드는 경우가 많다. 하지만 중·소규모 가공장에서는 봄철 찻잎으로만 만든 차도 생산된다. 봄 순료차라고 한다면 봄철에 생산된 찻잎으로만 만들었다는 뜻이다. 다른 차와 마찬가지로 보이차는 봄철 생산된 차의 품질이 가장 좋으며 가격도 가장 높다.

순료차에 대한 정의를 기반으로 노반장에서 생산되는 고급 순료차를 서술하자면 다음과 같다.

'노반장 봄 고수 순료차'.

병배차拼配茶

순료차와 반대 되는 개념의 차를 말한다. 지역, 수령, 계절을 모두 포괄한다. 예를 들어 맹해지역, 이무지역, 임창지역의 차를 섞어서 만들었거나 소수, 노수차를 섞어서 만들거나 봄, 여름, 가을차를 섞어서 만들었을 경우 병배차라고 말한다. 커피의 블렌딩과 같은 개념이다.

단주차單株茶, 독수차獨樹茶

한 그루의 차나무에서 채엽한 생엽으로만 만든 차를 말한다. 일반적으로 차를 만들 때 한 번 살청에 4kg 이상의 생엽이 있어야 안정적인 가공이 가능하므로 오래된 차나무 중에서도 수형(樹形)이 좋은 차나무를 선택해서 만든다. 고수차 중에서도 희소성을 높이기 위해 만들어지는 보이차인 만큼 가격은 일반적인 고수차 순료보다 높게 형성된다. 하지만 운남의 고차수는 대부분 유성생식으로 다원이 만들어진다. 한 그루에서 채엽한 잎으로만 차를 만드는 단주·독수차의 경우 맛있는 차가 나올 확률은 높지 않다.

5

보이차의 생물학

5. 보이차의 생물학

유성생식有性生殖

유성번식은 종자(種子)로 번식하는 방법으로 가장 오래된 번식 방법이다. 모수(母樹)와 유전형질이 다른 개체가 나온다. 일반적으로 고수차, 노수차를 만드는 지방 군체종(群體種) 품종의 번식에 많이 쓰이며 풍부하고 복잡하며 다양한 형태의 품종이 나타난다.

차나무 열매

무성생식無性生殖

꺾꽂이, 휘묻이 등의 방법으로 번식하는 방법. 모수와 완전히 같은 유전적 형질을 가진 개체가 만들어진다. 일반적으로 대지차라고 부르는 현대식 밀식 다원의 조성에 많이 쓰이며 대부분의 신품종은 무성생식 방법으로 번식한다. 다원 관리, 제품의 일률성 측면에서는 좋지만 단일 품종이 가져오는 특정 병충해에 대한 위험성 때문에 화학농법에 많이 의지한다.

찻잎의 명칭

찻잎 각 부위의 명칭은 다음과 같다.

1. 엽첨葉尖
2. 엽편葉片
3. 주맥主脉
4. 측맥侧脉
5. 엽연葉緣
6. 엽기葉基
7. 엽병葉柄

린편鱗片

린편은 잎자루가 없고 비교적 단단한 질감으로 녹황색, 혹은 갈색으로 되어 있다. 표면에는 솜털이 많고 밀랍과 같은 질감

린편

이다. 차나무가 월동을 마친 후 싹이 성장하면서 린편은 떨어져 나간다.

아포芽抱

아포

아직 발아하지 않은 새싹을 덮고 있는 린편을 말한다. 화학성분의 함량과 비율, 감관심평에서 좋은 평가는 받지 못하지만 솜털이 가득한 외관과 부드러운 맛으로 일부 애호가들 사이에서는 호평을 받는다.

어엽魚葉

차나무가 월동 후 봄철이 오면 기온이 상승하고 차나무 내부에는 생물학적 변화가 발생한다. 일평균 기온이 연속 5일 동안 10℃ 이상에 다다르면 휴면아(休眠芽)가 바로 생장을 시작하는데 가장 먼저 린편이 열리고 새싹이 드러난다. 새싹이 계속 자라고 첫 번째 작은 이파리가 나오게 되는데 이 이파리를 어엽이라고 한다. 발육이 불완전한 이파리로 엽병(葉柄)이 넓고 평평하며 이파리 가장자리는 톱니모양이 없거나 약한 정도로만 있고 측맥이 명확하지 않으며 타원형을 가지고 있다. 특징은 연한 녹색, 이파리 면적이 다른 일반 이파리보다 작다. 가공 후 색깔이 달라지기 때문에 채엽을 하지 않는다.

진엽眞葉

진엽은 발육성장이 완전한 이파리를 말한다. 형태는 타원형, 기다란 타원형 등 여러 형태가 있다. 색깔은 담녹색, 녹색, 진녹색, 황녹색, 자녹색 등으로 품종·환경에 따라서 여러 색깔이 나온다. 이파리 가장자리에는 톱니 모양이 있는데 매의 부리 모양이고 일반적으로 16~32쌍을 이룬다.

진엽

대·중·소엽 구분법

이파리 면적으로 구분한다. 계산 공식은 '이파리 길이(cm) × 이파리 폭(cm) × 계수(0.7).' 수치가 50 이상이면 특대엽, 28~50 이면 대엽, 14~28은 중엽, 14 미만은 소엽이다. 어린 이파리가 아닌 다 자란 이파리로 측정한다.

14cm × 5cm × 0.7 = 49 / 계산해서 나온 수치가 28과 50 사이인 대엽종

방해각膀蟹脚

방해각

난과 석곡으로 다년생 기생 초본 식물이다. 중의학적 관점에서 보면 줄기를 약으로 하며 음기를 보충하고 위를 튼튼하게 하며 열을 풀어주고 침이 잘 나오게 하며 신장을 보하고 눈을 맑게 하는 효과가 있다. 차나무 이외의 다른 교목 나무에도 기생하며 다른 나무에 기생하는 방해각도 효과가 있다. 그늘지고 시원하며 습도가 높은 나무에 기생하여 자란다.

현재 운남에서는 경매차산과 맹송지역의 차나무에 기생하여 자라는 것이 유명하다. 현지 소수민족은 열을 내리고 독을 푸는 약초로 사용했다. 훗날 보이의 방위, 맹해 남나산의 생태환경이 좋은 고차수, 노차수에서 방해각이 발견되었다. 2003년 사스가 유행할 때 중국 상인이 60~70%의 비율로 방해각을 넣어 긴압한 뒤 사스에 효과가 있다는 마케팅으로 판매하며 인기를 끌었다. 2003년 이후 방해각은 점차 사람들에게 관심을 끌었고 가격은 점점 올라갔으며 시장에서는 방해각을 병배한 보이차가 유행하기도 했다.

6

보이차용
차나무의 품종

6. 보이차용 차나무의 품종

보이차를 만드는 운남의 차나무 품종은 검인증을 받은 국가급, 성급 품종으로 나눌 수 있고 오랜 순화를 거쳐 현지에 정착한 지방군체종 품종으로 분류한다.

국가급 품종	맹해대엽차, 맹고대엽차, 봉경대엽차, 운항10호, 운항14호
성급 품종	자연, 운차1호, 운항14호, 운항10호, 운선9호, 장엽백호, 운차보예, 운차홍3호, 운차홍2호, 운차홍1호, 운항47호, 운항12호, 불항5호, 불항4호, 운차춘호, 운차춘운, 운항50호, 운항48호, 불항3호, 불항2호, 76-38호, 73-11호, 73-8호, 운항37호, 운항27호, 운항43호, 운차향1호
지방 군체종 품종	맹해대엽차, 맹고대엽차, 봉경대엽차, 원강나차, 앙탑대백차, 진원마등차, 녹춘마옥차, 망수대엽차, 빙도장엽차, 패자백모차, 운용산대엽차, 경곡대엽차, 단전대엽차, 방동대엽차, 관채차, 란창대엽차, 이무녹엽차, 남나산대엽차 등.

맹해·맹고·봉경 대엽차를 제외한 다른 성급 품종은 모두 맹해다엽연구소와 보이양종장에서 육종한 신품종이다. 신품종의 개발 시기는 1973년부터이며 보급 시기는 1980년대 후반부터로 현대식 밀식 다원에서 많이 재배된다. 모두 꺾꽂이로 번식하는 무성계 품종으로 유전자의 통일성은 있지만, 특정 병충해에 약하다는 단점이 있다.

국가급 품종

맹고대엽차 *C.sinensis* var.assamica.cv.Mengku-dayecha

유성번식, 교목형, 특대엽종의 특징이 있다. 일찍 발아하는 조생종
이며 이파리의 형태는 타원형 혹은 기다란 형태의 타원형을 보인다.
이파리의 색은 녹색, 혹은 진한 녹색을 띠고 광택이 있다. 이파리
의 융기가 도드라지며 살지고 두꺼운 이파리지만 부드럽다. 어린
이파리의 색은 녹황색이고 통통한 형태이며 어린 싹의 유지시간이
길다. 수렴성이 강하게 오래 지속되며 진한 단맛을 가지고 있다.
주로 홍차, 녹차, 보이차의 원료로 쓰인다.

맹고대엽차

봄차의 일아이엽 성분

아미노산	1.7%	카페인	4.1%
폴리페놀	33.8%	카테킨총량	18.2%

봉경대엽차 *C.sinensis* var.assamica.cv.Fengqing-dayecha

유성번식, 교목형, 대엽종이며 조생종이다. 이파리는 타원형, 혹은 기다란 타원형이며 윤기 나는 녹색을 가지고 있다. 잎 면의 융기가 도드라지고 부드러워 유념시 형태가 잘 잡힌다. 어린 이파리는 백호가 많은 녹색이며 어린 이파리의 지속 기간이 길다. 모차로 만들었을 때 차의 형태가 잘 잡히며 백호가 선명하다. 감칠맛은 맹고대엽종보다 뛰어나지만 수렴성의 강도는 약간 떨어지는 편이며 맛은 진하고 달다. 전홍을 만들기 가장 적합한 품종이며 녹차와 보이차의 원료로도 쓰인다.

봄차의 일아이엽 성분

아미노산	2.9%	카페인	3.2%
폴리페놀	30.2%	카테킨총량	13.4%

맹해대엽차 *C.sinensis* var.assamica.cv.Menghai-dayecha

유성번식, 교목형, 대엽, 특대엽종의 특징을 가지고 있다. 조생종이며 나무의 모양은 주간이 명확한 직립형이다. 이파리의 형태는 큰 타원형, 기다란 타원형을 가지고 있다. 부드럽고 통통하며 광택있는 녹색의 잎을 가지고 있고 융기가 뚜렷하다. 어린 싹의 유지 기간이 길고 이파리는 백호가 많은 녹황색이다. 강한 수렴성과 진한 맛, 강한 단맛을 보이고 홍차, 녹차와 보이차를 만드는 원료로 적합하다.

봄차의 일아이엽 성분

아미노산	2.9%	카페인	3.2%
폴리페놀	30.2%	카테킨총량	13.4%

운항10호 *C.sinensis var.assamica.cv.Yunkang 10*

무성번식, 교목형, 대엽종이며 조생종이다. 운남다엽연구소에서 남나산의 군체종 품종 중 우수한 품종을 선별하여 육성한 품종이다.

주간이 분명하게 보이는 교목형이며 분지 폭이 좁아 생산량이 좋다. 이파리는 크고 타원형을 띠며 녹황색으로 엽면의 융기가 명확한 편이다. 이파리는 비교적 두꺼운 편이고 가장자리는 물결모양의 형태를 하고 있다. 어린잎은 통통하며 녹황색에 백호가 매우 많고 어린싹의 유지 기간 역시 매우 길다.

운항의 '운'은 운남, '항'은 저항력이 강하다는 뜻으로 이름처럼 가뭄과 병충해에 강한 모습을 보인다.

운항10호

봄차의 일아이엽 성분

아미노산 3.2% **카페인** 4.6%
폴리페놀 35.0% **카테킨총량** 13.6%

주로 보이차, 녹차, 홍차를 제작한다.

운항14호 *C.sinensis* var.assamica.cv.Yunkang 14

무성번식, 교목형, 대엽종, 특대엽종이며 중생종이다. 운항10호와 마찬가지로 운남다엽연구소가 남나산의 우수 품종에서 선별하여 육종해낸 품종이다. 가지가 밀집되어 나뉘어서 생산량이 높으며 이파리가 크고 위쪽을 향하여 약간 기울어져 성장한다. 이파리는 운항10호와 비슷하게 가장자리에 물결 모양을 보이며 기다란 타원형이고 풍부한 광택의 진한 녹색을 보인다. 이파리의 융기가 또렷하며 비교적 두꺼운 편이시만 부드러운 탄력이 있으며 뒷면으로 약간 말린 형태를 하고 있다. 어린 싹은 통통하며 녹황색에 백호가 많다.

운항14호

봄차의 일아이엽 성분

아미노산 4.1%	**카페인** 4.8%	**수용성침출물** 45.6%
폴리페놀 36.1%	**카테킨총량** 14.6%	

보이차, 녹차, 홍차를 제작한다.

이무녹아차 *C.sinensis* var.assamica cv.Yiwu-luyacha

분지밀도는 낮고 어린 줄기에 솜털이 많으며 이파리는 가지와 평행
으로 착생되어 자라난다. 이파리는 매우 큰 특대엽종이며 타원형
의 진한 녹색이다. 이파리의 융기가 도드라지고 질감은 부드럽다.
어린싹은 통통한 편이다.

이무녹아차

봄차의 일아이엽 성분

아미노산 2.9%　　　**카페인**　5.1%
폴리페놀 31%　　　**카테킨총량**　24.8%

보이차, 홍차를 만들기에 적합하다.

빙도장엽차 *C.sinensis* var.assamica cv. Bingdao changyecha

주간이 높고 크게 자라는 교목형으로 자연상태에서 성장하면 8m 이상, 수관 폭은 4m 이상으로 성장한다. 이파리는 매우 크고 기다란 타원형, 색깔은 녹색 위주의 약한 황색이 감돈다. 이파리의 융기면이 도드라지고 질감은 부드럽다. 새싹은 황녹색으로 솜털이 매우 많다.

봄차의 일아이엽 성분

아미노산	3.4%	카페인	4.9%
폴리페놀	35.1%	카테킨총량	16.7%

보이차, 홍차를 만들기에 적합하다.

원강나차 *C.sinensis* var.pubilimba cv.Yuanjiang-nuocha

교목형으로 주간이 명확하며 분지 위치는 비교적 높다. 어린 줄기에 솜털이 많으며 이파리는 가지와 수평, 혹은 약간 아래를 향해 착생되어 있다. 이파리는 매우 크고 타원형 혹은 계란형이며 이파리 색깔은 녹색, 진한 녹색으로 광택이 있고 융기가 매우 도드라진다. 이파리의 가장자리에 물결 모양이 있고 이파리 끝부분은 둔탁한 모양이다. 새싹은 통통하고 튼실하며 녹황색이고 솜털이 매우 많다.

봄차의 일아이엽 성분

아미노산	3.4%	카페인	4.9%
폴리페놀	33.2%	카테킨총량	10%

보이차, 홍차를 만들기에 적합하지만 내한능력과 병충해에 취약한 모습을 보인다.

차왕수茶王樹, 차수왕茶樹王

지역에서 상징적 의미를 갖는 오래된 차나무를 말한다. 각 마을 단위로 가장 오래된 차나무를 지칭한다. 운남에서 최초로 발견된 오래된 차나무는 운남성 정부와 민간기업이 관리 보호하며 차왕절(茶王節)과 같은 행사를 열어 선전하기도 한다.

운남에서 최초로 발견된 오래된 차나무의 종류는 다음과 같다.

남나산
1951년 발견. 800년 재배형 차나무

파달
1961년 발견. 1,700년 야생형 차나무(사망)

봉경
1982년 발견. 3,200년 재배형 차나무

천가채
1991년 발견. 2,700년 야생형 차나무

방위
1991년 발견. 1,100년 과도기형 차나무

03 보이차 벌레

자모충剌毛蟲

자모충

노랑쐐기나방의 애벌레로 송충이처럼 생겼다. 다원에서 자주 발견되는 해충으로 중국 북방에서는 여름철에 활동이 왕성하지만 운남에서는 봄, 여름, 가을 모두 관찰된다. 날카로운 가시처럼 생긴 털에는 독성이 있어 피부에 닿을 경우 알레르기 반응을 일으킨다. 찻잎에 붙어 영양성분을 빨아먹으며 기생한다. 주로 어린 이파리보다는 늙은 이파리를 먹는다.

소녹엽선小綠葉蟬

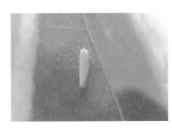

소녹엽선

녹황색, 진녹색을 가진 3mm 정도 크기의 작은 벌레. 더듬이는 털처럼 생겼으며 끝부분이 검은색이다. 앞날개는 연한 황백색의 혁질부(革質部)로 되어 있고 뒷날개는 투명한 막으로 되어 있다. 찻잎의 영양성분을 빨아먹고 살며 주로 어린 이파리에 발생한다. 소녹엽선이 영양성분을 먹은 부위는 폴리페놀과 산화효소의 작용으로 갈색의 반점이 남게 된다. 이때부터 불규칙한 산화가 발생하여 복잡한 향기성분이 생성되는데 이런 변화를 이용하여 만드는 차가 동방미인이다. 보이차를 생산하는 다원에서는 불규칙한 산화 때문에 생엽 관리의 어려움이 발생하므로 해충으로 여긴다.

좀벌레 衣魚蟲

옷장, 책장에 서식하는 벌레로 고온 다습하고 통풍이 안 되는 환경에서 보관된 보이차에도 발생하며 포장지, 내비, 내표를 갉아먹고 산다. 유통 시장에서는 속칭 은어(銀魚)라고 부른다.

좀벌레

날개가 없고 변태를 하지 않는 곤충으로 몸놀림이 매우 빠르다. 몸체는 머리, 가슴, 배로 나뉘고 머리에는 한 쌍의 긴 더듬이를 가지고 있다. 건조하고 통풍이 잘 되는 환경에서는 번식하지 않는다.

차벌레 茶蟲

작은 나방의 유충으로 연동성 (꿈틀거림)이고 날렵하게 생겼으며 색깔은 갈회색과 짙은 갈색 위주다. 일반적으로 습창차에서 많이 보이며 찻잎을 갉아먹으며 살아간다. 건조하고 통풍이 잘 되는 환경에서는 쉽게 생

용주차

존하지 못한다. 기어 다닐 때 하얀색의 점액이 차 표면에 남는다. 이 벌레가 찻잎을 먹고 배출한 배설물을 '용주차(龍珠茶)', '충시차 (蟲屎茶)'라고 부르며 별다른 가공 방법은 없다. 현재 일부 차산에

서는 다른 곤충에게 찻잎을 먹이고 배설물을 모아서 '충시차'를 만들어 판매하기도 한다. 이때는 배설물을 모아서 햇볕에 말려서 만든다.

넓적나무좀, 죽각충竹殼蟲

죽각충

통 포장인 죽순 껍질과 대나무 쯔, 건 포상인 대나무 광주리에 생기는 벌레로 마른 대나무를 먹고 산다. 습창, 건창과 관계 없이 생존하며 딱정벌레 목으로 껍질이 단단하다. 2~3mm 크기의 매우 작은 형태로 대나무 껍질을 먹은 자리에는 구멍이 뚫리고 하얀색 대나무 분해산물이 쌓이며 번식력이 강한 편이다. 찻잎을 먹지 않아서 차에는 별다른 영향을 주지 않지만 긴압차 내부에 구멍을 뚫고 들어가 둥지를 틀기도 한다.

7

보이차의 저장

7. 보이차의 저장

건창차와 습창차의 구별

보이차의 저장법은 저장하는 환경의 온도 및 습도에 따라 건창(乾倉)과 습창(濕倉)으로 나눈다. 온도, 습도의 명확한 기준에 대해서는 의견이 분분하다. 건창은 상대적으로 습도가 낮은 곳(건조한 곳)에서 보관하는 것을 말한다. 온도는 매우 높지만 않으면 괜찮다. 습창은 상대적으로 습도가 높은 곳에서 보관하는 것으로, 온도 역시 높은 환경을 말한다.

운남농업대학교 차학과 주홍걸 교수의 견해로는 습도 75% 이하의 환경에서 과하게 습도가 올라가면 바로 통풍을 시켜야 하고 온도는 25℃(±3℃)가 가장 적당하며, 습도가 80%가 넘어서면 곰팡이가 피어 좋지 않다고 한다.

건창차

건창차乾倉茶

저장 기간에 따라 차이는 있지만, 일반적으로 외관상 윤기 나는 병면, 혹은 겉면으로, 이파리와 줄기가 선명하게 보인다.

우리기 전 건차(乾茶)의 향기는 잘 마른 나뭇단 향, 혹은 달콤한 꿀향이 난다. 차를 우릴 때 나오는 향기로는 꿀향, 캐러맬향, 나뭇단향, 숲속의 낙엽향 등이 있고, 탕색은 투명하고 맑은 금황, 등황, 등홍색이 난다. 맛은 수렴성이 있으며 회감과 생진이 있고 마신 후 입 안에 남는 향기가 그윽하고 오래간다. 엽저는 신선하게 살아나며 검게, 혹은 딱딱하게 탄화된 이파리, 줄기가 없거나 적다.

습창차 濕倉茶

윤기 없이 탁해 보이는 병면, 혹은 겉면이 특징이다. 하얀색 밀가루를 뿌려 놓은 것과 같은 곰팡이가 피어 있거나 파란색, 노란색의 곰팡이가 발생하는 경우도 있다. 곰팡이를 털어내거나 쪄서 없애더라도 병면(겉면)의 윤기는 살아나지 않는다.

습창차

건차의 향기는 지하 창고 냄새, 곰팡이 냄새가 난다. 포다(泡茶) 시 곰팡이 냄새, 창고 냄새, 생선이나 육류의 부패한 냄새(단백질 부패) 등이 나며 탕색은 탁한 붉은색, 탁한 갈색, 검은색을 보인다. 맛은 싱거우며 회감이나 생진이 없고 혀를 쏘는 자극과 곰팡이 냄새를 동반한 텁텁함이 남는다. 엽저는 딱딱하고 검게 탄화된 이파리와 줄기가 많으며 잘 펴지지 않는다.

백상白霜

백상

고온 다습하고 통풍이 없는 환경에서 차 표면에 발생하는 하얀색 곰팡이 잔류물질이다. 처음에는 차의 표면에서 발생하지만 고온 다습한 환경이 오래 지속되면 안쪽에까지 번진다.

일부 판매자는 곶감의 탄닌과 비슷한 카테킨이 만들어내는 성분이라고 주장하지만 근거 없는 낭설이다. 곶감의 하얀색 가루는 감에 있는 포도당이 건조되면서 생기는 것으로 탄닌과는 관계없다.

순수 카테킨은 결정화되면 흰색 바늘 형태를 이루고 산화·취합하여 생성되는 물질인 차황소, 차홍소, 차갈소도 결정화되면 각각 노란색, 붉은색, 갈색이므로 백상이 카테킨의 산화물이라는 주장은 근거가 없는 것이다.

금화金花

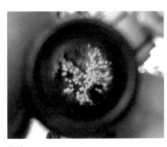

금화

복전차의 가공에서 발화(發花)라는 독특한 과정을 거치면 관돌산낭균(冠突散囊菌)이라는 진균이 생긴다. 관돌산낭균은 생장·생식 기간에는 노란색의 자낭(子囊)에 싸여 있는데 발생한 모양이 오밀조밀 모여 있어 마치 노란색 꽃처럼 보인다고 하여 금화라고 부른다. 몸에 이로운 보건적인 작용을 하는 유익균으로 복전차의 맛과 향기를 결정하는 중요한 성분이다. 보이차를 고온 다습한 환경에서 저장할 때 발생하는 곰팡이 중에서 노란색을 가진 곰팡이도 있다. 육안으로 곰팡이를 보고 금화라고 말하는 사람도 있는데 위험한 발언이다. 노란색 곰팡이 중에는 금화도 있지만, 곰팡이 독소를 만들어내는 아스페르길루스 플라부스(Aspergillus flavus)도 있기 때문이다. 곰팡이를 육안으로만 판단하는 것은 위험하다.

입창入倉

단어로만 보면 창고에 들어간 차라는 뜻이지만, 실제로 쓰이는 의미는 습도·온도를 더해주고 통풍이 안 되는 환경에서 보관하는 것을 말한다. 건창과 습창 두 가지 방법 중에 습창에 속하는 방법으로, 생차의 강한 떫은맛이 짧은 시간 내로 사라지고 오래된 진향도 생긴다. 하지만 곰팡이가 발생하면서 불쾌한 곰팡이 냄새와 맛을 동반하는 경우가 많다.

번창翻倉

보관 중인 보이차의 위치를 바꿔주는 것을 말한다. 중·대형 창고, 특히 입창으로 보관 중인 차는 보관 위치에 따라서 습도·통기성이 다르다. 오랜 시간이 흐르면 각 제품마다 발효 정도에 차이가 발생할 수 있다. 보관 중인 장소에서 습도는 지면과 가까운 곳이 높고 온도는 지면과 먼 곳이 높다. 그래서 일정 기간에 한 번씩 저장하고 있는 전체 차의 위아래, 좌우로 차의 위치를 바꿔주는 작업을 해주는데 이것을 번창이라고 한다.

퇴창退倉

습창차는 인공적으로 매우 빠르게 발효시키기 위해 일반적으로 고온, 다습, 통풍이 안 되는 환경에서 차를 저장한다. 이런 저장법은 차의 변화는 빠르지만 썩은 볏단 냄새, 단백질 부패 냄새, 곰팡이 냄새 등의 불쾌한 냄새를 동반한다. 그래서 습창 처리한 차는 고온, 저습, 통풍이 잘 되는 환경에서 보관하며 불쾌한 맛과 향기를 없애는 작업을 해주는데 이것을 퇴창이라고 한다. 퇴창은 홍콩에서 입창차를 만들 때 주로 사용하는 방법으로 온도가 너무 높아지면 차의 색이 검어지고 윤기가 없어지며 차의 맛도 싱거워지는 부작용이 생긴다.

해괴解塊

해괴는 두 가지 의미가 있다. 첫 번째는 보이차 가공 중 거치는 과정이다. 살청과 유념을 마친 찻잎은 뭉쳐 있는 상태인데 손으로, 혹은 기계로 뭉쳐진 이파리를 털어준다. 그리고 숙차를 만드는 악퇴발효 과정에서도 차가 뭉쳐지는 현상이 발생하는데 역시 기계나 사람의 힘으로 털어준다. 이 과정을 해괴라고 한다.

　두 번째 의미는 완성된 긴압차를 보관 혹은 음용을 위해 차침, 차칼을 이용하여 분해하는 것을 해괴라고 한다.

거풍舉風

일반적인 악퇴발효 방법으로 만든 숙차의 경우 발효를 거칠 때 발생하는 고유의 불쾌한 냄새가 남아있는 경우가 있다. 이런 숙차를 소비자가 구입한 경우 긴압차는 해괴하고 산차는 넓게 펴서 그늘진 곳에 보관하며 불쾌한 냄새를 희석·휘발시키는 과정을 거치는데, 이런 과정을 거풍이라고 한다.

토기, 자기, 자도, 자사 항아리 보관

차를 보관할 때 항아리에 보관하는 방법으로 항아리 재질에 따라서 토기, 자기, 자도, 자사 등이 있다. 장점으로는 외부 환경에 영향을 받지 않고 차의 향과 맛을 비교적 오래 보존할 수 있다는 것, 먼지나 곤충의 피해에 안전하다는 것이다. 단점으로는 차의 변화가 늦어질 수 있으며 기온차가 큰 곳에서 보관한다면 항아리 내부에 결로가 생겨 차에 곰팡이가 필 수 있다는 것이다. 항아리 보관은 기온차가 없는 곳에서 뚜껑을 가끔 열어서 확인해주며, 같은 계열의 차만 담아서 보관하는 것이 좋다.

생차와 숙차를 함께 보관하게 되면 생차의 높은 향과 깔끔한 맛이 사라지고 숙향, 숙미가 생길 수 있다. 추천하는 항아리 보관법은 숙차는 숙차대로, 생차는 대지차와 고수차를 분리하여, 산지별로 분류하여 보관하는 방법이다.

방품做品

정규 생산된 제품의 포장지와 내비 등을 위조하여 만들어진 모방품 보이차를 말한다. 세간에서 흔히 말하는 '가짜 보이차'가 여기에 속한다. 방품의 형태와 종류는 매우 많다. 호급차부터 인급, 칠자병차급, 유명 대형차창의 고가 제품들을 위조하여 만든다. 제품 품질은 대체적으로 정상적인 제품보다 떨어지지만 매우 저렴한 가격에 유통되기 때문에 시장 규모가 제법 큰 편이다. 정교하게 만들어진 방품은 전문가들도 구별하기 어려운 경우가 많다.

골동차

보이차 애호가들 중 많은 사람들이 차의 오래됨을 강조하고 치켜
세운다. 복원창, 송빙, 동경, 홍인, 조기칠자병차 등의 차들은 몸
값도 비싸서 몇 백은 우습고 몇 억원의 가격에도 거래된다. 생산년
도의 진위 여부는 줄곧 보이자의 문제로 작용했다. 중차공사에는
『공사역혁지』가 있는데 『창지(차창연혁지)』에는 연혁에 따른 여러 이
름의 공사 이름, 상품 규격과 포장의 교체 등이 나와서 많은 부분
에서 신뢰할 만하다.

중차공사 『연혁지』를 참고하더라도 여러 종류의 차가 정확하게
언제, 얼마나 생산되어 어디로 판매되었는지에 대한 정보는 매우
드물다. 이런 애매함을 이용하여 방촌시장, 대만, 홍콩의 상인들
은 터무니없는 주장을 하곤 한다. '중국다업공사운남성분공사'는
1950년 9월에 설립되었고 1951년 '중차패' 상표를 등록했다. 그런
데 일부 차 상인들은 중차패가 새겨진 홍인을 두고 1940년대, 정
확하게 1942년에 맹해차창(당시 불해차창)에서 생산되었다고 주장
한다. 아직 상표를 사용하지도 않았을 시기이기도 하지만, 당시 맹
해차창은 설립도 되지 않았을 때이다. 게다가 맹해차창이 중일전
쟁의 피해를 입은 차창을 복구하고 차를 다시 생산했을 때에도 보
이차가 아닌 녹차와 홍차를 주로 생산했었다. 차창도 없었고 중차
패도 사용하기 전에 만들어졌다고 하는 홍인은 도대체 어디에서
나온 것일까? 그리고 '중국토산축산진출구공사운남성다업분공사'
는 1972년 6월에 설립되었으니 이때부터 근대 운남칠자병차가 만
들어졌다고 봐야 한다. 그런데 수많은 상인들은 '중국토산축산진

출구공사운남성다엽분공사' 포장지로 포장된 차를 '1960년대' 차라고 주장하며 판매하고 있다.

시대를 더 거슬러 올라가서 개인 차장시대를 살펴보면 더욱 터무니없는 차들이 발견된다. 청나라 말기부터 민국시대까지 많은 개인 차장에서 자신들의 상호를 제품 이름으로 하여 호급차를 만들었다. 각 지방의 자료인 『현지(縣志)』에는 차장의 명칭, 생산했던 차의 이름, 대략적인 생산량이 기록된 것도 있지만 그런 정보는 매우 적다. 노차를 취급하는 차 상인들은 남은 기록에 맞춰 소설을 쓰는 것처럼 이야기를 만들어낸다. 근거는 전혀 없지만 소비자 입장에서는 분별해낼 수 있는 자료 또한 없으니 반박할 수도 없다. 골동차가 가지고 있는 희소성이라는 특징은 방품이라는 부작용을 낳았다. 높은 가격에 거래되지만 실제 시장의 보유량은 매우 적으면서 차에 대한 정확한 근거도 쉽게 찾아볼 수 없는 차. 모방품이 만들어지기 매우 좋은 형태의 구조다.

오래된 보이차 중에서 생산부터 판매까지의 대략적인 기록, 그리고 차의 특징이라도 남아 있는 차들은 그나마 괜찮은 편이지만 이런 기록이 남아 있는 차들은 매우 적다. 대부분 기록이 없으며 그나마 남아 있던 기록은 문화혁명을 거치며 많이 소실되었다. 가장 많이 볼 수 있는 모방품은 기존의 오래된 노차의 특징을 흉내내서 만들어진 것이다. 포장지와 내비는 간단하게 인쇄해서 찻물에 적신 후 오래되어 보이게 만든다. 보이차도 오래된 것처럼 보이기 위해 고온 다습하고 통풍이 되지 않는 창고에 넣어 인위적인 변화를 만들어낸다. 이렇게 만들어진 차는 몇 십년, 혹은 백년 이상의 시간을 뛰어넘어 애호가들의 손에 들어가고 소비된다. 이보다 더한 모방품도 있다. 역사상 존재하지 않았던 차장, 그리고 그런 차장에서 생산된 보이차라고 선전하며 판매한다. 기록이 부족한 현실을 이용한 사기 방법이다.

오래된 보이차가 귀한 이유는 다른 골동품과 비슷하다. 오래될수록 희소성이 높아진다는 것이다. 게다가 보이차는 마실 수 있는 '식품'의 범주에 속한다. 골동차, 노차는 희귀하다. 그리고 세월이 가진 맛과 향기도 있다. 하지만 이런 오래된 노차를 마치 신선이 내린 선약(仙藥)이라 여기며 만병통치약처럼 생각하는 것은 문제가 있다. 폴리페놀, 다당, 아미노산, 단백질, 펙틴, 차황소, 차홍소, 차갈소, 카페인 등의 성분들이 보건적인 역할을 하는 것은 분명한 사실이다. 현대 과학기술로 밝혀진 위와 같은 성분들은 숙차에서도 충분히 발견할 수 있는 성분이다. 노차에서 많은 함량으로 발견된다는 스타틴 계열의 성분이 있다. 고지혈증, 지방간, 중성지방에 효과가 좋다고 하는 물질이다. 이런 성분도 현대 과학기술을 응용하여 노차보다 함량이 높은 숙차를 만들어내는 시대다.

여러 문제가 있지만, 골동차들은 역사적 의미를 가지고 있는 매우 희귀한 문화임은 분명하다. 하지만 아무리 좋고 귀한 문화라고 하더라도 맹목적인 투기와 알 수 없는 신비한 효능이라는 마케팅과 결합되는 순간 시장은 혼탁해질 수밖에 없다.

호급차 號級茶

1957년 이전까지 개인 차장, 차호(茶號)에서 생산된 보이차를 말한다. 각 차장, 차호의 이름을 붙여 생산했기에 호급차라고 부른다. 청나라 때 보이차가 공차로 지정되며 많은 개인 차장이 들어섰고 운남의 보이차 생산 지역은 순식간에 지명도가 높아졌다.

중화인민공화국 설립 후 1954년 개인이 거래하던 차는 모두 국가가 수매하여 판매하도록 바뀌고 1957년부터 모든 개인 차장들은 국영 차창에 병합되어 호급차의 역사는 종료된다. 국영 차창, 즉 곤명, 맹해, 하관, 보이 등의 차창은 운남에서 생산되는 모차를 수매하여 개인 차장이 해왔던 역할을 대체한다. 주문은 성공사에서 하달 받아서 차를 생산했다.

현재 시장에서 정의하는 골동차는 일반적으로 1957년 이전 운남의 개인 차장이 만든 호급차를 말한다. 호급차에 사용되었던 원료는 남아있는 자료와 외형으로 판단했을 때 여러 산지의 원료를 병배하여 사용했고 고수, 소수 모두 병배하여 만들었다. 호급차는 무조건 고수차라고 주장하는 사람들이 있는데 고수, 소수의 개념은 차나무 수령에 관한 분류로 당시 자료에 고차수만을 채엽했다는 기록은 어디에도 없다.

보이차 산업이 발전하면서 새로운 다원의 개간도 대단위로 이루어졌다. 고수, 소수가 혼재해서 자라는 다원에서 생산량이 적은 고차수만을 채엽해서 만들었을 리는 만무하다. 따라서 호급차는 고차수 순료가 아니라 고차수, 소차수 지방군체종으로 만들었다고 보는 것이 타당하다.

사용된 원료의 생산지는 맹해, 사모, 임창, 보산, 맹납 등 차나무가 존재하고 재배하는 모든 지역이며, 일부 호급차의 내비나 내표에 쓰여 있는 것처럼 이무정산의 봄철 어린잎만 따서 만들지는 않았다. 당시 보이차의 채엽 및 가공은 고수·소수를 혼채로, 봄·여름·가을차를 병배하여 여러 지역의(비교적 근거리의) 차를 섞어 만들었다고 보는 것이 타당하다.

대표적인 호급차로는 동경호, 복원창호, 송빙호, 동흥호, 가이흥 등이 있다.

8

보이차의 역사

8. 보이차의 역사

보이차

보이차(普洱茶)는 중국 10대 명차 중 하나로 운남성 보이현(지금의 녕이현)에서 집산되어서 보이차라는 이름이 되었다. 당나라 때 보이의 명칭은 보일(步日)이었고 남조국의 은생성에 속했다. 이때 생산된 '은생차(銀生茶)'는 보이차의 전신이다. 원시적인 제다법으로 생엽을 그대로 햇볕에 말려 완성했다는 기록이 있다. 원나라 때 보차(普茶)라고 불리다가 명나라 만력년간(萬曆年間)에 이르러서야 보이차라고 불렸다. 청나라 때 보이차는 황금시대를 맞이한다. 『보이부지』의 기록을 보면 '보이에 속한 육대차산은 주위가 팔백리이며 산에 들어가 차를 만드는 사람이 십여 만 명이다'라는 글이 나온다. 궁정 귀족과 문사들도 보이차를 마시는 유행이 있어서 '여름에는 용정, 겨울에는 보이'라는 말도 생겼다. 당시 사모와 서쌍판납 일대는 주요한 원료 생산지였고 보이와 사모는 가공과 집산지 역할을 했다. 그리고 명·청 시기에는 보이를 중심으로 여섯 갈래로 차마고도가 운영되었다. 보이차는 중국 내륙뿐만 아니라 베트남, 미얀마, 태국 등지에도 팔려나갔으며 거기에서 다시 홍콩, 동남아, 심지어는 유럽까지 진출했다.

차마고도茶馬古道

중국의 차와 티베트의 말을 서로 교환하기 위해 만들어진 주요 교역로를 말한다. 노선의 가장 먼 거리를 보면 중국 운남·사천부터 서아시아, 동남아시아, 유럽, 북아시아, 러시아까지 퍼져 나갔으며 실크로드를 거쳐 중동 지역까지 이어진다. 당, 송나라 때에는 차와 티베트의 말을 교환하는 시장이 매우 번성하게 된다. 차마고도는 실크로드보다 200여 년이나 앞선 기원전 2세기 이전부터 존재한 고대의 무역로로 알려져 있다.

이무고진의 차마고도 유적

차마호시茶馬互市

차마호시의 기원은 당·송나라 때로 중국의 차와 티베트의 말 교역을 말한다. 중국이 차를 이용하여 전쟁에 필요한 말을 구매하고 서북부의 유목민족은 생활에 필요한 차를 얻는 교역이었다. 초기에는 말 한 마리에 많은 양의 차가 필요했으나 유목민족이 소비하는 차의 양이 많아지면서 수요가 대폭 증가하자 차의 가치를 올리면서 무역상의 큰 이익을 취했다. 또한 유목민족에게 필수품이 되어 버린 차의 교역권으로 국가간의 영향력을 행사하기도 했다. 송나라 때에는 검여차관사(檢擧茶監司)라는 차마교역을 관리하는 전문 기관을 설치하기도 하는데 이런 기관은 명·청나라 때 차마사(茶馬司)라는 기관으로 이어진다.

기원전 ~ 당나라

보이차의 역사를 찾는 것은 그리 쉬운 일이 아니다. 예로부터 운남은 문자가 없는 소수민족이 살아왔던 곳이라 제대로 된 기록이 없기 때문이다. 단편적으로 남아 있는 기록과, 연구 및 고증을 통해 밝혀진 내용을 살펴보자.

수십만 년 전부터 지금의 운남성에는 사람이 살았다. 운남의 나평현과 사종현 일대에서는 약 2,100년 전부터 야생차나무를 순화해서 인류가 재배해서 이용했던 것으로 밝혀졌다고 한다. 소수민족인 태족이 그들의 문자인 태문(傣文)으로 남긴 문헌을 보면 1,700여 년 전인 동한 시대에 운남에서도 차나무를 재배했다는 기록이 있다.

시간을 빨리감기로 돌려서 당나라 때로 가보자. 다성(茶聖)으로 불리는 육우가 편찬한 최초의 차 전문서인 『다경(茶經)』. 그 유명한 책에 운남 차에 대한 기록이 없다. 『다경』은 당나라 때 이미 중국의 모든 차를 총망라했다는 평가를 받는 책인데, 왜 운남 차에 대한 기록이 없는 것일까? 전문가들의 짐작으로는 아마도 육우는 중원에서 멀리 떨어진 운남에서 차를 재배하리라고는 생각하지 않았을 것이라고 한다. 시대적인 배경도 이런 주장에 힘을 보탠다. 당시 운남은 당나라의 영토가 아니었다. 당나라와 대치관계에 있던 남조국이라는 국가의 영토였는데, 당나라와 남조국은 서로 사이가 좋지 않았다. 예나 지금이나 국경을 마주한 국가는 사이가 안 좋은 법이다.

당나라와 남조국의 분위기가 좋지 못할 때였으니 아무리 육우라고 하더라도 전쟁 준비 중인 긴박한 상황에서 적대국에 들어갈 생각은 못 했을 것이다. 그래서 운남의 차에 대해서는 경험이 없었을 것이라고 말한다. 그렇다고 당나라 때 운남 차에 대한 기록이 아주 없는 것은 아니다.

운남 차에 대한 최초의 기록『만서蠻書』

당나라 때의 육우가 세상을 뜬 804년보다 조금 늦은 시기인 863년, 번작(樊綽)이라는 사람이 쓴 책이 있다. 책의 제목은『만서』. 이책은 당시 운남에 대한 일종의 비밀 감찰기록이다. 지금의 하노이는 당시에 안남이라는 지역으로 불렸다. 현재 하노이는 베트남의 영토이지만, 당시에는 당나라의 영토였다. 그리고 이 지역은 지금의 운남, 당시의 남조국과 접경을 둔 지역이다. 남조국은 영토 확장을 위해서 중원에 가까운 북쪽보다는 비교적 수월한 남쪽에 눈길을 돌린다. 즉, 남조국은 당나라의 영토였던 안남 지역을 침공할 준비를 했다.

『만서』를 쓴 번작은 당나라의 관료다. 남조국에 몰래 들어가서 전쟁준비 상황이라던가 운남의 지리, 환경, 군사력 규모 등의 상황을 살피고 오는 일종의 스파이었다. 우리나라로 따지면 특수한 임무를 수행하는 국정원 직원이라고 해도 될 것이다. 당나라에게는 아쉽지만, 번작은 미션임파서블의 탐 크루즈처럼 초인적인 스파이는 아니었다. 전쟁을 앞둔 적국에 목숨 걸고 들어가서 스파이 활동을 하기는 쉽지 않았을 것이다. 그는 남조국 근처에도 가지 않고 이미 알려진 기존의 자료를 찾아서 짜깁기로 운남에 대한 감찰기록을 만든다. 그가 쓴 『만서 – 운남관내물산』이라는 책을 보면 이런 글이 나온다.

차는 은생성의 경계에 있는 여러 산에서 나온다.
이피리를 띠고 차를 만드는데 별다른 방법은 없고 산차로 기둔다.
몽사만은 이 차를 산초, 생강, 계피와 함께 넣어 끓여 마신다.

문장에서 낯선 단어 '은생성'과 '몽사만'이 등장한다. 은생성은 당시 남조국이 세운 운남의 통치 구역이다. 지금 운남의 지명으로 말해보면 원강현, 진원현, 경동현을 포함한다. 이 지역 주위의 산은 무량산과 애뢰산, 임창의 일부 지역까지 들어간다. 한편 은생성의 경계를 더 넓게 보는 사람들도 있다. 무량산맥부터 시작해서 임창, 란창을 지나 지금의 서쌍판납에 이르는 모든 지역을 아우르는 넓은 지역이라고 말하기도 한다. 무엇이든 간에 『만서』에 기록된 운남의 차 생산지인 은생성은 오늘날 운남에서 보이차가 생산되는 지역과 일치한다.

참고로 왼쪽의 사진은 예전 남조국의 지도다. 북쪽으로는 여행지로 유명한 대리를 지나고 남쪽으로는 라오스 영토까

예전 남조국의 지도

지 포함된다. 모두 차가 나오는 지역이다.

다음은 '몽사만'이라는 단어다. 당나라 때 운남에서는 여섯 개의 큰 촌락이 나타나 연합을 만든다. 촌락이 아닌 소국가였다는 말도 있으니 제법 큰 규모였다고 볼 수 있다. 여섯 개 촌락의 명칭은 각각 낭궁조, 등섬조, 시랑조, 몽수조, 월석조, 그리고 마지막으로 몽사조다. 이들을 합쳐 육조라고 불렀는데, 몽사조를 제외한 나머지 촌락은 지금의 티베트인 토번에 흡수된다.

몽사조는 가장 남쪽에 있던 국가다. 그들은 토번과 좋은 관계를 유지하며 독자적인 국가 형태를 고수한다. 그리고 남쪽에 있는 몽사조, 즉 남조국(南詔國)이라는 이름으로 불리게 된다. '만'이라는 글자가 남쪽 오랑캐라는 뜻이니 번작이 말한 '몽사만'은 남조국 사람들을 얕잡아 칭하는 말이다. 가만 보니 번작이 쓴 이 책의 제목도 『만서』다. 즉, 남쪽 오랑캐에 대한 기록이라는 뜻이다.

예전 중국 사람들은 중화사상에 빠져서 '이만융적(夷蠻戎狄)'이라는 말을 만들어냈다. 동쪽의 이, 남쪽의 만, 서쪽의 융, 북쪽의 적이라는 뜻인데, 모두 오랑캐를 지칭한다. 중화사상에서 발원된, 자신 이외의 외국인은 모조리 오랑캐라는 의미다.

아무튼, 당나라 사람 번작이 쓴 『만서』라는 책을 통해 알 수 있는 것을 정리해 보자. 물론 한참 전부터 마셨겠지만, 당나라 때에도 운남 사람들은 차를 마셨다. 운남의 차는 은생성에서 나온다. 은생성은 지금의 무량산, 애뢰산, 임창의 일부 지역이거나 이 지역부터 서쌍판납에 이르는 광활한 지역을 말한다. 은생성은 예나 지금이나 보이차의 주된 산지다. 당시 운남 사람들은 차를 만드는 특별한 제조법은 없었고 산차로 거둬들여 산초, 생강, 계피를 넣어 함께 끓여 마셨다고 한다.

이때만 해도 운남의 차라는 기록은 있지만, 보이차라는 기록은 없다. 보이차에 대한 정식 기록은 시간이 한참 흐른 뒤인 명나라 때가 되어야 등장한다.

운남 차에 대한 다른 기록 『운남지략雲南誌略』

보이차라는 이름이 문자로 기록되기 전을 더 살펴보자. 당나라(618년)부터 원나라(1368년)까지의 오랜 시간이 흐르는 동안 번작의『만서』이외에 운남의 차에 대해서 기록된 자료는 아주 적다. 지금으로부터 약 700년 전인 원나라 때 이경(李京)이라는 사람이 쓴『운남지략』을 보면 이런 글이 나온다.

> 금치백이(金齒百夷)는 5일에 한 번 모여서 교역을 하는데 주로 용단, 천, 소금과 차를 교환한다.

여기에서도 차는 나오지만, 아직 보이차라는 말은 없다. 하지만 당시 운남의 교역은 마치 지금의 5일장처럼 열렸고, 그중에 차도 있었다는 것을 알 수 있다. 그럼 혹시 다른 지역의 차를 수입해서 소비했던 것은 아닐까 하는 의문도 생길 수 있다. 그러나 당나라 때부터 명나라 때까지 있는 중국의 어떤 기록에도 운남에서 다른 지역의 차를 수입했다는 내용은 없다고 한다. 그리고 운남은 차나무의 원산지라고 불릴 정도로 오래된 다원과 차나무가 많은 곳이다. 굳이 외지에서 수입해서 소비할 이유가 없다. 그러니『운남지략』에 나온 금치백이의 5일 장에 등장하는 차는 운남에서 생산된 차가 맞다.

'금치백이'라는 단어를 살펴보자. 금치백이는 원나라 때 운남의 서쪽에 있던 금치국(金齒國) 사람들을 말한다. 지금 운남의 지리로 보면 대리와 보산 일대다. 이들은 태족, 덕앙족과 같은 운남 소수 민족의 선조다. 금치국 사람들은 금색 치아를 만들기 위해서 치아를 상감하는 방법을 썼다. 그리고 금치 이외에도 얼굴과 몸에 한가득 문신을 새겨 넣었다. 문신을 하는 습관은 지금의 운남 소수민족인 태족, 덕앙족, 와족, 포랑족, 아창족 등이 가지고 있다.

금색은 아니지만, 이들 중에는 치아를 검은색으로 상감하는 이들도 있다. 사는 지역도 보산을 포함한 운남 지역이니 이들의 선조인 금치백이의 습관이 이어져 내려온 것이라고 추측하는 학자들이 많다. 금색의 치아를 만들기 위해서 상감한 재료가 무엇인지는 나와 있지 않다. 어쩌면 사라진 고대 연금술일지도 모르겠다.

금치국에 대한 내용은 마르코폴로가 남긴 글에도 나온다. 마르코 폴로가 중국에 왔을 때 원나라의 황제는 '쿠빌라이 칸'이었다.

와족

그는 머나먼 이탈리아에서 온 총명한 청년 마르코 폴로를 매우 총애했다고 한다. 당시 쿠빌라이는 마르코 폴로에게 운남에 내려가서 그곳의 상황을 살펴보고 오라고 한다. 운남에 도착한 마르코 폴로는 지금의 대리, 보산, 덕홍 지역을 돌며 이곳의 세태와 풍속을 세세하게 기록한 후 쿠빌라이에게 보고한다. 운남에 왔을 때 금치국에서 만난 사람들과 풍속을 기록한 것을 보면 이런 내용이 나온다.

금치국 사람들은 얼굴과 몸에 가득한 문신을 가지고 있으며 고기를 날로 먹는 습관이 있다. 생고기를 한 입 크기로 자른 뒤 소금물에 담가 일정 시간 둔다. 고기를 건져낸 후 각종 향신료를 넣어 버무린 후 먹는다. 이것은 신분이 비교적 높은 사람들이 먹는 방법이다. 가난한 사람들은 고기를 더 잘게 다져서 마늘과 함께 버무려 먹는다.

재미있는 기록이다. 지금도 운남 여러 소수민족의 명절 음식에는 소고기를 잘게 다져서 양념과 버무린 후 날로 먹는 것이 있다. 식습관은 시간이 지나도 좀처럼 변하지 않고 이어진다. 차 마시는 습관도 이들 선조로부터 이어져 내려왔을 것이다. 이들의 선조는 몇 백, 몇 천 년에 걸쳐 야생 차나무를 순화해서 심었을 것이고 후대들은 차나무를 가꾸고 다원을 넓혀가며 차를 만들어 마시고 교역했다. 그런 내용은 원나라의 이경이 쓴 『운남지략』에 나온 것처럼 당시 운남에서 차를 교역했다는 내용에서 쉽게 알 수 있다. 하지만 아쉽게도 운남 사람들이 차를 마시던 습관이나 차를 만들던 방법에 대한 내용은 없다. 그리고 이때까지도 운남의 차를 보이차로 불렀다는 기록도 없다. 보이차라는 이름이 처음으로 등장하는 시기는 아직 더 지나야 한다. 이제 명나라로 넘어가 보자.

보차, 그리고 보이차

명나라부터 청나라까지는 운남 차의 황금시대다. 운남의 차 산업은 유래가 없을 정도로 크게 발전한다. 그리고 이 시기는 보이차라는 이름이 처음으로 등장하는 시기이기도 하다. 명나라 만력 연간(1573~1619)에 편찬된 『운남통지(雲南通志)』에는 운남에서 유통과 소비가 가장 많았던 차는 '보차'라고 나온다. 같은 시기에 사조제가 쓴 『전략(滇略)』에도 이런 내용이 있다.

> 사대부와 일반 백성이 모두 보차를 마신다. 보차는 쪄서 둥글게 만든다.

당나라 때 번작이 이야기했던 운남의 차는 대충 따서 만들고 특별한 제조법이 없다고 했지만, 시간이 흐름에 따라 운남의 차 역시 가공법이 발전하게 된 것이다. 아무래도 당나라부터 시작된 중국의 차 가공법 발전이 운남에까지 이르렀다고 봐야 한다. 그리고 이때까지만 해도 지금의 칠자병차의 모습은 아니었다. 그냥 둥글게 뭉친 단차 형태(송나라부터 원나라까지 유행했던)다. 『운남통지』와 『전략』은 보이차라는 이름의 유래를 따질 때 아주 중요한 근거를 제시하는 자료다.

보이차라는 이름의 유래를 추측하는 여러 글을 살펴보면 우선 복족이 심었던 차나무, 그들의 차라고 해서 복차였다가 보차로, 다시 보이차로 바뀌었다는 주장이 있다. 또 청나라 때 지금의 보이에 집하되어 보이차라는 이름이 생겼다는 설도 있다. 결론적으로 말하면 첫 번째 주장보다는 두 번째 주장이 더 신뢰도가 높다. 그리고 보이부가 설립되기 100여 년 전, 둥글게 쪄서 만든 차를 보차라고 불렀다는 것도 사실이다. 그러나 복차가 보차로, 다시 보이차로 바뀌었다는 주장에는 무리가 있다.

예전부터 운남에서 차나무를 심고 차를 만들며 지내온 태족과 포랑족들은 그들의 차를 '라'로 불렀다. 그들의 차인 '라'는 이미 천 년이 넘는 역사를 가진 명칭이다. 명나라 때도 그랬다. 지금도 마찬가지여서 소수민족은 그들만의 언어가 있다. 중원에서 운남의 차를 보차라고 불렀어도 여전히 그들은 '라'로 불렀을 것이다. 태족이나 포랑족의 언어를 보면 지금도 보이차라는 말이 없다. 그들이 만드는 차는 오로지 '라'로 부른다. 복족의 차가 보이차로 불렸다는 주장은 보이차 명칭의 시작 역사를 천 년이 넘게 앞당길 수 있지만 정설로 주장하기에는 근거가 희박하다.

그리고 마침내 보이차라는 이름이 역사에 새겨진다. 보이차라는 이름이 최초로 등장하는 것은 1664년, 명나라 때다. 방이지(方以智)의『물리소식(物理小識)』에 보면 '보이차는 쪄서 덩어리로 만든다. 서번(西藩)에서 이를 사간다'라는 글이 나온다. 쪄서 덩어리로 만든다는 방법은『물리소식』보다 70년 전에 편찬된『전략』에도 나온다.『전략』에서는 이런 방식으로 만든 운남 차를 '보차'라고 기록했지만,『물리소식』에서는 정식으로 '보이차'라고 기록했다. 이때부터 운남에서 쪄서 만드는 차는 보이차라고 불렀다.

명나라, 청나라 때 보이차가 발전할 수 있었던 것은 막대한 소비량 덕분이었다. 가장 큰 소비지역은 당시의 서번, 지금의 티베트다. 티베트 사람들의 차 소비량은 예나 지금이나 대단하다. 육우가『다경』에서 그렇게 비난했던 방법이지만, 티베트 사람들은 차와 야크 버터를 녹인 수유차를 마신다. 음료의 기능과 식사의 기능까지 겸한 방법이다. 이들의 막대한 차 소비량에 맞추려면 차 재배 지역의 확대는 필수 조건이다. 그러다 보니 명나라 때부터 운남의 차는 국가가 주관하고 장려하는 주요 산업이 된다. 명나라 말에 이미 운남에는 10만 묘가 넘는 다원이 조성되었고 차리라고 불렸던 지금의 서쌍판납과 보이의 남부에는 15개의 대차산이 형성된다.

명나라 때 조성된 10만 묘의 거대한 다원은 오늘날 3만 묘가 남아서 전해 내려온다. 다원의 면적은 많이 줄었지만 그때 당시 형성되었던 15개 대차산은 아직도 화려한 명성을 이어가고 있다.

청나라 – 보이부와 차인

청나라 때에는 보이에 보이부가 설립된다. 보이부의 설립은 보이차라는 이름이 확실하게 자리 잡는 계기가 된다. 게다가 보이차의 역사에서 또 하나 중요한 시작을 하게 되는데, 지금의 병차 포장법인 한 통에 일곱 편이 들어가는 '칠자병차'의 탄생이 바로 그것이다.

보다 정확히 말해 청순치 18년(1661)에 청나라는 지금의 용생현에 차 시장을 세운다. 용생현은 운남 여행을 다녀온 사람들에게 익숙한 여강, 대리가 있는 지역이다. 서북쪽으로 조금만 올라가면 티베트가 있으니 주 수출 지역과 인접한 곳에 차 전문 시장을 세운 것이다.

청나라는 차 시장을 세우고 차인(茶引)을 받기 시작했다. 차인은 쉽게 말해 차에 대한 세금이기도 하고 티베트까지 갈 수 있게 해주는 운행 허가증이다. 당시 한 해 거두어들였던 차인이 은 379량이라고 한다. 세금으로 거둔 은 379량은 차를 싣고 떠났던 말로 따지면 약 843마리분의 보이차라고 하니 대단한 양이다.

어떤 품목이든 국가에서 세금을 징수하려면 꼭 필요한 것이 있다. 더욱 빠르고 효율적인 징수를 위한 도량화다. 이때까지도 티베트로 수출되던 보이차에는 이런 도량이 없었다. 산차로도 갔고 둥근 공 형태로 만든 단차, 호박 모양의 과차로도 갔다. 그리고 지금의 병차 형태도 있었다고 하는데, 무게는 일정하지 않았다. 차의 무게를 모두 측정해서 차인을 발급했지만, 제품이 여러 형태이다 보니 차인의 발급까지 시간이 오래 걸렸다. 이런 불편함을 해소한 것이 바로 칠자병차다.

옹정 7년(1729)에 청나라는 사모에 보이부를 설립한다. 보이부는 당시 보이차의 주 생산지였던 서쌍판납의 차를 독점 운영하기 위한 시설이다. 보이차 역사에서만 본다면 중국이 처음으로 도입한 독점과 관리를 위한 제도다. 그리고 기존 차인의 개량과 보이차의 도량화를 시도한다. 1735년에 완성된 차인과 도량화를 보면 다음과 같다.

차인 한 장당 백 근의 차를 살 수 있다. 정확한 무게와 세금 징수의 편의를 위해 보이차는 납작한 원형으로 만들도록 지시한다. 한 편의 무게는 7량, 일곱 편이 한 통이 되도록 죽순 껍질로 포장하며 한 통의 무게는 49량이 된다. 이때의 근과 량은 지금과는 차이가 있다. 당시 한 편에 7량이라는 무게는 오늘날의 357그램 정도라고 한다. 차인 한 장으로 살 수 있는 차는 백 근, 칠자병차로 계산하면 32통이 된다. 즉 수매하는 입장에서는 차인 한 장 발급해주고 32통만 사면 끝나는 간편한 시스템이다. 각 통에 일곱 편이 들어 있다고 해서 붙여진 이름이 칠자병차(七子餠茶)다. 칠자병차의 탄생은 세금이나 교역 모두 간단하게 해결하는 제도였다.

지금도 칠자병차라고 부르지만, 당시 기록을 보면 칠자원차(七子圓茶)라고 나와 있다. 원차나 병차나 모두 납작한 원형의 차를 말하는 것이니 칠자원차와 칠자병차는 같은 차를 뜻한다. 오늘날 쓰이는 칠자병차라는 말은 정확하게 언제부터 시작되었는지는 알 수 없다. 일부에서는 맹해차창에서 1957년 처음으로 병차라는 말을 썼다고 주장하기도 하지만, 민국 시기 불해차창에서 수매했던 보이차 목록 중에 칠자병차라고 기록된 자료가 있다. 인제부터인지 모르지만, 농가나 상인들은 원차라는 말과 병차라는 말을 모두 썼다는 뜻이다. 칠자병차의 탄생은 보이차 최초의 도량화를 이룬 사건이다. 도량화는 또한 안정적인 품질을 지속 가능하게 해준다.

보이부 설립 후 백여 년이 지난 1825년, 『전해우형지』에는 이런 글이 나온다.

보이차의 명성이 천하에 널리 알려졌다.

변방에서 만들어 티베트로 수출하던 보이차는 도량화와 함께 탄생한 칠자병차의 인기에 힘입어 천하에 명성을 날리는 차가 된다.

거대한 변화 – 개토귀류改土歸流

보이부가 설립되고 칠자병차가 탄생했다. 그후 백 여 년의 시간이 지났고 보이차의 명성이 천하에 널리 퍼졌다는 기록이 나온다. 아무리 칠자병차로 도량화에 성공했다고 해도 구석진 변방의 차가 짧은 시간 안에 중원에서 인기를 끌기 위해서는 충분한 물량이 있어야 한다. 보이차의 명성이 빠르게 퍼진 이유 중 하나로 차 생산의 주요 지역인 서쌍판납에 개토귀류가 성공했다는 것을 들 수 있다. 칠자병차의 탄생과 개토귀류, 이 두 사건은 거의 비슷한 시기에 일어났다.

청나라는 차 생산의 주요 거점인 서쌍판납에 대한 통치를 강화하려 한다. 당시에도 운남의 서쌍판납은 청나라 영토였다. 운남은 지리적으로 중원과 멀리 떨어져 있다. 그 중에서 서쌍판납은 운남의 최남단이니 더 먼 지역이다. 아무래도 조정의 직접적인 입김이 미치기에는 어려운 곳이었다. 그래서 당시 서쌍판납의 각 차산을 관할하는 사람들 역시 청나라의 관리가 아닌 지역의 우두머리였다.

소수민족이 사는 지역의 우두머리를 토사라고 불렀는데, 이들의 권력은 막강했다. 분쟁이 생기면 조정해주고 죄를 지은 사람에게는 벌을 내렸다. 한마디로 토사는 해당 지역을 다스리는 통치자였다.

청나라 정부는 서쌍판납의 차산에 개토귀류를 실시하려 했다. 개토귀류는 지역의 우두머리인 토사를 몰아내고 청나라의 관리를 파견해서 정부의 직접 통치를 실시하는 것을 말한다. 서쌍판납의 개토귀류는 명나라 때에도 시도했지만, 험난한 운남의 산길과 단합된 소수민족의 저항을 뚫지 못하고 매번 실패했었다. 1727년, 어느 날 육대차산의 하나인 망지차산에서 사건이 발생하는데 이것을 계기로 개토귀류라는 거대한 파도가 차산을 덮치게 된다.

멀리 강서성에서 운남의 차산으로 차를 구하러 들어왔던 상인 하나가 마을의 수령에게 살해당한다. 상인은 육대차산 중 하나인 망지차산에 도착한 후 숙소로 마을의 수령집을 이용했는데 그만 수령의 부인과 연분이 난다. 집에서 먹여주고 재워줬던 외지 상인이 자신의 부인과 놀아나는 모습을 본 수령은 그 자리에서 칼을 빼들고 두 사람의 목을 쳐버린다. 당시의 풍속으로 봤을 때 바람난 부인과 상대방을 죽이는 것은 전혀 문제되는 것은 아니었다. 게다가 절대적인 권력을 행사하던 수령이 내린 형벌이니 당연한 일로 넘어가야 했다.

그러나 청나라 정부는 이 사건을 서쌍판납의 차산에 개토귀류를 박아 넣을 좋은 구실로 삼는다. 청나라 조정은 곧바로 살인을 저질렀던 망지차산의 수령과 육대차산을 관할했던 토사를 토벌하려고 대규모의 병력을 투입한다. 강력하기로 유명했던 옹정제의 군사력은 과거 명나라 때와는 달랐다. 차산의 많은 사람들이 죽거나 다쳤고 집과 마을, 다원은 불에 타 잿더미가 되었다. 소수민족들은 예전에도 그랬던 것처럼 똘똘 뭉쳐서 필사적으로 대항했지만, 1년

망지차산의 수령 마포붕이 자신의 부인과 한족 상인의 머리를 효수했던 나무

만에 무릎을 꿇고 만다. 결국 망지차산의 수령과 서쌍판납의 토사
는 붙잡혀 참수당했고, 서쌍판납의 육대차산에는 정부에서 파견한
관리가 들어간다.

이 사건으로 청나라 정부는 서쌍판납의 반이 넘는 영토에 개토
귀류를 정착시킨다. 물론 여기에는 차산도 포함되어 있었다. 그리
고 차산에서 생산되는 차의 판매는 오로지 나라에서 관할하는 독
점제를 도입해서 개인이 차를 사고파는 것이 금지된다. 외지의 상
인은 차산에 들어가지도 못하게 되었고 차산의 농민들은 차를 팔
기 위해 멀리 떨어진 사모(오늘날의 보이)까지 올라가야 했다.

이런 제도는 청나라 정부에 두 가지 이익을 가져왔다. 첫 번째는
차의 안정적인 물량 확보이며 두 번째는 서쌍판납 소수민족의 유
일한 경제적 수단인 차를 통제해 농민들의 봉기를 막는 것이다. 안
정적인 물량 확보, 도량화의 성공, 그리고 생산지에 대한 통제로
보이차는 공차로 지정되었고 명성은 갈수록 높아진다.

보이차의 황금시기 - 청나라

망지차산에서 벌어진 소수민족 수령에 의한 외지 상인 살해사건을 빌미로 청나라 군대가 망지차산을 비롯한 육대차산을 점령했다. 사건 발생 후 1년이 지난 1728년, 망지차산의 수령과 서쌍판납을 관리하던 토사는 잡혀서 참수를 당했고 육대차산에는 청나라의 관리가 직접 관할하는 개토귀류가 정착하게 된다.

청나라가 사모에 보이부를 설립하고 육대차산을 직접 관리하기 시작한 것은 1729년이다. 망시차산 사건 발생 후 불과 2년 만에 보이부가 설립되었고 청나라 정부에서는 '돈이 되는 양식'인 보이차를 독점한다. 철저한 사전 계획이 없었다면 십년 안에도 발생하기 어려운 일들이 불과 2년 안에 벌어졌다. 그 이후에는 육대차산에서 생산된 보이차는 황실에 공차로 지정될 정도로 유명세를 타게 된다. 잠시 청나라 때 소개된 보이차에 관한 글을 살펴보자.

청나라 장홍이 기록한 『전남신어』에는 이런 글이 나온다.

운남의 차는 맛이 쓰고 성질이 극히 차갑다. 더위를 빠르게 해소한다.

청나라 조학민이 쓴 『본초강목습유』에도 보이차에 대한 기록이 있다.

보이차로 만든 차고는 마치 옻처럼 검다. 술을 깨는데 제일이며 녹색이 나는 것이 최상품이다. 소화를 돕고 염증을 없애는 효과가 있다. 보이차는 쪄서 둥글게 만드는데 서번(티베트와 사천성의 일부) 사람들이 좋아한다. 소, 양의 기름독을 풀어주고 소화에 좋다. 쓰고 떫은맛이 있는데 염증을 몰아내고 기를 내려주어 장을 이롭게 한다.

청나라 때 편찬된 『전해우형지』에는 이런 글이 나온다.

보이차의 명성이 천하에 자자하다. 차는 보이에 속한 육대차산에서 생산된다. 유락, 혁등, 의방, 망지, 만전, 만살(지금의 이무지역)이 그것이다. 산에 들어가서 차를 만드는 사람만 수십만 명이 넘고 길에는 차를 실어 나르는 수레로 가득하다. 과연 큰돈이 되는 양식이라 할 만하다.

이처럼 청나라 때의 보이차는 육대차산을 중심으로 생산되고 보이에 모여서 먼저 황실과 귀족, 사대부의 음료로 만들어졌고 나머지는 티베트와 사천의 일부 지역으로 팔려나갔다. 지금으로 보면 육대차산은 경홍에 속한 유락차산을 제외하면 모두 맹납현에 속한 지역이다. 란창강을 기준으로 강 동쪽에 있는 지역인데, 일찍이 명나라 때 이미 완성된 15개 고차산에 대한 소개에는 강 서쪽에도 많은 차산이 있다는 것을 알려준다.

그런데 명나라에 비해서 시간이 훨씬 지난 청나라 때 기록된 여러 자료를 보면 보이차는 육대차산이 주 생산지이고, 사모와 보이가 집산지라는 글이 주를 이룬다. 더욱이 명나라 때보다 보이차의 명성이 더 많이 알려지고 생산도 많았던 시기가 청나라 때인데도 말이다. 그렇다면 란창강의 서쪽, 그러니까 지금으로 따지면 맹해 지역의 고차산에 대한 소개도 있어야 당연하겠지만 어쩐 일인지 청나라 때의 자료에는 소개가 없다. 지금도 맹해 지역은 양질의 보이차를 만들어내는 주요 지역이다. 청나라 때 맹해의 보이차에 대한 자료가 없는 것은 어째서일까?

용맹한 사람들이 사는 지역

맹해 지역은 보이차를 이야기할 때 빠지지 않는 보이차 명산지다. 고가의 차가 생산되는 포랑산의 노반장을 비롯해서 1,300여 년의 역사를 자랑하는 유서 깊은 마을 노만아, 향긋하고 깔끔한 맛을 내는 차로 유명한 하개, 부드러운 탕질과 은은한 향으로 인기 높은 파달, 균형잡힌 맛과 향기로 항상 좋은 평가를 받는 남나산 등 보이차를 좋아하는 사람이라면 자주 들어봤을 차산이 모여있는 지역이다. 이런 차산의 다원 중에는 일찍이 명나라 때부터 조성된 다원들도 있다. 명나라 때보다 보이차의 인기가 더 높았던 청나라 시절, 품질 좋은 차가 많이 생산되었던 맹해 지역에 대한 소개는 왜 없을까? 그 이유는 서쌍판납에 자리 잡은 개토귀류가 오로지 육대 차산을 포함한 일부 지역에서만 성공했기 때문이다.

육대차산의 맹납에서부터 맹해까지의 거리는 지금의 교통 사정으로 본다면 그리 먼 거리는 아니다. 하지만 시간을 거슬러 올라가

맹해 포랑산

서 청나라 때의 상황이라면 이야기가 달라진다. 길도 험했고 란창강이라는 천연의 방벽이 가로막고 있으니 막강한 화력을 자랑하는 청나라 군대라고 하더라도 맹해 지역에 쉽게 들어가지 못했다. 그리고 단합이 잘 되는 소수민족의 저항도 한몫을 했다.

현재 운남의 여러 지명은 태족의 언어로 되어 있는 것을 한족이 중국어로 번역한 것이 대부분이다. 예를 들어서 경매(징마이)는 태족어로 새로 발견한 마을이라는 뜻이고 맹납(멍라)는 차가 많이 나는 지역이라는 뜻이다. 맹해(멍하이)는 태족어로 용맹한 사람들이 사는 지역이라는 뜻이다. 예전부터 맹해의 태족들은 전쟁에 능했다. 공산정권이 들어서기 전까지만 해도 평지를 차지하기 위해 고산 소수민족과 끊임없이 전쟁을 치렀다. 인구가 많은 태족은 늘 전쟁에서 우위를 차지했고 한 번 전투가 시작되면 무서울 정도로 응징했다고 한다. 그래서 맹해에 사는 다른 소수민족들, 예를 들어서 애니족, 납호족의 노인들은 아직도 태족을 두려워한다.

지리적인 이점, 용맹하고 전투에 능한 소수민족, 게다가 수시로 발생했던 전염병은 청나라 군대의 진입을 허용하지 않았다. 덕분에 맹해 지역의 소수민족, 그리고 지역의 토사와 수령은 자신들만의 영토를 지키며 살 수 있었다. 이렇게 폐쇄적인 맹해 지역의 개방은 청나라의 멸망 바로 전부터 시작된다. 시대로 보자면 아직 한참 뒤의 이야기다.

타차의 탄생

타차에 관해 자료를 찾아보기 전에는 타차를 만들어낸 곳은 하관차창이겠거니 싶었다. 대외적으로 그렇게들 많이 알려져 있다. 자료를 찾아보면 하관차창이 세워진 것은 1941년이라고 나온다. 이때

타차

의 명칭은 강장차창이라는 이름
이었다. 이후, 1950년에 중국다
업공사하관차창으로 이름이 바
뀐다. 생각했던 것처럼 타차를
하관차창에서 발명했다면, 가
장 이르게 잡아도 강장차창이었
던 1941년이 된다. 하지만 자료
를 찾다 보니 타차의 역사는 훨씬 오래 되있다는 깃을 알게 되었다.

중국 운남성의 서쪽에는 대리라고 부르는 지역이 있다. 대리는
송나라 시절, 송나라와 국경을 맞대고 있던 대리국의 수도였다. 원
나라 때 패망하고 중국으로 복속되지만, 티베트와 손잡고 송나라를
견제했던 강력한 국가였다. 대리는 지리적으로 티베트와 가깝다.
청나라 말, 티베트로 건너가는 마방들의 중요한 경유지였다. 육대
차산에서 생산되었던 차의 1/3이 대리를 지나 여강을 거쳐 티베트
로 건너갔다. 나머지 차들은 사천을 통해서 전국으로 팔려나갔다.
많은 인구가 몰려드는 대리는 차 산업과 더불어 여러 무역업이 호
황을 맞는다. 그리고 대리는 교역의 중심지로 발전한다.

1903년 대리의 하관지역에서 세 명의 상인이 뭉쳤다. 대리의 상
인 엄자진(嚴子珍)과 양홍춘(楊鴻春), 그리고 강서성에서 온 상인 팽
영창(彭永昌)이 주인공이다. 그들은 총 일만 은자를 투자하여 '영창
상'이라는 상점을 열었다. 영창상을 설립한 후 이들이 취급했던 품
목은 다양했다. 산지 특산품을 포함해서 차, 명주실, 천, 약재, 아
편까지 여러 물품을 취급했다. 차는 주로 육대차산에서 올라온 산
차, 혹은 사천성 아안(雅安)에서 만든 차를 티베트와 중국 내륙에
팔았다. 이때 티베트로 팔려나가는 차는 산차와 병차 형태였다.

대리에서 티베트까지 가는 길은 멀고도 험하다. 산차는 운송 도

중에 파손되는 차가 많았고, 물을 뿌려서 가더라도 곰팡이가 피어 못 쓰게 되는 경우가 허다했다. 영창상은 품질 보증과 효율적인 운송을 위해 새로운 차를 만들기로 한다. 소수민족이 만들던 독특한 모양의 차, 그리고 티베트 지역으로 팔려 나가던 버섯 모양의 긴차를 연구하여 전에 없었던 독특한 모양의 차를 만든다.

엄자진은 보이의 경곡으로 내려갔다. 그곳에서 독특한 모양의 차를 만들고 있다는 것을 들었기 때문이다. 경곡에서는 통에 모차를 넣고 수증기로 쪄서 부드러운 상태로 만들었다. 그리고 보자기에 넣고 동그란 모양으로 만들었고 식힌 후 보자기를 벗겨내니 찐빵 모양의 차가 나왔다. 차를 이렇게 만든다면 먼 거리를 운송해도 부서질 염려가 없었다. 엄자진은 이 차의 형태에서 다시 개량하여 뒷면에 홈을 내기로 한다. 그냥 동그란 모양으로 둔다면 안쪽의 수분이 마르지 않아 역시 곰팡이가 필 수 있기 때문이었다. 동그랗게 홈을 만들고 나서 보니 곰팡이도 피지 않았고 산차의 형태보다 안전하며 운송하기도 편했다. 이렇게 밥그릇 모양으로 만들어진 차는 주로 사천 지역의 타강(沱江)으로 모여 판매되었다. 이때가 1916년이었고 타차라고 부르는 차가 탄생한 시기다.

타차는 매우 고급 원료로 만들었다. 어린 이파리로 겉면을 장식하고 안쪽에도 고급 맛을 내는 경곡, 맹고차를 사용했다. 심지어 더 멀리 떨어진 서쌍판납의 차를 사용하기도 했다. 당시 생산된 영창상 타차의 내비를 보면 이런 내용이 나온다.

본 상점은 운남의 서쪽 하관에 있다. 원가를 아끼지 않고 보이차가 나오는 여러 차산의 이른 봄차를 직접 공수하여 만들었으며 각 지역으로 팔려나간다.

영창상이 있었던 지역은 대리의 하관이다. 거리로 보면 경곡, 맹고보다 봉경 지역이 가깝다. 그렇다면 어째서 가까운 봉경을 두고 멀리 떨어진 경곡, 맹고의 차를 사용했을까? 당시 봉경에는 대규모의 다원도 없었고 오래된 다원은 황폐해진 상태였다. 봉경 지역에 재배한 지 얼마 지나지 않은 어린 차나무로 이루어진 다원은 있었다. 차로 만들면 솜털이 가득한 외형의 예쁜 차가 만들어지지만, 맛이 너무 강했다. 그래서 영창상의 타차는 멀리 떨어진 지역에서 원료를 수급할 수밖에 없었다.

정성스럽게 만들어진 타차는 칠자원차보다 고급 원료를 사용했다는 기록이 있다. 고급 원료로 만든 타차는 사천 지역으로 판매가 되었고, 타차를 만들고 남은 거친 이파리는 긴차로 만들어 티베트에 판매되었다. 사천으로 넘어간 타차는 전국 각지로 판매되었고 영창상의 수입은 크게 증가했다. 영창상은 막대한 자금력을 갖춘 대형 교역상으로 우뚝 서게 된다.

1923년, 영창상은 상표등록을 한다. 소나무와 학이 그려져 있는 그림으로, 송학패(松鶴牌)라고 부르는 상표다. 정확한 이름은 남송학패(藍松鶴牌)다. 그림이 남색으로 되어 있어서 그렇게 불렸다. 소나무와 학은 도도하며 고고한 이미지다. 게다가 모두 장수하는 생물이다. 사업을 하는 입장에서 좋은 의미를 가진 상표다.

송학패

1930년, 영창상은 하관에 자신의 차창을 설립한다. 생산하는 차는 역시 타차였고 이름은 관장타차(關藏沱茶)라고 했다. 1938년에는 여러 차창의 창장들과 연합하여 강장차창을 설립한다. 강장차창은 지금의 하관차창의 전신이 되는 차창이다. 그후 곤명에도 차창을 설립하고 경곡과 맹고, 봉경의 원료를 가지고 타차를 만든다. 곤명에 차창을 설립한 이후 엄자진은 자신의 아들과 조카에게 사무를 넘긴다. 영업 전선에서 물러난 그는 고향으로 돌아와 모아 놓은 돈으로 새로운 일을 한다.

엄자진이 새로 시작한 일은 돈을 쓰는 일이었다. 고향 발전을 위해 공익 자선사업을 시작했다. 그가 조건 없이 투척한 자금만 해도 어마어마하게 많았다. 소학교, 중학교, 사범학교, 병원, 도서관, 전력 발전소 등 어지간한 도시 기반 산업을 세우는 데 아낌없이 돈을 넘겼다. 가난한 예술인에게도 끊임없이 지원을 했다. 그의 자선사업은 규모도 컸고 종류도 다양했다. 그가 고향으로 돌아와 자선사업으로 쓴 금액을 지금의 가치로 환산해보면 인민폐로 약 2억여 위안 정도 되는데, 한화로 계산하면 3천 8백억 원 정도 된다. 자선사업으로만 쓴 돈이 이 정도라니 대단한 성공을 이루었다는 것을 알 수 있다. 이후 영창상은 예전 운남의 다른 개인 차장과 비슷한 길을 걷는다. 중일전쟁이 발발하고 차 산업은 불황에 잠긴다.

해방 이후에도 상황은 좋지 않았다. 중국의 패권을 두고 국공내전이 발생했고 왕좌는 공산당이 차지한다. 공산당 집권 이후 개인차장은 모두 국가에 귀속되었다. 영창상의 주력 품목이었던 차, 실크, 약초 사업도 예외없이 귀속되었다. 그리고 차창은 당시 국영차창이었던 하관차창에 편입된다. 화려했던 영창상의 역사는 이렇게 막을 내린다.

영창상은 사라졌지만, 그들이 개발한 타차는 아직도 생산된다. 운남에 있는 수많은 차창에서 여러 지역의 원료로 타차를 생산하지만 하관차창은 여전히 주력상품으로 타차를 생산한다. 100년이 지난 지금도 많은 사람들에게 사랑을 받는 타차. 영창상에서 개발한 송학패의 의미처럼 앞으로도 운남 대리 하관을 대표하는 차로 남을 것이다.

상업의 귀재, 회족回族

맹납 지역의 육대차산과 사모, 보이 지역은 청나라 때 보이차의 주 생산지와 집산지로 이름을 알린다. 이런 지역에는 청나라의 개토귀 류가 자리 잡아서 겉으로 보기에는 안정적인 시대로 접어든 것으로 보였다. 하지만 생산지인 차산에서는 소수민족 간의 전쟁이 있었고 집산지인 보이에서는 두문수라는 사람이 일으킨 봉기로 어지러운 시기를 보냈다. 특히 두문수의 봉기는 보이차의 집산지, 보이차라는 이름의 유래가 되는 보이가 쇠락하는 데 결정적인 영향을 미친다.

회족은 이슬람교를 믿는 민족이다. 지금도 운남에서는 재계와 상계에 큰 영향력을 미친다. 이슬람이라고 하면 종교와 관련한 분쟁을 생각하지만, 당시 운남에서는 종교가 아닌 이권을 위한 민족 차별이 있었다. 1775년부터 1850년, 약 백 년이 안 되는 짧은 기간 동안 운남의 인구는 거의 두 배로 늘어난다. 물론 보이차의 전성기를 맞이해서 외지에서 들어온 사람도 있었지만, 우수한 광물이 많은 운남의 광산을 개발하기 위해 들어온 사람들도 많았다.

상업 방면으로 매우 뛰어난 회족은 정상적으로 경쟁을 한다면 한족이나 지역 토착 민족은 도저히 상대가 안 될 정도로 수완이 좋다. 개토귀류의 성공으로 폭발적으로 늘어나는 인구, 돈이 되는 물품이 많았던 운남이라는 지역. 이곳은 회족에게 자신들의 기량을 마음껏 펼칠 수 있는 무대였다. 그러나 막대한 이권을 두고 청나라는 한족을 중심으로 회족을 탄압했다. 1856년 운남성의 건수현(建水縣)에서 탄압이라고 말하기에는 부족할 정도의 일방적인 살육이 벌어진다. 그리고 이런 비극은 회족의 천재라고 불렸던 두문수(杜文秀, 1823~1872)가 봉기를 일으키는 결정적인 계기가 된다.

회족에 대해서 잠시 살펴보자. 중국은 수많은 소수민족이 모인 국가다. 한족을 포함하면 모두 56개 민족이 모여있는데, 운남은 중국 내에서도 가장 많은 소수민족이 모여서 살고 있는 지역이다. 한족을 제외하고 중국에서 가장 많은 인구를 가진 소수민족은 장족(壯族)으로 주로 중국의 광서성(廣西省)에 모여 산다. 두 번째로 인구가 많은 소수민족은 동북지역에 모여 사는 만주족(滿洲族)이다. 그리고 회족은 이들에 이어 세 번째로 인구가 많은 소수민족이다. 다른 소수민족과는 다르게 특정한 지역에 모여서 살지 않고 중국 전역 여러 곳에서 살고 있다.

회족은 이슬람교를 믿는다. 종교가 이슬람이라는 점에서는 중국의 화약고라고 불리는 신강 위구르인들과 같다. 하지만 서양 사람처럼 생긴 위구르인과는 달리 평범한 동양 사람의 외모다. 회족이 생긴 유래에 대한 글은 몇 가지가 있지만, 대표적인 것을 보면 원나라 때로 올라간다. 원나라 때는 중동, 아랍에서 온 색목인을 정치, 사회 전반에 중용하는 분위기였다. 이들이 중국 본토에서 사회 상층부의 일원으로 정착하면서 그들의 종교인 회회교(이슬람교)가 널리 퍼졌다. 이후 한족을 비롯해서 다른 소수민족과 통혼을 하면서 살았는데, 시간이 흘러 오늘날에 이르니 외모는 한족과 별로 다를 것이 없어진 것이다. 가끔 보면 서양 사람처럼 깊이 파인 눈이라든지, 높은 콧날을 가진 회족도 보이지만, 대부분은 다른 중국 한족과 비슷한 외모다. 그들의 선조인 색목인이 원나라 때 중국에 자리 잡은 지 벌써 몇 백 년이 지났으니 어쩌면 당연한 일이다. 이제 두문수의 이야기로 넘어가자.

집산지 보이의 몰락 – 두문수의 봉기

두문수는 운남의 보산에서 태어났다. 어려서부터 영리했던 그는 1839년 과거에 급제하여 회족의 수재라는 소리를 들었다. 어렵다는 과거시험을 우수한 성적으로 합격한 후 개인의 편안함보다는 자신의 민족인 회족의 미래에 대한 고민을 한다. 1845년, 운남 용창현에는 한족을 중심으로 한 향파회(香把會)라는 단체가 있었다. 일련의 회족 사람들이 향파회에 의해 살해당하는 일이 벌어진다. 상업적인 이권과 관련해서 인구가 많은 한족과 회족이 부딪혀 발생한 일이었다. 그러나 운남을 관리하던 관료는 살인을 저지른 향파회에 대해 별다른 처벌도 없이 넘어갔다. 두문수는 북경으로 올라가서 이런 차별과 부조리를 낱낱이 고발한다. 하지만 어찌 된 일인지 북경에서도 향파회에 대한 별다른 조치가 없었다. 청나라 정부가 한족과 손잡고 회족을 몰아내려는 시도였다는 것을 알아차린 것은 그로부터 멀지 않은 시간이 흐른 뒤였다.

1856년, 운남의 건수현에서는 회족 소유였던 은광을 한족이 무단 점거하는 사건이 발생한다. 이 사건으로 많은 회족 사람들이 죽거나 다쳤다. 그리고 반항하는 회족들을 모두 죽이라는 운남 행정관의 밀명이 있었다는 것이 밝혀졌다. 운남 곳곳에서 분노한 회족들이 반기를 들고 저항하기 시작했다. 같은 해 곤명에서는 약 4,000여 명의 회족이 학살당한다. 청나라 정부와 한족이 손을 잡고 자행한 홀로코스트다. 두문수가 봉기를 일으킨 시점이 바로 이때다.

그는 소수민족인 백족(白族), 이족(彝族)과 함께 손을 잡고 청나라에 대항한다. 가장 먼저 천혜의 요새인 대리를 점령한다. 그리고는 반청나라 정권인 '대리정권'을 세우고 스스로 총통병마대원수(總統兵馬大元帥) 자리에 오른다. 당시 중국 상황을 살펴보면 태평천국운동이라는 커다란 반란이 일어나서 혼란스럽던 시기였다. 태평천국 운동은 청나라의 부패와 권력의 압제에 대항해서 발생한 농민 궐기다. 부패하고 무능한 청나라 정권 아래에서 고통받던 사람들이 그들의 하느님 아래 모두 평등한 세상을 꿈꾸며 하나둘씩 모였다[태평천국 운동의 창시자인 홍수전은 기독교 서적인 『권세양언(勸世良言)』을 읽고 감명 받아 배상제회(拜上帝會)를 결성한다. 배상제회는 하느님을 섬기는 모임이라는 뜻으로 비밀 종교 결사대의 형식이다]. 그 수가 수십 만에 달할 정도로 막강한 세력으로 성장했고 사실상 청나라를 위협하는 가장 위험한 세력이 되었다. 처음의 취지는 없는 사람도 평등하게 잘 사는 세상을 만들어 보자는 것이었지만, 먹을 것이 많은 커다란 고기에는 파리도 많이 꼬이게 마련이다. 태평천국 정권에서도 청나라와 마찬가지로 권력에 대한 욕심이 작용했다. 내분이 발생했고 이 틈을 타서 행해진 청나라 군대의 공격에 그들만의 천국은 무너지고 만다.

비슷한 시기 두문수 역시 힘을 키워서 운남에서 가장 강력한 세력으로 올라선다. 두문수의 대리정권은 운남의 53개 주를 점거하고 총 여섯 차례의 청나라군 침략을 막아낸다. 1867년에는 20여만 명의 대군을 이끌고 곤명성을 에워싸는데, 마침 태평천국 운동을 정리한 청나라군이 병력을 곤명으로 돌려 포위를 풀어낸다. 두문수는 다시 대리로 돌아가서 수비를 하며 반격을 구상하지만, 집중된 청나라 군대의 힘은 예상보다 강했다. 1872년, 청나라 군대는 봉기의 근원지인 대리를 향한 총공격을 감행한다. 그해 12월, 결국 대리의 성문은 열렸고 두문수는 독을 마시고 자살로 생을 마감한다.

두문수가 대리성을 점거하며 시작된 봉기는 보이차의 집산지인 보이에도 영향을 미쳤다. 두문수의 봉기가 지속되던 20년 동안 집산지 보이는 전란에 휩싸였다. 자연스럽게 상인의 발걸음도 끊겼다. 차는 철마다 생산되는데 판매가 가능한 집산지가 없어졌으니 농민들은 새로운 판로를 찾았다. 이때부터 민국시대까지 보이를 향해 북쪽으로 갔던 차는 남쪽으로도 이동한다. 차를 운송하는 마방들은 차를 가득 싣고 베트남과 라오스로 길을 떠났다. 베트남, 라오스에서 차는 다시 광동성, 홍콩으로 보내져서 중국 본토에서 소비되기도 하고 해외로 나가기도 했다. 특히 베트남의 라이쩌우(Lai Chau)에는 육대차산에서 생산된 차가 많이 모였는데, 라이쩌우에서는 보이차의 호황을 보고 수완이 좋은 화교들이 모여들었다. 그들은 차를 중개, 판매하는 상회를 여러 곳에 세웠다.

1874년, 두문수의 봉기는 끝이 났다. 어수선했던 보이 지역은 빠르게 안정을 되찾아 갔지만, 혼란스러운 시기 탓에 보이부의 역할은 사실상 유명무실해진다. 결국 1913년 보이부는 철수하며 역사의 뒤안길로 사라진다. 보이부가 없어지고 차의 거래는 개인의 몫으로 넘어갔다. 보이 지역에는 개인 차장이 20여 곳 넘게 생기며 다시금 예전 집산지의 영광을 찾아가는 것으로 보였다. 하지만 그것도 잠시, 1921년부터 1924년까지 보이에 심각한 전염병이 창궐한다. 사망자 수가 급증하자 20여 곳이 넘던 개인 차장은 모두 문을 닫고 보이를 떠났다. 보이차 산업만 무너진 것이 아니었다. 당시 보이는 무시무시한 역병에 집을 버리고 다른 지역으로 이주하는 현지인들로 인산인해를 이루었다. 인구 수가 급감하면서 보이는 말 그대로 유령도시처럼 변해버린다. 이런 지역에 차를 팔러 오는 농민이나 상인은 당연히 없었다. 보이차의 집산지이자 칠자병차의 탄생지, 보이차라는 이름을 달게 해준 보이는 그렇게 사람들에게 잊혀진다.

보이의 쇠락은 아이러니하게도 새로운 지역을 세상에 알리는 계기가 된다. 현대 보이차의 명산지이자 여러 유명한 고차산이 있는 보이차의 핵심 지역, 매년 보이차 시장 가격을 가볍게 움직이는 힘을 가진 지역, 바로 맹해의 등장이다.

숨겨진 보고 – 맹해

맹해가 세상에 알려지기 시작한 것은 청나라의 멸망과 비슷한 시기다. 문헌으로 남아 있는 기록을 보면 청나라가 멸망하기 바로 직전, 맹해에 차장이 하나 설립된다. 지극히 폐쇄적인 지역 맹해에서 최초로 외지인이 설립한 차장인데, 이름은 '항춘차장(恒春茶莊)'이다. 차장은 생엽이나 모차를 수매해서 완제품을 만들어내는 회사로 지금으로 말하자면 소규모 차창, 도매상 정도 된다. 항춘차장의 주인은 운남 석병(石屛) 출신 한족인 장당계(張棠階)라는 사람이다. 외지인의 출입도 반기지 않던 맹해에서 한족 사람인 장당계가 차장을 세울 수 있었던 것은 그의 화려한 인맥 덕분이었다.

맹해는 지리적으로 미얀마와 국경을 맞대고 있다. 지금은 미얀마가 맹해에 별다른 영향을 미치지 못하지만, 항춘차장을 세운 시기만해도 미얀마가 가진 힘은 맹해를 좌지우지할 수 있을 정도였다. 그도 그럴 것이 중국 변방인 운남, 그곳에서도 더 외진 맹해는 청나라 정부의 힘이 미치지 못하는 지역이었고 지리적으로는 미얀마와 가까웠으니 미얀마의 영향을 많이 받을 수밖에 없었다. 항춘차장의 장당계는 막강한 권력을 가진 미얀마 대토사(大土司)의 딸과 결혼한 사이였다. 외지인을 배척해 왔던 맹해를 관리하는 토사라도 미얀마의 대토사 사위를 내쫓을 수 없었다. 그런 그가 맹해에 항춘차장을 설립한 것이 1910년이다. 병차와 긴차를 만들어서 병차는 보이 지역으로 보냈고, 긴차는 미얀마를 거쳐 인도, 티베트로 팔려나갔다. 장인어른의 든든한 배경이 있으니 사업은 날이 갈수록 크게 번창했다.

이듬해 청나라가 무너지고 중화민국이 설립된다. 역대 중국 왕조가 강력한 군사력을 앞세워 수없이 시도했지만 끝내 열지 못했던 맹해라는 굳건한 철문. 민국 시기에 접어들면서 그 문이 서서히 열리기 시작한다.

가수훈柯樹勳과 치변십이조治邊十二條, 그리고 맹해

1911년은 청나라가 멸망하고 중화민국이 건립된 해다. 그리고 같은 해 운남성 서쌍판납을 담당하던 관리가 정부에 급한 전갈을 보낸다. 맹해에 속한 지역인 맹차(勐遮)의 토사와 소두령(小頭領)이 난을 일으켜 정부의 관할 지역까지 넘어왔다는 내용이었다. 정부는 즉시 가수훈이라는 인물에게 난을 진압할 것을 명한다.

가수훈은 광서성 출신의 한족이다. 선비 집안에서 태어나 자랐고 총명한 머리 딕분에 일찌감치 출세가도를 달렸다. 관직에 오른 후 운남의 하구(河口) 지역을 담당하는 자리에 오르게 되는데, 여기서 그는 서쌍판납에서 벌어진 맹해 토사의 난을 제압하라는 명을 받는다. 정부의 명을 받은 가수훈은 병마 300을 이끌고 서쌍판납으로 내려왔다. 병마 300이라니… 혼란스러운 정국이었으니 이해는 하지만, 터무니없이 적은 군사력이다. 그러나 가수훈은 신묘한 전술로 난을 일으킨 반란군을 제압한다. 그리고 2년 만에 란창강을 넘어 맹해 지역으로 진군하여 난을 일으킨 토사 세력을 축출하고 정벌의 마침표를 찍는다. 원나라 때부터 명나라, 청나라에 이르기까지 끊임없이 실시했던 맹해에 대한 개토귀류가 민국 초기, 가수훈이라는 총명한 지략가의 손에 의해 성공하는 순간이다.

민국 2년, 중화민국은 운남성총국을 담당할 사람으로 큰 공을 세운 가수훈을 임명한다. 그는 병법에도 능하고 민심을 살필 줄 아는 혜안을 가진 인물로 정치적인 능력도 탁월했다. 맹해 정벌을 마치고 운남성총국을 관리하게 되었지만 서쌍판납에는 여전히 여러 문제가 많았다. 이미 개토귀류가 정착했지만 민심이 흉흉했던 맹납 지역, 그리고 잔존하는 토사 세력이 중심이 되어 언제든지 반란이 일어날 수 있는 맹해 지역을 관리하려면 새로운 정책이 필요했다. 반란이 일어난다고 해도 바로 제압할 수 있는 병력이 모자란 상황이니 이래저래 골치 아픈 상황이었다. 가수훈은 서쌍판납에 대한 새로운 개토귀류 정책을 구상하여 정부에 보고한다. 이른바 '치변 십이조'라는 것인데, 여기에는 아주 획기적인 내용이 나온다.

기존의 토사 제도를 적정 범위 내에서 인정하는 대신에 정부에서 파견한 관리와 군병에 대한 안전을 확보하는 것이다. 어찌 보면 토사를 몰아내고 정부관리를 정착시키는 개토귀류 정책과는 상반된 내용이지만, 혼란스러운 시절에 적은 병력으로 변경지역을 관리하기에는 이보다 좋은 방법이 없었다. 그가 구상한 새로운 개토귀류인 '치변십이조'는 정부의 인가를 받아 서쌍판납에 적용된다. 곧이어 맹해를 포함한 서쌍판납에는 정치·경제적으로 커다란 변화의 바람이 불어온다.

보이에서 맹해에 이르는 신작로가 닦였고 훼손된 다원의 복원과 새로운 다원의 개간도 이루어진다. 맹납의 육대차산에만 몰렸던 상인들도 새로운 땅 맹해로 하나둘씩 몰려든다. 때마침 중국차에 미쳐 있던 영국이 양질의 차가 생산되는 서쌍판납의 차를 확보하기 위해 호시탐탐 맹해를 노리고 있었다. 그들은 미얀마에서 운남으로 넘어가는 고속도로와 철도를 개설하고 있었는데, 이 길은 인도까지 이어진다. 덕분에 맹해에서 생산된 보이차는 미얀마와 인도를 거쳐 티베트로 건너가는 빠른 루트를 확보하게 된다. 맹해의 보이차 산업은 안정된 분위기에 힘입어 급격한 발전을 이룬다.

보이차 산지의 새로운 강자 맹해. 이때부터 맹해는 보이차 산업의 중추적 역할을 담당하는 지역이 된다.

맹해의 개방

1910년, 가수훈이 맹해에 개토귀류를 정착시키기 전에도 한족 상인인 장당계가 맹해에 항춘차장을 세웠다. 장인이 미얀마의 대토사였기 때문에 폐쇄적인 맹해에서도 외지인 신분으로 차장을 설립할 수 있었다. 그리고 몇 년 후, 이운생(李雲生)이라는 사람이 운생상(雲生祥)이라는 차장을 설립한다. 항춘차장에 이어 두 번째로 설립된 차장인데, 운생상 차장에 대해서는 별다른 자료가 없다. 아마도 생산량이나 규모에서 그리 두각을 나타내지 못했다고 보인다. 가수훈이 맹해를 점령하고 새로운 개토귀류를 실행하면서 이름난 서상(巨商)들이 맹해로 들어온다.

1924년, 운남의 북쪽인 등충(騰沖)에 사는 동요정(董耀廷)이라는 상인이 맹해로 진출한다. 그는 맹해에서 차장을 설립하는데, 차장의 이름은 홍기차장이다. 차장의 주인 동요정은 운남에서 알아주는 동씨(董氏) 집안 사람이다. 동 씨 집안이 운영하는 총상회의 이름은 홍성상(洪盛祥). 주 거래 품목은 옥과 아편이었고 이를 팔아생긴 이익금으로 막대한 부를 쌓았다. 운남에서는 홍성상이라는 이름을 모르는 사람이 없을 정도로 유명한 상회였다고 한다. 사업수완이 좋던 이들이 맹해에 차장을 세우겠다는 결정을 한 것은 그만큼 맹해의 차 산업 전망을 좋게 봤다는 뜻이다.

1924년, 홍기차장이 들어설 무렵 맹해에는 항춘차장과 운생상차장이 있었지만, 규모는 작았다. 홍기차장은 설립하자마자 맹해에서 가장 큰 차장으로 성장한다. 차를 덖고 유념해서 말리는 초가공(初加工)을 할 수 있는 시설은 물론이요, 차를 긴압하는 시설도 갖춘다. 주로 버섯 모양의 긴차를 만들었고 정사각형 모양의 방차도 소량 만들었다. 만들어진 차는 주로 티베트로 건너갔다. 훗날 홍기차장은 막강한 자금력으로 미얀마와 인도의 캘거타에 상회를 개설한다. 맹해와 미얀마, 인도 세 지역의 보이차 시장을 장악하고서 뒤이어 들어오는 중소 차장을 압박했다.

홍기차장이 설립된 이듬해인 1925년, 운남 옥계(玉溪)에 사는 상인 주문경(周文卿)도 맹해에 차장을 설립한다. 차장의 이름은 가이흥(可以興)차장. 가이흥차장에서 만든 전차는 훗날 골동 보이차로 명성을 날린다.

가이흥차장可以興茶莊

가이흥차장의 주인은 주문경(周文卿)이라는 인물이다. 운남 옥계 사람인데 옥계는 운남성의 성도인 곤명에서 남쪽으로 조금만 가면 나오는 중소 도시다. 주문경은 리금국(厘金局) 소속의 관원이었다. 리금국은 조공(租貢), 조세(租稅)를 담당하는 부서로 청나라 말, 민국 후기까지 있었던 정부기관이다. 그의 직업을 지금의 우리나라로 보자면 국세청 조세담당 공무원 정도로 생각하면 된다. 리금국에서 일하던 그가 맹해에 처음으로 내려온 것은 1914년이다.

조세로 쓰일 소금을 싣고 맹해로 내려왔던 주문경은 멋지게 펼쳐진 다원과 그 다원에서 나오는 차와 마주한다. 맹해의 개방과 함께 맹해에서 보이까지 가는 길이 새로 닦였으니 운송 환경은 아주 좋았다. 맹해를 떠나 보이로 돌아갈 때 그와 함께 떠나는 마방의 수레에는 차 300담이 실려 있었다. 담(擔)이라는 단위는 무게를 재는 옛날 단위로 1담이 약 50kg 정도 된다. 비슷한 시기 다른 차장의 연간 판매량이 몇 십 담이었으니, 그가 보이로 가지고 갔던 300담은 어마어마하게 많은 양이다.

10여 년이 지난 1925년 다시 맹해로 내려온 그는 가이흥이라는 이름의 차장을 세운다. 가이흥차장이 설립된 1925년, 처음에는 맹해에서 모차를 수매해 보이에 운송하여 판매하는 형식의 간단한 영업으로 시작했다. 2년 뒤인 1927년부터는 차장 내에서 가공도

시작한다. 부뚜막을 설치해서 차를 덖을 수 있는 시설도 갖추고 유념, 쇄청까지 가능하게 확장했다. 보이차의 형태를 만드는 긴압 시설도 마련해서 지금의 병차처럼 둥글고 납작한 형태의 원차(圓茶)도 만든다. 시설을 마친 1927년, 이때 만들어진 가이흥원차는 약 80여 담 정도로 운생상차장에 전량 판매된다. 버섯 모양의 긴차도 약 280여 담을 만들었고 홍기차장에서 전량 사버린다.

운생상차장은 오랜 경력을 기반으로, 홍기차장은 막강한 자금력을 앞세워 이곳저곳에 상회를 열었다. 가이흥차장에서 만든 차를 이들이 사들여서 다른 지역으로 보내 판매하고 이익을 남기는 것은 손쉽게 상품을 확보할 수 있는 수단이었다. 이처럼 다른 차장에서 가이흥차장이 만든 보이차 전량을 사들였다는 것의 의미는 당시 맹해에서 생산된 보이차의 판매가 아주 원활했다는 것을 엿볼 수 있는 대목이다. 만들어진 차는 두 차장을 통해 보이로 운송되어 판매되거나 미얀마, 인도를 통해 티베트로 팔려 나가기도 했다. 수년 후, 맹해 차 산업 호황에 힘입어 가이흥차장도 크게 성장하지만 운생상, 홍기차장의 규모와 영업 수완에 한동안 고전을 면치 못했다. 당시 홍기차장은 막대한 자금력을 기반으로 시중에 보이차를 매우 저렴한 가격에 팔았다. 맹해에 있던 다른 차장들은 규모도 작고 자금력도 좋지 못한 상태라서 경쟁력을 잃어가고 있었다. 이런 상황은 가이흥차장도 마찬가지였다. 그래서 주문경은 한 가지 방법을 생각하고 친구 이불일과 조합을 설립하기로 한다. 이불일 또한 공무원 출신으로 맹해에 차장을 개업한 사람이다. 그는 아름다운 여성과 결혼을 했는데 바로 명장 가수훈의 딸이었다. 그 역시 차장을 개업했지만 역시 신통치 못한 상태에서 주문경과 함께 사업을 하게 된다.

두 사람은 불해다업연합무역공사(佛海茶業联合貿易公司)를 설립하고 소규모 차장들과 연합했다. 얼마 지나지 않아 자금력과 생산량도 늘어나 홍기차장에 뒤지지 않을 규모까지 성장했다. 가격 경쟁에서도 뒤지지 않았으니 생산한 차들은 잘 팔려 나갔다. 훗날 차장의 불이 꺼진 이후에도 주문경은 많은 사람들의 존경을 받았다.

그는 정부와 외지 상인들, 그리고 현지인들 간에 발생하는 적지 않은 분쟁을 효과적으로 해결했다. 공익을 위해서라면 개인의 이익도 양보하고, 어려운 일은 솔선수범하여 해결했다. 차장을 통해 얻은 이익의 일부를 지역 발전을 위해 과감하게 내놓았다. 그가 투척한 자금으로 도서관, 병원, 은행, 전기회사 등이 세워졌고 이런 시설들은 맹해 사람들의 삶의 질을 높였다. 그 결과 맹해 사람들에게 깊은 신망을 얻었고 상인 모임에서 가장 높은 자리인 주석에 오른다.

1941년, 중일전쟁이 발발하면서 주문경은 보이의 경곡으로 피난을 떠났다. 17년을 이어 왔던 가이흥차장은 잠시 생산을 멈췄다. 중일전쟁이 끝난 후 다시 맹해로 돌아와 불씨가 꺼진 부뚜막에 불을 지피고 차를 만들었지만 그것도 잠시, 1950년 주문경은 사망하고 가이흥차장 역시 문을 닫는다. 일각에서는 1953년까지 생산되었다고 하는데, 예전 일이 그렇듯이 정확한 사실은 알 수 없다. 하지만 분명한 것은 1953년 이후 가이흥에서 만든 보이차는 세상에 없는 것이 맞다. 사회주의 개혁의 하나로 개인 생산 차장은 모두 국가로 회수되었기 때문이다.

시간이 흘러 2001년, 가이흥이라는 상표가 다시 등장한다. 운남에서 상표등록법이 시행되자 눈이 밝은 광동 사람이 먼저 등록을 해버린 것이다. 예전 가이흥차장을 세웠던 주문경 가문과는 전혀 관계없는 사람이다. 다시 2년이 지난 2003년, 광동 사람의 자금으로 맹해에 가이흥차창이 세워진다. 역시 상표등록을 빠르게 했던 사람이 세운 차창이다. 50년 전과 같은 것은 '흥성할 수 있다'는 희망적인 뜻의 '가이흥'이라는 이름 뿐이다.

맹해의 차장茶莊시대

1927년 맹해의 봉건시대가 막을 내린다. 맹해 지역은 차리(車里), 불해(佛海), 남교(南嶠)라는 세 지역으로 나뉘었고, 지역을 나누는 단위로 현(縣)이 적용되었다. 현(縣)은 행정구역을 나누는 단위로 오늘날까지 중국에 적용되고 있다. 맹해에서 새로 등장한 세 개의 현은 중국 내륙과 동일한 행정구역 구분법이다. 이것은 곧 맹해의 완전한 개방을 뜻하며 가수훈이 머릿속에 그렸던 평화적인 개토귀류의 정착을 의미한다. 이때부터 맹해에는 자본이 몰려들게 되며 여러 차장이 들어선다. 1925년, 주문경이 가이흥차장을 설립한 이후부터 맹해에서 생산되는 쇄청모차는 맹해에서 가공되어 외지로 판매되었다. 그 전까지만 해도 맹해에서 생산된 쇄청모차는 보이나 이무로 운송되는 것이 많았다. 보이나 이무에 있는 차장에서 긴압 가공과 포장을 거쳐 다른 곳으로 판매되는 형식이었다. 1925년부터 맹해의 모차가 다른 지역으로 가는 양이 줄어든 이유는 이 시기를 기점으로 맹해에도 개인 차장이 다수 들어섰기 때문이다. 개인 차장이 들어서면서 맹해의 모차 수요가 급증했고, 병차나 긴차를 만드는 가공시설까지 갖춘 차장도 대거 등장한다. 미얀마, 인도를 통해 티베트로 가는 길도 좋아졌으니 굳이 맹해의 차가 이무로 갈 이유가 없어졌다.

1928년, 운남 봉경 지역 출신으로 재력이 출중한 상인 장정파(張靜波)가 맹해로 들어온다. 그는 맹해에서 항성공(恒盛公)이라는 차장을 개업하고 보이 지역에서 긴차를 긴압하는 기술자를 차장으로 초빙하여 보이차를 생산한다. 만들어진 긴차는 미얀마와 인도를 거쳐 티베트로 팔려나갔다. 봉경의 상인이 들어오면서 맹해에는 운남을 대표하는 상인 집단이 모두 모였다.

상인 집단은 상방(商幇)이라고 부른다. 중국 역사에서 상방은 명, 청나라 시절부터 있었다. 당시 가장 낮은 신분계층으로 분류되었던 상인이 자신들의 이익과 상권 보호를 위해 조직한 모임이다. 주로 혈연과 지연으로 엮여 구성된 이들은 다른 상방들과 경쟁하며 나라의 상권을 움직이고 부를 쌓았다. 중국에서 유명한 상방은 절강상방, 산동상방, 산서상방, 호남상방 등이 있는데, 이들의 명성은 오늘날까지 이어진다. 당시 운남에도 이런 상방이 있었다. 이른바 운남 사대상방이라고 부른다. 지역 이름을 앞에 붙여서 옥계방, 등충방, 석병방, 봉경방이라고 불렀다. 사대상방이 맹해에 모두 모였다는 것은 당시 맹해의 차 산업 미래가 대단히 밝았다는 증거다.

맹해에 들어온 순서대로 보면 석병 상인 장당계의 항춘차장, 등충 상인 동요정의 홍기차장, 옥계 상인 주문경의 가이흥차장, 봉경 상인 장정파의 항성공차장이다. 이때부터 1937년까지 맹해에는 무려 스무 개가 넘는 개인 차장이 세워진다. 이때부터 맹해는 운남 보이차의 오랜 강자였던 맹납의 이무와 어깨를 나란히 하는 시대를 맞이한다.

맹해 최초의 대형 차창, 남나산 실험차창南糯山實驗茶廠
1913년, 맹해에서 발생한 난이 평정되고 봉건적이던 맹해에 개방의 물결이 퍼져 나갔다. 그로부터 1937년까지 맹해에 개설된 개인 차장의 수는 약 스무 개가 넘어간다. 이 정도 숫자의 개인 차장이 있었다는 것은 이무를 포함한 육대차산과 비교해봐도 모자람이 없을 정도로 보이차 산업이 번영을 누렸다는 것을 증명한다. 이듬해 맹해에는 새로운 변화가 시작된다.

맹해의 남나산에 대형 차 생산 공장이 들어선다. 건설된 공장의 명칭은 '남나산 실험차창'이다. 이 차창이 의미 있는 것은 운남 최초로 최신식 기계화 설비를 갖춘 공장이라는 것이다. 그전까지 맹해와 맹납에 있었던 것은 개인이 운영하던 소규모 차장이 전부였다. 1938년, 남나산에 들어선 공장은 규모도 크고 생산량도 월등하게 많은 차를 생산하는 공장, 즉 차창(茶廠)이다.

보통 생각하면 지금의 대익 보이차의 전신인 맹해차창(당시 명칭은 불해차창)이 가장 오래된 대형 차창이라고 생각하지만, 사실은 남나산 실험차창이 그보다 1년 앞서 설립된 차창이다. 게다가 기계화 설비까지 갖추었으니 기술력이나 자본력으로는 맹해차창보다 월등한 위치에 있었다.

육숭인陸崇仁과 백맹우白孟愚

남나산에 차창을 세운 사람은 운남의 소수민족 회족 출신인 백맹우다. 백맹우는 1893년, 운남성의 외진 마을인 사전(沙甸)에서 태어났다. 사전은 광산으로 유명한 개구(介舊) 일대로 회족들이 모여서 사는 마을이다. 어려서는 고향 마을에 있는 서당에 다니며 공부를 했고, 10여 세가 되었을 무렵 곤명으로 올라가서 공부를 계속한다.

민국 초기, 우리나라의 정치·법학과와 같은 운남 법정학교를 우수한 성적으로 졸업한다. 졸업한 후 다시 고향으로 돌아와 마을의 학생들이 공부할 수 있는 학당을 세운다. 백맹우가 가르친 제자 중에는 훗날 중국의 미래를 책임지는 인물도 여럿 나온다. 학생들을

가르치면서 회족의 종교·역사에
관해 심도 있는 연구를 한다. 정직
하고 부지런하며 신중한 성격을 가
진 백맹우는 마을 사람들의 신뢰를
듬뿍 받았다. 복잡한 일이 생기면
지위고하를 막론하고 그에게 도움
을 청하는 경우도 부지기수였다.
민국 시기 인재가 부족한 상황에서
백맹우라는 인물은 파초숲에 있는
단향목처럼 눈에 띄는 존재였다.

백맹우

　1930년, 운남성의 재무행정 기관인 재정청에서 백맹우에게 현
장(縣長) 자리를 권한다. 당시의 현장이라는 지위는 지금과 비교해
도 뒤지지 않을 만큼 매우 높은 자리다. 그는 정치·법학과를 졸업
했지만, 당시 중국의 정치상황은 그가 원하는 이상과 맞지 않았다.
출세가 보장되는 현장이라는 높은 자리를 완곡하게 거절하고 학생
들을 가르치는 일을 계속 한다. 당시 재정청의 청장이자 세무국 국
장이었던 육숭인(陸崇仁)은 백맹우가 현장 자리를 거절했다는 보고
를 받는다. 인재를 아끼기로 유명했던 육숭인은 출세가도가 보장
된 현장이라는 자리를 자신의 신념과 맞지 않는다는 이유로 거절
한 남자에게 깊은 관심을 갖는다. 그는 직접 백맹우를 찾아가서 정
치와 관련된 일이 아닌 행정직을 맡아줄 것을 부탁한다.

백맹우의 활약

보이에는 마흑(磨黑)이라는 지역이 있다. 이곳은 예로부터 소금이
생산되는 지역이다. 마흑은 바다와는 멀리 떨어진 내륙지방이지

만, 소금이 나오는 우물이 있다. 중국에서는 예로부터 소금이 생산되는 지역은 국가의 중요한 재원을 생산해내는 곳으로 지정했다. 그러니 소금 우물이 있는 마흑의 행정을 맡아 보는 자리는 아주 중요한 자리다.

육숭인은 백맹우에게 마흑의 행정을 맡아 달라는 부탁을 한다. 백맹우는 자신을 위해 천리길도 마다하지 않고 찾아온 그의 부탁을 거절하지 못한다. 그도 그럴 것이 당시 운남성의 재정청 청장, 세무국 국장이라는 자리는 지금으로 본다면 장관급의 고위 인사다. 이런 사람이 자신을 인정하고 일을 맡아 달라 부탁하니 백맹우도 깊은 감명을 받았을 것이다. 중국 사람들의 이런 기질은 소설에서도 자주 나온다. 대표적으로 『삼국지』를 봐도 그렇다. 영웅을 찾아 삼고초려하여 자신의 사람으로 만든다. 그리고 그 영웅은 자신을 인정해주는 사람을 위해 목숨마저도 쉽게 내주는 상황이 연출된다. 백맹우는 목숨까지는 아니더라도 자신을 인정해주는 육숭인을 위해 자신의 능력을 펼친다.

주변 정리를 마친 백맹우는 보이의 마흑으로 건너가서 행정업무를 맡아 처리한다. 그로부터 2년 동안 마흑에서 재정청으로 올라가는 소금 관련 수입은 눈에 띄게 증가한다. 그가 오기 전 마흑은 소금이라는 큰 이권을 두고 부정부패가 만연했었다. 중간중간 빼돌려지는 자원이 많아서 제대로 된 수입이 나오지 않았던 것이었다. 청렴결백한 백맹우는 이런 부조리를 단 2년 만에 모두 바로잡았다. 그리고 정당한 수입으로 은자 백만 관이 넘는 어마어마한 소득을 낸다. 이런 놀라운 결과는 육숭인으로 하여금 다시 한번 백맹우를 마음속 깊이 신뢰하게 만드는 계기가 된다.

백맹우에게도 육숭인의 존재는 커다란 의미가 있다. 육숭인은 당시 어떤 사람이라도 부러워 할 만한 든든한 후원자가 될 수 있는 사람이었다. 재정청과 세무국의 수장이라는 대단한 위치였으니 꿈을 현실로 만들 수 있는 능력을 가지고 있었다.

백맹우와 남나산 실험차창

이듬해 백맹우는 보이의 세금을 담당하는 고위직 세무원으로 승진한다. 그 후 업무와 관련해서 서쌍판납에 자주 들렀다. 자연스럽게 맹해에도 내려왔고 그곳에서 무한한 가능성을 발견한다. 비옥한 토지에 그림처럼 멋진 차나무가 많은 다원, 이런 다원이 빼곡한 차산이 넓게 펼쳐져 있었고 만들어진 차는 미얀마, 인도를 통해 외국으로 판매가 가능했다. 게다가 보이차의 소비가 많았던 티베트까지 판로가 개척된 상태였고 이미 개인 차장만 스무 곳이 넘게 들어서 있을 정도로 차 산업이 발전하고 있는 지역이었다. 더구나 아직 미개척 상태로 남아 있는 광활한 토지를 품고 있는 맹해는 미래에 대한 청사진을 그리는 데 부족함이 없었다. 그는 맹해에서 새로운 사업을 구상한 후 그의 후원자인 육숭인에게 자신의 생각을 전한다.

백맹우의 새로운 사업 계획은 맹해에 차창을 세우는 것이었다. 운남 대엽종이라는 우수한 품종으로 만들 수 있는 차의 종류는 많다. 녹차는 물론이요 한창 인기였던 홍차, 그리고 보이차까지 상황에 따라서 얼마든지 만들어낼 수 있었다. 백맹우의 계획을 들은 육숭인은 막대한 자금이 소요되는 사업임에도 불구하고 흔쾌히 승락한다. 차창 건설에 필요한 모든 자금은 육숭인이 자신의 입지를 기반으로 만든 육씨재단(陸氏財團)에서 제공하기로 한다. 자금이 확보되자 백맹우는 차창 건립을 위해 사전조사를 시작한다.

1936년부터 1937년까지 광동, 상해, 북경, 호남, 호북, 강서 등 20여 지역의 시장을 조사하고 정보를 수집한다. 국내 차시장을 둘러본 후 맹해로 돌아온 그는 남나산에 세울 차창을 대량 생산이 가능한 현대식 기계화 차창으로 구상한다. 영국이 산업혁명의 힘으로 인도와 스리랑카에 기계화 설비를 갖춘 차창을 세우고 홍차를 생산하던 시기였다. 품질, 가격 등 모든 면에서 중국차는 경쟁력을 잃었던 시기였지만 백맹우는 우수한 맹해 지역의 원료라면 해외시장 경쟁력이 있다고 판단한 것이다.

1938년 4월, 남나산 석두채(石頭寨) 아래에 있는 분지에서 차창 건설을 위한 첫 삽이 떠졌다. 좋은 품질의 홍차를 만들어서 시장을 장악하려면 차 가공 기계는 필수였다. 반 년 후, 그는 미얀마를 통해 영국에서 생산된 유념기, 절단기(찻잎의 절단을 위한 기계), 홍건기(높은 온도에서 찻잎을 말리는 기계), 발전기 등을 들여온다. 좁은 산길에 가공기계를 싣고 올라가는 것은 쉽지 않았다. 앞에서는 밀림을 헤치며 길을 내고 뒤에서는 기계를 분해해서 실은 우마차가 서서히 올라갔다. 거북이처럼 느린 속도였지만 하나둘 기계가 도착하고 곧 차창의 모양을 갖춰갔다.

1938년 말, 남나산 차창이 완공된다. 유념기와 홍건기가 커다란 소리를 내며 차를 만들어 낸다. 운남 역사상 처음으로 현대식 제다 기계를 갖춘 대형 차창의 탄생을 알리는 소리였다. 현재 운남성 정부에 남겨진 기록에는 당시 건립된 남나산 차창의 이름이 나온다. 정식 명칭은 '운남성사보기업국남나산다엽실험장(雲南省思普企業局 南糯山茶葉實驗場)'이다. 맹해차창의 전신인 불해차창의 등장은 이로부터 1년 뒤의 일이다.

남나산 실험차창이 세워지고 첫 번째로 생산된 차는 보이차가

아닌 고급 홍차였다. 가장 큰 시장이었던 티베트를 목표로 보이차를 생산하기에는 어려운 점이 많았다. 이미 쟁쟁한 실력을 자랑하는 개인 차장들이 유통망을 장악하고 있었기 때문이다. 특히 운남의 사대상방이 맹해에 세운 차장들은 미얀마와 인도에까지 분점을 내면서 영향력을 확장하고 있었다. 사대상방이 세운 차장은 홍기차장, 항춘차장, 가이흥차장, 항성공차장이다.

보이차가 티베트에서 인기가 있었다면 고급 홍차는 티베트를 제외한 다른 국외 시장에서 인기가 많았다. 게다가 기계화 설비를 갖추고 차를 만들 수 있는 공장은 운남에서는 남나산 실험차창이 유일했다. 운남 대엽종이라는 우수한 품종, 거기에 더해서 기계화 설비에 힘입어 생산되는 홍차는 뛰어난 품질을 자랑했다. 이곳에서 처음으로 만들었던 홍차는 생산과 동시에 국외로 팔려나갔다. 이 듬해인 1939년, 인도 다즐링 차시장에서는 남나산 실험차창에서 만든 고급 홍차를 어렵지 않게 만날 수 있었다고 한다.

지금까지 널리 알려진 바로는 순녕차창(지금의 봉경차창)에서 만든 홍차가 운남 홍차인 전홍의 시작이라고 하지만, 사실은 남나산 실험자장에서 만든 홍차가 선홍의 아버지라는 사리를 차시하는 것이 맞다. 순녕차창에서 실험적으로 홍차를 만들었을 때보다 훨씬 앞선 시기에 운남의 찻잎으로 고급 홍차를 만들어냈으니 말이다. 그것도 최신식 영국제 제다기계로 세계 수준의 홍차를 생산해 냈고 이미 국제 시장에서 인정을 받았다.

남나산 실험차창에서 생산된 차가 잘 팔리자 원주민들에게 공급받는 찻잎만으로는 밀려들어오는 주문을 감당하기가 점차 어려워진다. 게다가 이미 맹해에는 여러 해 전부터 보이차를 만들어내는 다수의 개인 차장들이 있었으니 원료가 되는 생엽을 확보하는 경쟁이 치열했다. 그래서 좋은 원료의 안정적인 공급을 위해 백맹우는 남나산에 약 1천 묘 규모의 새로운 다원을 조성한다. 기존의 원료 확보와 이제 막 개방된 맹해 원주민과의 화합을 위해서 지역 주민과의 관계도 돈독하게 유지했음은 물론이다. 앞으로도 계속 승승장구할 것 같았던 남나산 실험차창은 완공 다음 해부터 난관에 봉착한다.

맹주의 등장

1937년, 국민당 정부와 민간이 합자해서 차 무역회사를 세운다. 명칭은 '중국다엽공사(中國茶葉公司)'. 1938년 9월부터 중국다엽공사는 핵심 인물들을 운남으로 보내 차산업 상황을 조사한다. 이때 가이흥차장의 주문경과 연합회사를 운영하던 이불일은 자신이 작성한 〈불해다업개황〉을 보여주며 맹해의 잠재력에 대해 설명했다. 본사로 돌아간 직원들은 맹해의 잠재력에 대한 보고를 하고 중국다엽공사는 본격적으로 맹해 차산업 개발에 뛰어든다. 같은 해 12월, 운남에 다엽공사가 세워진다. 명칭은 '운남중국다엽공사(雲南中國茶葉公司)'. 불과 몇 개월 만에 매우 서둘러서 추진된 일이다.

이렇게 서둘렀던 이유는 중일전쟁 때문이었다. 1937년에 노구교사건(蘆溝橋事件)을 빌미로 일본은 중국 영토를 난도질하기 시작했다. 1938년, 남경과 상해, 광동은 일본군의 수중에 떨어졌고 일본은 점령지를 점차 넓혀가고 있었다. 중국 입장에서는 전쟁 자금이 필요한 상황이었다. 마침 소련에서는 품질 좋은 홍차를 필요로 했는데 차값은 전쟁 무기였다. 그러니 하루라도 빨리 차를 생산해야 했다.

남나산 실험차창은 육숭인이 만든 재단인 육씨재단에서 지원하는 차창이다. 육씨재단의 위치는 중국의 지역 분할 단위인 성(省)급 재단이다. 즉, 중국 성급 지방재단인 셈이다. 맹해에 있던 여러 개인 차장의 능력에 비하면 어마어마한 재력과 권력을 자랑하지만, 중앙정부라는 호랑이에 비하면 토끼 무리의 우두머리나 마찬가지였다. 중앙정부의 눈에 보이는 육씨재단은 국경지역에 붙어 있는 변방의 작은 세력에 불과했다. 그리고 1939년 4월, 국민당 중앙정부는 운남 차의 수출과 관련해서 생산, 운송, 판매에 대한 전권을

'중국다엽공사'에게 일임한다는 법령을 발표한다. 정부가 발표한 법령의 요지는 한마디로 중앙정부에서 운남 차를 독점하겠다는 것이다. 전시 상황이었고 자금이 필요했던 정부는 개인의 수출권을 통제했다. 그래도 수출을 계속 하겠다고 하면 막대한 세금을 부과했다.

두문수의 봉기와 역병이 창궐한 이후 명, 청나라 때부터 이어졌던 집산지 보이는 이미 기능을 잃었다. 보이차를 비롯하여 운남에서 생산되는 모든 차의 80%는 미얀마나 라오스, 베트남을 통해 외국으로 판매되던 시기다. 맹해에 있던 개인 차장이나 맹납의 육대 차산에 있던 개인 차장, 남나산 실험차창 입장에서 중국다엽공사의 운남 차 수출 독점은 청천벽력과도 같은 일이다. 수출을 제외한 국내 시장은 이미 없는 것과 마찬가지였기 때문이다. 그렇다고 막대한 세금을 내면서 차를 팔기에는 이윤이 남지 않았다.

법령 포고가 있었던 1939년 말, 맹해의 한 지역에서 제법 큰 규모의 차창 건설이 시작된다. 중앙정부의 운남 차 독점 발표 때문에 기존에 있던 차장들마저도 판로가 막막하던 시기였다. 하지만 이런 분위기는 별로 상관없다는 듯 순조롭게 차창의 공사는 진행된다. 이 차창은 중국다엽공사, 즉 국민당 중앙정부의 든든한 지원을 등에 업은 차창이었다. 중국다엽공사의 지원은 곧 맹해를 비롯한 운남에서 생산된 차의 수출권을 말한다. 이때 지어지는 차창은 오늘날까지 이어지는 오랜 역사를 가진 차창이다. 운남 보이차의 오랜 맹주 맹해차창의 전신 불해차창(佛海茶廠)은 이렇게 설립된다.

차창의 연합, 그리고 중일전쟁

수출길이 막힌 백맹우는 자진해서 불해차창을 찾아간다. 차는 만들어서 팔아야 하고 수출권은 불해차창이 가지고 있었으니 불해차창의 창장이었던 범화균을 만나서 담판을 지을 요량이었다. 두 사람이 만나고 난 후, 남나산 실험차창과 불해차창은 연합 형태의 경영 방법을 취하기로 한다. 아직 완공되지 않았던 불해차창에서는 수출을 담당하고 남나산 실험차창에서는 계속해서 홍차를 만들기로 했다. 만들어진 홍차는 불해차창의 권한으로 수출길에 올랐다. 이 시기가 1939년이다.

1942년, 일본군이 미얀마를 넘어 맹해의 국경마을인 타락진(打洛鎭)까지 넘어온다. 폭격이 시작되고 일본군이 넘어오자 맹해의 상황은 긴박하게 흘러갔다. 앞으로 맹해가 전장의 중심이 될 것은 불을 보듯 훤했다. 어쩔 수 없이 남나산 실험차창은 차 생산을 멈춘다. 완공을 눈앞에 둔 불해차창도 마찬가지였다. 운남에서 역대 가장 큰 규모로 건설 중이던 불해차창. 창장이었던 범화균과 직원들은 중앙정부의 명령에 따라서 사천 중경으로 피난을 갔다. 그러나 백맹우는 한 치의 망설임 없이 맹해에 남기로 한다.

그는 운남을 지키던 국민당 중앙군 93사와 연합하여 방어 전선을 구축한다. 목숨을 걸고 일본군에 맞선 결과 맹해와 미얀마의 국경 마을인 타락진 입구에서 몇 차례 일본군을 미얀마로 쫓아낸다. 백맹우에게 남나산 실험차창은 전쟁이 나더라도 목숨을 걸고 지킬 소중한 것이었다.

또다른 전쟁

1946년, 전쟁이 끝난 맹해. 백맹우가 지켜낸 남나산 실험차창에서는 다시 커다란 소리를 내며 제다기계가 가동된다. 미얀마를 통한 수출길도 확보되었고 보이 지역을 통해 내륙으로의 운송도 가능해졌다. 남나산 실험차창은 불해차창을 대신해서 대량의 긴차를 만들어 티베트에 판매한다. 그 후로 2년 동안 꾸준히 생산량을 늘려가며 보이차와 홍차를 만들어 수출했다.

불해차창은 어떻게 되었을까? 산 속에 있던 남나산 실험차창과는 다르게 불해차창은 접근성이 좋았다. 평시라면 장점일 접근성은 전시에는 단점이 되었다. 불해차창은 일본군의 포화로 인한 상처를 심하게 받았다. 반파된 공장과 제다기계의 파손, 도난 등의 이유로 당장 차를 생산하지 못하는 상태였다. 사천성으로 피난을 떠난 범화균은 끝내 맹해로 돌아오지 못했다. 대만으로 건너가서 차창을 세웠지만 대만에서 실시한 토지개혁으로 사업을 이어가지 못했다. 그는 옻칠공예를 하며 생활하다가 말년에는 미국으로 건너간다. 그리고 중국으로 돌아오지 못한 채 1989년 머나먼 이국 땅에서 사망한다.

항일전쟁이 끝나고 평화가 올 것 같던 중국에 다시 커다란 태풍이 몰려왔다. 거대한 나라의 패권을 두고 국민당과 공산당의 내전이 시작된다. 국공내전이라는 태풍은 운남성의 고위층 인사들에게도 피바람을 몰고 왔다. 백맹우의 든든한 후원자이자 운남성의 실력자였던 육숭인은 공산당 정치세력에 밀려 홍콩으로 도망치듯 떠난다. 이제 운남성은 사유재산을 인정하지 않는 중화인민공화국 공산당이 차지한다.

1951년, 남나산 실험차창과 백맹우가 개간한 천여 묘의 다원이 국가 소유로 넘어간다. 이후 남나산 실험차창은 '운남성농림청다엽실험장(雲南省農林廳茶葉實驗場)'으로 이름이 바뀐다. 운남성농림청 다엽실험장은 현재 운남의 차를 연구하는 대표적인 기관인 '맹해 다엽연구소(勐海茶葉研究所)'의 전신이다. 남나산 실험차창에 있던 선진 제다기계는 국영 차창인 불해차창으로 모조리 옮겨진다. 백 맹우가 전쟁 중에도 목숨을 걸고 지켰던 차창, 피땀 흘려 개간했던 다원, 운남성 최초로 들여온 선진 제다기계, 이 모두가 중화인민공 화국에 넘어갔다. 백맹우에게 남은 것은 아무것도 없었다.

국민당 정권 아래서 지원을 받아 자본주의 사상으로 차를 만들 었으니 그의 미래는 불 보듯 뻔했다. 피를 토하는 심정으로 백맹우 는 국경을 넘어 미얀마로 넘어갔다. 모두를 잃었지만, 아직 혼란스 럽던 중국 내 정세를 지켜보기로 했다. 미얀마와 맹해는 가까우니 상황이 변하면 바로 남나산으로 돌아가려고 했다. 하지만 결국 중 국의 패권은 공산당이 차지했고 그들이 세운 중화인민공화국은 아 직까지도 건재하다.

남나산 실험차창을 되찾을 수 없게 되자 백맹우는 맹해와 가까 웠던 미얀마를 떠나 태국으로 떠난다. 태국에서 딸과 함께 살며 자 신의 민족인 회족과 이슬람교에 대해 연구를 시작하고, 젊은 시절 그의 고향에서 그랬던 것처럼 조용히 글을 쓰며 지낸다.

강물처럼 시간은 흘러 1965년 8월의 무덥던 어느 날, 백맹우는 72세의 나이로 세상과 이별한다. 올곧은 성품과 비상한 두뇌를 가 지고 있던 백맹우. 정치는 싫어했지만, 자신을 인정해준 사람을 위 해 파란만장한 삶을 선택한 남자. 그가 가쁜 숨을 몰아쉬며 세상을 떠날 때 마지막으로 생각했던 것은 무엇이었을까. 분명 멀리 남나 산에 두고 온 자신의 실험차창이었을 것이다.

중간 정리

지금까지 보이차가 시작된 시기부터 1940년까지 보이와 맹해에서 발생한 굵직한 사건을 살펴봤다. 잠시 정리하고 다음 이야기로 넘어가자.

1729년	보이	보이부 설립. '보이차'라는 이름의 시작	보이차의 집산지 형성. 청나라의 보이차 독점 시작
1735년	보이	차인(茶引) 세법. 차인으로 차를 구입	최초의 도량화 보이차 칠자병차 탄생
1856년	대리	두문수의 봉기	대리와 근접한 보이 지역. 차산업에 막대한 타격, 보이의 쇠락
1880 ~ 1920년	보이	두문수의 봉기 제압	집산지 보이의 회복세
1910년	맹해	항춘차장 설립	맹해 최초로 외지인이 설립한 차장. 장주는 장당개
1911 ~ 1912년	중국	청나라 패망	중화민국 수립
1913년	맹해	맹해 토사의 난 발생. 맹해의 토사가 군을 이끌고 정부의 영토를 침략. 명장 가수훈이 병마 300으로 제압	맹해의 봉건시대가 끝남. 맹해 개방의 시작. 보이부 철수
1920년	보이	지독한 역병 발생	보이의 2차 쇠락, 집산지로서의 역할이 끝남
1924년	맹해	홍기차장 설립	막강한 자금력을 가진 동씨 집안의 맹해 진출. 장주는 동요정
1925년	맹해	가이흥차장 설립	훗날 맹해 발전에 큰 영향을 미침. 장주는 주배유
1928년	맹해	항성공차장 설립	장주는 장정파. 맹해에 운남 사대상방이 모두 집결함
1937년	남경	중국다엽공사 설립	국민당과 민간이 합자로 세움
1938년	맹납	베트남으로 통하는 수출로 폐쇄	프랑스가 운남 차의 베트남 진입을 막음. 호급 보이차를 만들던 맹납 차장들의 쇠락
1938년	맹해	남나산 실험차창 건립	육씨재단의 자금으로 백맹우가 세움. 운남 최초의 기계화 차창
1939년	중국	중국다엽공사의 수출 독점권	중국 차에 대한 수출 독점권 법령 발표. 개인 차장의 자체 수출 불가능
1940년	맹해	불해차창 설립(시공)	맹해에 최초의 국영 차창인 불해차창 시공

복원창호福元昌號

중화인민공화국 수립까지 보이
와 맹해에서 있었던 일들을 살펴
보았다. 이제 무대를 보이차 생
산의 전통 강자이자 호급차를 탄
생시킨 육대차산으로 옮겨보자.

2013년 가덕경매에서 오래
된 보이차 한 통이 어마어마한
금액에 낙찰된다. 한 통은 일곱

복원창호

편의 보이차를 죽순껍질로 포장한 것이다. 낙찰된 금액은 무려 인
민폐 1천만 위안이 넘었다. 우리나라 돈으로 환산하면 18억이 넘
는 금액. 매우 오래되었고 이름있는 차장에서 만든 차. 게다가 보
관 상태까지 좋았으니 높은 가격에 거래된 것이다. 놀라운 가격으
로 거래된 골동 보이차의 이름은 복원창호(福元昌號)라고 불렸다.
호(號)의 뜻은 상호를 의미한다. 복원창호는 복원창이라는 상호를
말한다. 호급차는 이처럼 개인 상호가 있는 차장에서 생산된 차를
말한다.

복원창호는 이무에 있다. 아니 정확하게는 이무에 있었다. 현재
복원창호가 있던 자리에는 한글로는 같은 이름이지만, 중문으로는
다른 복원창호(复元昌號)가 들어서 있다. 2012년, 원래 있던 복원창
호 자리와 고택을 진승차창에서 사들였다. 진승차창의 이무차 생
산, 가공장으로 꾸며 놓고 이름을 복원창호(复元昌號)로 바꿨다.

복원창호의 이름이 바뀐 것은 이때가 처음은 아니다. 원래 차장
의 이름은 원창호(元昌號)였다. 원창호는 1875년 의방에 세워졌다.
최초 원창호의 주인은 최(崔)씨 성을 가진 사람이었다. 모종의 이유
로 사업이 어려워졌고 주인이 여러 번 바뀌었다. 원창호는 마지막

으로 황(黃)씨 성을 가진 사람에게 넘어갔다. 하지만 황씨 성을 가진 사람이 운영하던 원창호도 화재가 발생해서 다른 사람에게 넘어간다. 우여곡절이 많은 상호다. 1926년, 이무의 여복생(余福生)이라는 사람이 원창호를 사들인다. 그리고 이무에 복원창이라는 이름으로 차장을 연다. 가덕경매에서 낙찰된 18억 원의 보이차는 여복생이 이무의 복원창에서 만든 보이차다. 여복생과 그 집안의 내력을 살펴보자. 이 이야기는 추가구 씨와 여복생 씨의 큰아들인 여세고(余世高) 씨와의 인터뷰에서 발췌했다.

복원창호의 여씨 집안, 그들의 조상은 강서성이 고향이다. 일찌감치 운남의 석병으로 내려왔고 1903년 여복생을 출산한다. 여복생은 이무에서 3~4년 정도 개인 서당에서 공부를 했다. 그리고 부친을 따라서 이무 주변의 마을, 그러니까 만수, 마흑, 총채 등을 돌며 산차를 수매했다. 수매한 산차는 이무까지 가져와 여러 차장에 팔았다. 약간의 이익금만 남기고 팔았으니 여씨 집안의 살림은 그리 녹록지 않았고 당시까지만 해도 차장을 개업하는 것은 상상도 하지 못할 일이었다.

진승복원창호

여씨 집안은 여복생이 결혼하면서 새롭게 일어난다. 여복생의 부인은 이(李)씨 성을 가진 여성이었다. 여복생보다 한 살 연하였고, 소위 있는 집안의 여식이었다. 혼수 자금으로 의방에 있던 원창호를 사들였고 이무에 복원창호로 개명하여 차장을 개업했다. 이듬해 인터뷰의 주인공인 여세고가 태어난다. 여세고 씨가 명확하게 기억하고 있는 것이 있다. 어린 시절, 아버지 여복생을 도와 나무도장으로 복원창호 상표를 찍었던 기억이다. 차장에서는 상시로 다섯 필의 말을 운영했다. 차의 양이 많을 때에는 열댓 마리가 넘는 말을 빌려 마방조직을 구성하기도 했다. 보이차 사업은 날이 갈수록 호황이었다. 큰 돈도 들어왔고 점차 사업을 확장하려는 찰나. 다른 차장과 마찬가지로 중일전쟁이라는 난관에 봉착한다.

중일전쟁이 발발하면서 판로가 막혔다. 차를 만들어봐야 팔 수가 없으니 차 사업은 점점 안 좋아졌다. 얼마 지나지 않아 차 생산은 중단되고 집안 형편도 서서히 기울었다. 근근이 삶을 이어가다 중일전쟁이 끝난 1945년, 겨우 40대였던 여복생은 병을 얻어 세상을 떠난다. 다음 해인 1946년, 부인 이씨도 병으로 삶을 마친다.

이무 고진의 마방

1946년과 1947년 사이, 이무에 손님이 찾아온다. 티베트에서 차를 구하러 내려온 상인들이었다. 그들은 독특한 모양의 차를 주문하고 간다. 손잡이가 달린 버섯 모양, 혹은 심장 모양을 가진 긴차다. 티베트 사람들이 마시는 긴차는 주로 맹해에서 만들었다. 거리 상으로 이무보다는 맹해가 가까웠기 때문이다. 티베트 상인들이 맹해보다 먼 이무까지 왔던 이유는 전쟁이 끝난 후 맹해 지역의 차만으로는 티베트의 주문량을 따라가지 못했기 때문이다. 전쟁 때문에 맹해의 보이차 산업이 만만치 않은 피해를 입었음을 알 수 있는 대목이다.

1942년, 일본군이 미얀마를 넘어 맹해에까지 폭격을 가했다. 이때 맹해차창, 당시 불해차창도 피해를 입었다. 복구가 될 때까지 한동안 불해차창은 보이차를 생산하지 못했다. 백차, 홍차를 만들었고 주변 차상들에게 소량의 긴차를 수매했다. 불해차창은 1952년 복구를 시작했고 1954년 녹차와 홍차를 다시 생산했다. 티베트 상인이 이무까지 내려와서 긴차를 만든 이유도 맹해에서 구할 수 있는 긴차의 양이 부족했기 때문이다.

이제 갓 성인이 된 여세고는 부친 여복생의 복원창호를 이어받는다. 그리고 이무의 여러 차장과 함께 티베트 사람들이 주문한 긴차를 만들었다. 1946년과 1947년, 이때 만든 긴차는 맹해가 아닌 맹납 지역에서 만든 첫 번째 긴차다. 그 후 복원창호가 걸었던 길은 이무, 맹해의 다른 차장과 비슷하다. 1958년부터 차 산업은 공산체제의 영향을 받는다. 개인이 차를 생산해서 개인 명의로 차를 팔 수 없게 되고 차를 만들면 국가가 운영하는 차창, 조합에 팔았다. 개인 상호인 복원창이라는 상표는 더 이상 쓸 수 없었다.

1972년 4월 12일. 이무에 큰 화재가 발생한다. 여세고의 집은 화재 피해가 없었지만, 집에 미련이 없었던 그는 단(段)씨 성을 가진 사람에게 집을 팔아버린다. 그리고 이무에서 조금 떨어진 곳으로 이사를 간다. 일부 책에서 복원창호 역사를 몇 년 혹은 몇십 년을 이르게 소개하는 경우가 있다. 이런 내용은 익명이 보장되고 파급력이 강한 인터넷을 만나면서 여기저기로 퍼져나갔다.

2001년 발간된 『방원지연(方圓之緣)』이라는 책이 있다. 작가는 대만 사람인 증지현. 역시 대만 사람인 등시해의 『보이차』보다 나중에 나온 책이지만, 잘못된 정보가 많기로 유명한 책이다. 홍인 제조 역사를 몇십 년 앞당기기도 하고 상상력을 동원한 소설도 많이 써냈다. 여기에 복원창호에 대한 글이 나온다.

여복생은 아직도 이무의 복원창호에서 차를 만들고 있다. 다만 예전처럼 대량으로 차를 만들지는 않는다.

위에도 언급했지만, 여복생은 1945년 병에 걸려 세상을 떠났다. 그의 부인은 이듬해 세상을 등졌다. 그런데 2001년에 발간된 책에 여복생이 아직도 복원창호에서 차를 생산한다고 써냈다. 오래전 사망한 여복생이 환생해서 차를 만들고 있을 수는 없다. 그렇다면 여복생의 아들 여세고가 차를 만들었을까? 역시 앞에서 언급한 것처럼 여복생의 아들 여세고는 1972년, 이무에 화재가 났을 때 집을 팔고 이사를 갔다. 집을 샀던 사람은 단씨 성을 가진 사람이고 진승차창에 복원창호 고택을 팔았던 사람이다. 『방원지연』의 작가 증지현은 왜 이런 글을 썼을까. 복원창호의 역사를 조금 앞당긴 정도가 아니라 이미 사망한 사람을 살려내서 현재도 복원창호를 만들고 있다고 말이다.

1995년부터 2005년까지, 대만 사람들이 쓴 보이차 서적에는 오류가 많다. 물론 중국 사람이 쓴 책도 모두 정확한 것은 아니지만,

적어도 죽은 사람을 살려내지는 않는다. 이 책의 영향인지 대만에서는 후기 복원창호라는 차도 유통된다. 여복생이 환갑 기념으로 1982년에 만든 차라고 한다. 다시 한번 설명하자면 여복생은 1945년 사망했고 운남의 개인 차장은 1957년부터 1990년대 후반까지 국가에 귀속되었다. 생산한 차는 모두 국영 차창에 넘겼다. 그러니 이 시기에 개인이 만든 보이차가 있다면 모조리 방품이라고 생각하는 것이 정설이다.

오래된 차라고 부르는 노차(老茶). 이 노차 시장에는 소설이 많다. 애초에 존재하지도 않았던 차들도 버젓이 유통되는 시장이다. 그리고 뒤에서 소개하겠지만, 대놓고 방품이 본격적으로 만들어지던 시기도 있었다. 『방원지연』과 같은 책만 보고 차를 사는 것은 조심해야 한다. 이익 앞에서 양심을 쉽게 버리는 사람들은 생각보다 많다.

동경호同慶號

최근 열리는 경매에서도 오래된 호급 보이차는 상당히 높은 가격으로 낙찰되곤 한다. 앞서 설명한 복원창호를 비롯해서 송빙호(宋聘號), 경창호(敬昌號), 동흥호(同興號) 등 예전 유명한 차장에서 생산됐던 보이차다. 여러 골동 보이차 중에서 가장 유명한 상호를 고르라면 사람마다 다르겠지만 동남아의 화교들이나 홍콩, 대만 사람들에게 물어보면 동경호라는 이름에는 모두 엄지손가락을 치켜세운다.

『방원지연』이라는 책 이야기를 다시 살펴봐야 한다. 이 책에 동경호에 대한 소개도 나오기 때문이다. 115쪽을 보면 '동경호는 1736년 옹정 13년에 세워졌다. 이무에서 가장 이른 시기에 세워진 차장이다'라고 되어 있다. 여기에 맞춰서 2006년 운남에서 동경호 탄생 260주년 기념병도 생산되었고, 2016년에는 동경호 탄생 270주년 행사도 열렸다. 과연 맞는 이야기일까? 결론부터 말하자면 1736년은 동경호의 창업자가 태어나기도 전이다. 운남의 기자가 동경호 차장의 후손을 만나서 기록한 글이 있다. 그들과 함께 집안 족보를 보고 대화하며 남겨둔 글을 살펴보자. 아무래도 대만 사람들이 써놓은 글보다는 신뢰도가 높다. 이름이 매우 많이 나오지만, 헷갈릴 수 있으니 중요 인물들의 이름만 서술하겠다.

동경호의 창업주는 유진양(劉鎭襄)이라는 인물로, 1800년에 출생했다. 거칠게 계산해서 스무 살 되던 해인 1820년에 동경호를 세웠다고 가정해도 사람들이 말하는 1736년보다는 백 년 가까이 차이가 난다. 당시 많은 차장들이 그랬듯 동경호의 시작은 여러 물품을 취급하는 상호였다. 보이차는 그 중 한 가지 품목이었을 뿐이다. 유진양에게는 네 명의 아들이 있었다. 첫째와 둘째는 석병에서, 셋째 아들인 유순성(劉順成)과 넷째 아들은 이무에서 사업을 이어간다. 이들이 동경호를 이어간 시기를 계산해봐도 이르면 1840~1850년대 정도 된다.

유순성은 이무와 사모를 오가며 차 사업을 했다. 부지런히 돈을 벌어 석병에 아담한 집도 마련했다. 고래등 같은 으리으리한 장원은 아니었지만, 석병에 집을 마련했다는 것은 차 사업이 그럭저럭 괜찮았다는 뜻이다. 이때까지만 해도 동경호는 그리 큰 규모는 아니었다. 성실하게 살았던 유순성은 1895년 전염병에 걸려 세상을 떠나지만 세상을 떠나기 전까지 유순성은 동경호의 기반을 잘 닦아 놨다. 대략 정리하면 유순성의 동경호는 1850년부터 1895년 정도 된다.

그리고 다음 세대는 유순성의 아들인 유규광(劉葵光). 동경호의 이름이 가장 널리 퍼지는 시기이며 대략 1900년부터 1920년 사이다.

이 사이 동경호에는 또 다른 한 사람의 이름이 더해지게 되는데 유규광의 사돈인 양길삼(楊吉三)이다.

중국의 첫 번째 상표법(商標法)은 청나라 말기인 1904년에 만들어졌고 1923년에는 정식으로 농상부상표국(農商部商標局)을 설립하여 상표법을 공포한다. 양길삼과 유규광이 동업하면서 썼던 내표는 정교한 인쇄로 두 마리의 사자와 깃발을 그린 것을 사용했는데 '쌍사자기(雙獅子旗) 동경호'라고 부른다. 내표에는 '총발행운남석병동경호(總發行雲南石屛同慶號), 세조창이무동경호(製造廠易武同慶號)'라고 쓰여 있다. 시대적 구분에 논쟁이 많지만 대략 1928년 이후부터 사용했다고 추정한다. 그 전에 생산된 것을 '용마(龍馬) 동경호'라고 하는데 이 차는 현재 중국 내에서 진품 여부에 논쟁이 있다.

양길삼은 석병에서 동경호의 본사 역할을, 유규광은 이무에서 동경호의 차를 만드는 역할을 했다. 양길삼은 석병 사람으로 슬하에 사남오녀를 뒀다. 그중 장녀는 외모가 아름다워서 주변 사람들에게 화용월모(花容月貌)라는 말을 들었다. 꽃처럼 아름다운 그녀는 유규광의 아들과 결혼을 하고 유규광과 양길삼은 사돈이 되어 1895년부터 동경호를 함께 경영한다. 두 사람이 동경호를 이끌어가는 기간은 약 30년가량이다. 양길삼은 동경호의 경영에 뛰어들면서 많은 자금을 지원했다.

사돈이자 동업자 관계가 된 그들은 석병과 이무에서 서로 역할을 나누어 사업을 키워갔다. 1911년과 1912년 이무에서 만든 동경호는 라오스를 거쳐 베트남 하노이로, 석병에서 만든 동경호는 기차를 통해 홍콩으로 수출된다. 양길삼은 매우 유능한 상인이었다. 베트남과 홍콩 등으로 수출되는 시장은 모두 양길삼의 손으로 개척되었다. 1915년, 막대한 수출량을 기반으로 동경호는 이무에서 가장 뛰어난 차장으로 우뚝선다.

1917년, 육대차산의 차상과 차농이 자금을 출자하여 의방과 이무를 연결하는 교량을 만들었다. 어마어마한 자금이 들어가는 공사였는데, 동경호의 장주 유규광은 교량 공사비의 절반을 쾌척한다. 이를 계기로 정부로부터 감사패를 받기도 한다. 놀라운 것은 그렇게 큰 기부금도 유규광 본인의 이익금에서 나왔다는 것이다. 양길삼과 동업 관계였으니 서로 이익금을 나누었을 텐데 이정도 자금을 쓸 정도라면 당시 동경호의 사업은 큰 부를 축적하고 있었다는 것을 알 수 있다.

그들은 석병에 대저택을 구입하여 같이 살기로 한다. 저택은 매우 넓어서 해방 후 병원으로 쓰일 정도로 큰 규모였다. 한쪽은 유규광의 식구들이, 한쪽은 양길삼의 식구들이 살면서 돈독한 관계를 이어갔다. 잘 풀리는 사업, 화목한 가정. 다 좋을 것 같던 그들의 삶에 먹구름이 드리우기 시작한다. 당시 중국은 봉건주의 체제의 가혹한 압박과 수탈, 일본의 침략으로 치안이 불안정했다. 불안정한 사회는 도처에 비적떼를 양산했다. 양길삼의 두 아들은 이무에서 석병까지 차를 운송하던 중 비적떼를 만나 사망하게 된다. 하루아침에 두 아들을 잃은 양길삼은 크게 상심한다. 그리고 1925년 이후로는 이무에 발걸음을 옮기지 않았다.

어둑한 땅거미처럼 두 집안의 평화에 그늘이 찾아왔다. 커다란 저택을 구입해서 행복하게 지내던 두 집안. 서서히 서로 멀리하기 시작하더니 급기야 얼굴도 마주치지 않는 사이로 변해버린다. 어떤 이유가 있었는지는 모르겠지만, 30년 동안 이어왔던 그들의 화목은 이렇게 끝이 난다.

시간이 흘러 양길삼은 1938년, 유규광은 1942년에 각각 세상을 떠난다. 그 후 사정은 이무의 다른 차장들과 비슷하다. 당시 베트남을 강점했던 프랑스가 운남 차의 수입을 막고 중일전쟁의 여파로 다른 판로도 모두 막혀버린다. 전쟁이 끝난 후에도 사정은 좋아지지 않았다. 공산주의 체제가 들어서면서 석병의 대저택은 국가로 강제 귀속된다. 이무의 동경호도 마찬가지. 생활은 점점 어려워졌고 유규광, 양길삼의 후손들은 화려했던 기억을 뒤로하고 이무를 떠났다. 이렇게 동경호는 역사의 뒤안길로 사라졌다.

동창호同昌號

동창호의 시작에 대해서는 의견이 분분하다. 대만에서는 동치 7년, 그러니까 1869년 의방에 처음 세워졌다는 주장이 있고 중국에서는 1920년 이전에는 동창호에 대한 기록이 없으니 그 이후라고 주장하기도 한다. 예전 일이니 정확한 역사자료가 부족하다. 아직 생존해 있는 후대인들과 족보를 통해 작성된 대만과 중국 자료를 모두 더해 살펴보도록 하자.

동창호는 원래 의방에 있던 차장이다. 여러 차례 주인이 바뀌면서 개업과 폐업을 이어간다. 그러다가 이무에 많은 차장이 들어서고 보이차 생산이 활발해질 무렵 동창호도 다시 개업을 한다. 이무에 개업한 동창호는 많은 양의 보이차를 생산해냈다. 이때 생산된 보이차는 품질이 매우 좋았다는 기록이 있지만, 지금까지 남아서 전해 내려오는 차는 없다. 당시 동창호의 장주는 황가진(黃家珍)이었다. 그 전에 생산되었던 보이차와 자신이 만든 보이차의 구별을 위해 내비 마지막 글귀에 '주인황금당근식(主人黃錦堂謹識)'이라는 글귀를 적었다. '근식(謹識)'은 '진사(進士)'와 동음어인데 몇 년 후 그의 동생인 황석진(黃席珍)이 실제로 무과에 급제하여 진사 자리에 오른다. 1930년대 이후 동창호의 주인이 바뀐다. 동창호의 새로운 주인은 황가진의 아들인 황문흥(黃文興)이라는 사내다. 그리고 이때부터 생산되었던 동창호 내비 마지막 글귀에는 '주인황문흥근백(主人黃文興謹白)'이라는 글을 넣었다.

황문흥은 차장의 주인이었지만 무의(武意)에도 뜻이 있어 매일 무술을 연마하고 정의감에 불타던 사람이었다고 한다. 그는 고강한 권법을 연마했다고 하는데 그와 맞서 세 초식을 넘길 수 있는 사람이 드물었다고 한다. 실력이 상당한 경지에 올랐던 모양이다. 무술 사랑이 얼마나 대단했는지 나중에는 자신의 이름을 무력을 갖췄다는 뜻의 황비무(黃備武)로 바꾼다.

그는 무술만큼 부인을 끔찍하게 위해주는 애처가이기도 했다. 황문흥의 부인도 대단한 절세미녀였다. 황문흥은 자신이 만든 보이차의 교역을 위해 마방을 이끌고 베트남, 라오스, 태국 등지를 자주 다녔다. 베트남에 갔던 어느 날, 무술밖에 모르던 무뚝뚝한 그의 마음을 사로잡은 아리따운 여성을 만난다. 두 사람 모두 서로에게 마음이 있었는지 교역을 마치고 돌아오는 황문흥의 옆자리에는 그녀가 함께 있었다.

이무로 돌아온 두 사람은 주변 사람들의 축하를 받으며 결혼을 했고, 서로를 위해주며 행복하게 잘 살았다고 한다. 무술 고수에 사업도 잘 하고 자신을 위해주는 마음 또한 깊으니 부인은 매우 행복했을 것이다. 하지만 이런 행복도 오래가지 못했다. 1948년 이무 사람들은 국민당 정부의 폭정을 견디지 못하고 반란을 준비한다. 황비무는 무기를 구하러 맹납에 갔지만 매복하고 있던 국민당 무장세력에 의해 피살된다.

동창호에 관련된 내비 이야기를 해보자. 내비는 보이차를 긴압할 때 겉면에 살짝 묻어놓은 작은 종이를 말한다. 만든 차장이나 차의 원료, 특징을 간단하게 적어 놓은 것이다. 아주 예전에는 종이가 무척이나 귀했다. 내비는 물론이요, 지금처럼 보이차 한 편한 편을 종이로 포장하는 것은 엄두도 내지 못했다. 그저 납작하게 긴압한 병차 일곱 편을 모아서 대나무 껍질로 단단하게 포장했다. 이렇게 포장된 보이차는 어느 차장에서 만들었는지, 어디의 원료로 만들었는지 알 수가 없었다. 보이차의 수요가 늘어나자 동창호, 동경호, 차순호 등 유명한 차장의 이름을 모방하여 만든 차들이 시장에서 판을 치기 시작한다. 비슷한 찻잎으로 만들었으니 겉으로 보기에도 알 수 없었고 대나무 포장을 풀어봐도 마찬가지였다. 동창호는 고심 끝에 자신의 사장 이름과 차를 만든 과정, 그리고 품질을 기록한 작은 종이를 차의 겉면에 넣기 시작한다. 이를 계기로 시장에서 판을 치던 동창호 모방차를 어느 정도는 막을 수 있었다.

내비를 넣는 것이 효과를 보이자 주변에 있는 다른 차장들도 각자의 차장 이름이 들어간 내비를 병차에 넣기 시작했다. 동창호가 만들어낸 내비는 상표권을 주장할 수 있는, 그리고 자신의 차장을 선전할 수 있는 최초의 마케팅인 셈이었다.

의방의 차장들

청나라 말, 민국 시기까지 이무는 육대차산에서 생산되는 차의 가공, 교역의 중심지였다. 그 이전은 어디였을까? 그곳은 육대차산의 한 지역인 의방이다. 의방은 이무, 만전, 망지, 유락, 혁등을 포함한 육대차산 중 한 곳으로 가장 북쪽에 위치한다. 시기상으로 보면 이무보다 의방에 유명한 차장이 들어섰다. 현재 시점에서 가장 아쉬운 것은 각 차장에 대한 정확한 연도를 기록한 글이 남아있지 않다는 것이다.

보이부 설립 후, 육대차산에는 청나라 정권의 개토귀류 물결이 퍼진다. 운남은 변방이라 중앙정권의 힘이 미치지 못했다. 옹정제

의방 고진

는 관리들을 파견, 세금을 징수하고 관리를 시작하려고 했다. 이 과정에서 소수민족과 청나라 군대 사이에 많은 비극이 발생한다. 지리적 이점은 차산에 사는 소수민족이 유리했지만, 상대는 강력한 군대를 앞세운 국가 권력. 결국 육대차산은 청나라가 관리하게 된다. 얼마 후 의방에서는 황실에 조공하는 공차가 만들어진다. 공차 제작과 육대차산을 관리하는 책임자도 의방에 들어온다. 육대차산에서 생산되는 차들은 의방으로 모였다. 북경과 티베트에서 보이차 인기가 좋을 때였고 육대차산에서 생산된 차는 의방을 기점으로 보이부가 있는 보이로 넘어갔다. 의방은 지리적으로 다른 육대차산보다 북쪽으로 가기 좋은 지역이었다. 자연스럽게 보이차 교역과 가공의 중심지가 되었으며 각지의 상인들이 모여들었다.

석병, 사천, 호남, 강서성의 상인들은 의방에 터를 잡기도 했다. 건륭 후기(1780~1790)에 의방 인구는 2만 명이 넘어간다. 500m가 넘는 중앙대로는 고급 청석(靑石)으로 깔렸고 양 옆으로 상점과 숙소가 즐비했다. 늦은 저녁까지 불이 꺼지지 않는 불야성을 이루며 활기찬 모습을 이어갔다. 화려했던 의방의 전성기는 청나라 왕조의 몰락과 같은 운명을 겪게 된다.

1856년, 운남 대리에서 두문수의 봉기가 발생한다. 전란은 오랜 기간 지속되었다. 게다가 역병까지 돌면서 보이차 집산지인 보이를 폐허로 만든다. 보이부는 유명무실해졌고 의방에서 모였던 육대차산의 보이차는 더 이상 북쪽으로 가지 못했다. 무수하게 많았던 차장은 민국시기(1912년)부터 하나둘 의방을 떠난다. 차장을 다른 사람에게 팔기도 했고, 일부는 남쪽인 이무를 향해 이사를 가기도 했다. 1920년, 이때까지 의방에는 열몇 개의 차장이 남아서 차를 만들었다. 당시 만든 차의 대부분은 운남성 남쪽인 베트남으로 팔려갔다. 당시 베트남에서는 광동성 상인이 차상을 열어 육대차산의 차를 사들였다. 그들의 손님은 동남아의 화교, 그리고 홍콩 사람들이었다.

1937년, 베트남을 강점한 프랑스가 운남에서 들어오는 차의 수입을 막는다. 그리고 중일전쟁의 여파까지 겹친다. 다시 한번 판로가 막힌 의방의 차장들은 차 생산을 멈춘다. 남아 있던 차장들은 보이차 대신 특산품을 만들고 팔아서 삶을 이어갔다. 1942년, 암울한 시기를 버티던 의방에 다시 한번 고난이 찾아온다. 유락차산의 유락인들이 의방을 공격한다. 전쟁의 불길은 삼일 밤낮 동안 계속되었다. 몇백 년 된 오래된 마을, 무수히 많던 아름다운 건축물이 한줌의 재로 사라졌다. 화려한 역사를 가진 의방은 깊은 잠에 빠져든다. 시간을 돌려 의방에 있던 한 차장의 사연으로 들어가보자.

의방의 중심가에서 태어난 한 남자가 있다. 이름은 정혜민(鄭惠民). 그의 선조는 운남 석병에서 의방으로 건너왔다. 정혜민의 부친은 과거에 합격했던 인재였다. 학구열은 아들에게도 이어졌다. 정혜민은 1913년 보이의 사범학교를 졸업한다. 앞서 맹해 이야기에 나왔던 이불일과 동급생이다. 당시 육대차산이라는 편벽한 산골에서 대단히 높은 학력을 가진 이였다.

정혜민은 학문적 소양을 지녔을 뿐만 아니라 겸손하고 인품이 바른 사람이었다. 당시 사모의 행정국 국장이며 천재 지략가 가수훈의 눈에 띈다. 그는 가수훈의 추천으로 행정총국 사법과 과장으로 근무하게 된다. 1918년, 어째서인지 정혜민은 일을 그만두고 고향 의방으로 내려간다. 마을에 초등학교를 세우고 자신이 교장으로 부임한다. 아이들을 가르치면서 낡은 건물도 보수하고 학교 운영에 필요한 자금은 차를 만들어 팔아서 보탰다. 자신의 차장이 없

육대차산의 소학교

었던 시절에는 만든 차를 이무의 동경호에 보내 병차로 만들었다.

1926년, 의방에 그의 이름을 딴 차장을 설립한다. 이름은 혜민호(惠民號)차장. 그의 나이 29세 때다. 혜민호를 세운 다음부터는 직접 병차를 만들었다. 정혜민은 글씨도 명필이었는데 혜민호 보이차에 들어가는 내비와 내표의 글을 모두 직접 썼다. 그가 만든 보이차는 베트남으로 팔려나갔다. 마방이 차를 싣고 베트남으로 내려갈 때 종종 정혜민도 함께 가곤 했다.

1931년, 성혜민은 대략 5톤 정도의 보이차를 싣고 베트남으로 갔다. 무사히 베트남에 도착한 그는 상인에게 차를 넘겼고, 며칠 쉬면서 돈을 받으려고 기다리던 중 그만 지독한 질병에 감염되어 사망한다. 당시 나이 34세. 갑작스러운 죽음에 혜민호차장은 영업을 중단한다. 그가 세상을 떠날 때 의방에는 남겨진 가족이 많았다. 조모와 모친, 그의 아내와 아이까지 4대가 그를 기다리고 있었다. 아이는 다섯이나 있었는데 막내는 아직 한 살도 안 된 갓난아이였다.

정혜민의 아내는 유패금(劉佩金)이라는 여성이다. 석병의 유명한 의원집 여식이었다. 용모 단정하고 기품 있는 여성으로 인정도 많았던 그녀는 남편의 부고를 듣고 하늘이 무너지는 느낌을 받았다. 식구들이 많은 그녀는 마음을 다잡고 절임 채소를 팔아 생계를 유지해 갔다. 여성 혼자서 일곱이 넘는 식구를 책임진다는 것은 쉬운 일이 아니었다. 얼마나 고생이 심했는지 양손은 진한 소금물에 절여져 피부가 다 벗겨졌다고 한다.

당시 차산에서는 젊은 남자들이 세상을 등지는 일이 많았다. 차마고도를 따라 차를 운송하는 일은 주로 남자들의 몫이었다. 어지러운 시대, 곳곳에 비적떼가 활개치고 돌림병까지 있었다. 차마고도를 따라 차를 팔러 가는 길은 위험하고 또 위험했다. 혜민호는 5년이라는 짧은 시간을 역사에 기록한다.

승의상升義祥

의방 승의상차장은 1932년에 세워졌다. 장주는 향승평(向升平)으로 보이성립사범학교(普洱省立師範學教)를 졸업했다. 앞서 소개했던 혜민호차장의 정혜민과 더불어 의방의 준재(俊才)로 손꼽히던 인물이다. 부친 때부터 의방에 차장을 열었다고 하는데, 정확한 명칭이나 개장 시기는 확인되지 않는다.

현재 남아 있는 기록은 승의상차장부터라고 한다. 1938년 이전까지 사업은 매우 잘 되었다. 다른 차장과 마찬가지로 많은 양의 보이차가 베트남으로 수출됐다. 장주 향승평은 문학적 소질이 뛰어났으며 그 시기에 드물게도 영어를 잘 했다고 한다. 또한 그는 아내를 매우 사랑했다고 한다. 1935년, 운남성 세관 공무원 시험에 합격했지만 아내와 함께 있기 위해 공무원 자리를 포기하고 의방에서 아내와 차장을 이어간다.

그의 아내도 교육 수준이 높은 여성이었다. 신식 교육을 받았으며 성격도 명랑하고 밝았다. 그녀는 육대차산에서 최초의 여성 선생님으로 이름을 올렸다. 1938년, 프랑스가 베트남을 강점하고 운남 차의 수입을 방해하면서 육대차산의 보이차는 판로가 막힌다. 승의상차장도 영업을 그만두고 잡화, 특산물을 팔며 버틴다. 1942년, 유락차산 사람들이 의방을 공격할 때 향승평과 그의 가족은 사모로 피난을 떠난다. 전쟁이 끝나고 다시 의방으로 돌아왔지만, 오랜 피난 생활로 약해진 향승평은 전염병으로 세상을 떠난다. 그의 나이 30세였다.

홀로 남겨진 여성들의 삶은 비슷하다. 젊은 나이에 남편을 떠나보내고 여러 식구를 책임지고 꾸려간다. 돼지를 치고 장아찌를 만들어 팔면서 생계를 유지했다. 남장을 하고 마방과 차 운송에 동행하기도 했다. 그녀가 흘렸던 눈물은 강이 되고 고생에 절은 손은 사막의 모래처럼 거칠어졌다. 당시 남겨진 사람들의 삶은 이렇게 가혹했다. 그래도 어떻게든 살아남아 자식을 키워내고 삶을 이어갔다. 그녀의 두 아이들은 의방에서는 최초로 대학까지 진학한다.

2005년 이후, 고수차가 주목을 받으면서 잠들어 있던 의방에도 사람들이 찾아온다. 낡고 황량했던 의방 거리는 다시금 활기찬 모습으로 변해가고 있다. 역사적으로 보면 의방은 이무보다 차장이 먼저 들어선 지역이다. 청나라 때 황실에 조공되었던 차를 생산하던 지역이기도 하고 육대차산의 행정과 보이차 가공의 중심지 역할을 했던 곳이기 때문이다. 다만, 여러 역사적 사건에 휩쓸리면서 중심지 자리를 이무에 건네줬고 남아 있던 기록들도 유실되었다.

건리정乾利貞

건리정(乾利貞)차장의 전신은 진리정(陳利貞)차장이다. 청나라 때 의방에 있었던 여러 차장 중 하나다. 진리정차장은 1823년, 의방에 세워졌다. 장주의 정확한 이름은 알 수 없지만, 진(陳)씨 성을 가진 사람이었다. 1862년 영업을 중단하고, 1865년 강서성의 조개건(趙開乾)이 진리정을 사들여 다시 개업한다. 조개건은 진리정차장의 이름을 건리정으로 바꾼다.

건(乾)은 자신의 이름 뒷글자이기도 하고 『역경(易經)』 중에서 첫 번째 괘다. 가운데 리(利)는 좋다, 길하다는 뜻이고 정(貞)은 바르다, 혹은 굳건하다는 뜻이다. 이처럼 건리정이라는 이름은 깊은 유가 사상적 의미를 담고 있다. 1898년, 건리정차장은 이무로 이전한다. 당시 두문수의 난, 사모의 역병으로 인해 북쪽으로 가는 판로가 막혀서 의방의 상황은 좋지 못할 때였다. 많은 차장들이 이무로 옮겨갈 때 건리정도 이무로 이전한다. 민국시기(1912)에 접어들면서 건리정은 송빙호와 합작 운영을 한다. 송빙호차장도 오래전 의방에 세워진 차장이다. 송씨 성을 가진 사람이 장주였고 창립 연도는 의방의 진리정보다 약간 늦다. 합작 이후부터 차장 이름을 건리정송빙호라는 이름으로 했다는 주장이 있지만 이무의 향장을 지냈던 장의(張毅) 선생은 합병을 했다고 해서 상호를 합치지는 않았다고 주장하기도 했다.

훗날 건리정송빙호는 동경호, 복원창호와 더불어 이무를 대표하는 차장의 자리에 오른다. 운영 방식은 동경호와 비슷했다. 이무에서는 보이차 가공을, 석병에서는 마케팅과 업무를 총괄하는 본사를 뒀다. 1940년부터 1945년까지 중일전쟁이 발발하고 건리정송빙호차장은 보이차 생산을 중단한다. 이 시기에는 다른 차장과 마찬가지로 잡화와 토산품을 팔며 버텼다. 전쟁이 끝난 1946년과 1947년, 이무와 태국을 연결하는 판로를 개척한다. 이때 생산했던 차는 홍콩의 애호가들에게 큰 사랑을 받는다. 1950년대부터는 다른 차장과 마찬가지로 생산을 중단한다. 차 산업은 모두 국가에 귀속되었고 개인 차장은 역사 속으로 사라진다.

운남에서 개인 차장이 모두 문을 닫을 무렵, 멀리 떨어진 마카오에서 건리정송빙호의 상표가 다시 쓰인다. 운남 찻잎이 아닌 다른 지역의 찻잎으로 개인 차장에서 만들어낸 '발효'된 보이차로 탄생한다.

의방에 있었던 차장

1799년, 진모현과 진모달이 항성차호를 설립.
이때 의방에는 이미 경창호, 서상호, 함풍호 등의 차장이 있었다.
1800년, 순창호, 양도홍차장이 개업.
1823년 진패홍장, 진리정차장.

1858년 태강차장, 1868년 송빙호, 동창호
1895년 송경호 등이 있었다.

청나라 때 의방에 최소 20여 개 이상의 차장이 있었다. 이들 중 일부는 이무로 이전해 차장을 이어가기도 했다. 이무로 옮겨간 대표적인 차장이 복원창호, 그리고 건리정이다.

숙차의 태동 – 마카오 영기차장英記茶莊

1950년 어느 날 마카오. 영기차장이라는 나무로 된 간판이 걸려있는 상점이다. 낡은 나무 의자에 두 사람이 앉아 차를 마시며 이야기를 나누고 있다. 말을 건네고 있는 사람은 마카오에서 멀리 떨어진 운남에서 온 사내로 이름은 원수산(袁壽山). 이무의 호급 차장인 동흥호차장을 운영하던 사람이다. 그는 영기차장에 있는 남자에게 말을 건넨다.

"신중국이 세워지고 개인 차장은 모두 국가 관할이 되었어. 수매와 판매 모두 국가가 관할하니 차 품질도 달라졌더군. 홍콩에 있는 손님들은 대부분 붉은색의 탕색이 나왔던 보이차를 마시던 사람들이야. 요즘 나오는 차의 맛은 강하다고 좋아하지 않는다네. 그러니 시장에 남아 있던 호급차들은 가격이 미친듯이 올랐어. 문제는 이마저도 물량이 없다는 거야."

그는 눈을 반짝이며 한마디 덧붙인다.

"노형, 혹시 이곳에서 예전의 그 맛을 내는 보이차를 만들 수 있겠소?"

노형이라고 불린 남자의 이름은 노주훈(盧鑄勛)이다. 영기차장 장주의 동생이기도 하며 형을 도와 차를 만드는 일을 했다. 평범해 보이는 이 사람을 홍콩에서는 다른 말로 부른다. 바로 '숙차의 아버지'라고 말이다. 운남에서는 추병량(鄒炳良) 선생

노주훈 선생

을 숙차의 아버지라고 하지만 홍콩 사람들은 노주훈이야말로 숙차의 아버지라고 주장한다. 그럼 숙차의 아버지 노주훈 선생을 살펴보자.

1927년, 광동성 조주 출신이다. 어린 나이인 11세부터 마카오에서 사업을 배운다. 1939년, 홍콩으로 건너가 차와 처음으로 만난다. 훗날 전쟁을 피해 마카오와 홍콩을 몇 년간 오간다. 1943년, 노주훈은 그의 형이 주인으로 있는 영기차장에 들어간다. 거기에서 여러 잡일을 하며 여러 차의 제다법을 배운다. 1946년, 영기차장은 전문 가공장을 세우며 규모를 늘린다. 이때는 주로 쪄서 만드는 오래된 육안차를 만들었다.

육안차는 만든 후 몇 년을 두었다가 출시하는 발효차다. 포장이 안 좋았던 시기 운송 과정 중 비에 맞거나 물에 젖어서 곰팡이가 피는 일이 잦았다. 곰팡이가 핀 차는 홍콩 사람들에게도 잘 팔리지 않아서 한 번 쪄내서 곰팡이를 없애고 향과 맛을 좋게 만들었더니 잘 팔려 나갔다.

1951년까지 여러 차를 만들면서 숙련된 기술을 쌓아간다. 당시 영기차장에서 다뤘던 차는 홍차, 육안차, 생차(보이차)였다. 가격은

홍차가 가장 좋았고, 생차의 가격은 홍차의 20%도 되지 않았다. 쓰고 떫은맛이 강한 생차는 저렴하지만 잘 팔리지 않는 차였다. 노주훈은 저렴한 생차로 홍차를 만들어 낸다면 많은 수익을 내겠다 싶었다. 이때부터 그는 연구에 들어간다. 그가 시도한 방법은 차에 물을 뿌려서 발효시키는 것이었다.

그는 생차(모차) 10근에 물 2근을 뿌려서 천으로 덮어두었다. 수분을 만난 모차에는 미생물이 발생했고, 호흡열로 온도가 75℃까지 올라갔다. 뒤집어주기를 여러 번, 모차의 색깔이 검붉은 색이 되었을 때까지 발효를 시켰다. 마지막 건조는 약한 불에 굽듯이 말리는 홍배법을 썼다. 이때 온도는 약 30℃ 정도 되었다고 한다. 건조를 마친 차의 외형은 홍차와 비슷했다. 그는 기대감에 부풀어 차를 우려봤다. 탕색도 붉은색이 나왔고 엽저, 건차 모두 홍차와 비슷했다. 하지만 결정적으로 홍차에 있는 신선하고 상쾌한 맛은 없었다. 겉모양이나 탕색은 같은데 홍차의 맛이 나오질 않으니 실패작이라고 생각했다.

그때부터 노주훈은 홍콩의 상가를 돌아다니며 여러 향료를 구했다. 홍차의 상쾌한 맛이 나오질 않으니 향료를 첨가해 만들어보려고 한 것이다. 몇 달을 고생해서 시도해 보았지만, 결과적으로 실패. 홍차의 맛은 나오지 않았다. 그래서 그는 처음부터 다시 시작한다.

마카오와 홍콩

잠시 전통 보이차 소비시장이었던 마카오와 홍콩 이야기를 해보자. 우리는 보이차의 소비지역이라고 하면 홍콩을 떠올린다. 예로부터 어마어마한 양의 보이차를 소비하는 지역이라고 알고 있다.

하지만 그 이전에는 마카오가 시장의 중심이었다. 지금은 도박과 관광으로 유명한 지역이지만 마카오는 1,600년대부터 중국 차 무역의 중심지였다. 이때 네덜란드 상인들은 마카오에서 차를 가지고 무역 길에 올라 큰 이익을 남겼다. 이후 아편전쟁이 터졌고 전쟁에서 패배한 청나라 정부는 홍콩과 구룡(九龍)을 영국에 넘긴다. 당시 대중무역을 전담하던 동인도회사는 마카오에 있을 필요가 없어졌다. 자신의 나라 영토가 된 홍콩과 구룡에서 무역업을 할 수 있으니 말이다. 게다가 홍콩의 항구는 수심이 깊어 배가 드나드는 것도 마카오보다 훨씬 유리했다. 이런 이유로 중국 차 무역의 중심지는 마카오에서 서서히 홍콩으로 넘어간다. 그리고 1950년 이후에는 마카오를 제치고 홍콩이 차 무역의 중심지가 된다. 이즈음 노주훈 역시 홍콩으로 건너간다. 11세부터 사업을 배웠던 사람이니 미래 시장을 보는 감각은 누구보다 뛰어났다.

"묵은 보이차를 마시는 습관은 언제부터 시작되었는가?"

이런 질문에 노주훈은 할아버지의 할아버지 때부터 보이차(생차)는 6~7년 정도 묵혀서 내놨다고 한다. 시대는 호급차가 공급될 때였고 마카오와 홍콩 사람들은 차를 묵혀서 마셨다는 것이다. 그리고 노주훈이 일했던 영기차장에서 쪄서 만들었다는 오래된 육안차 역시 묵혀서 마시는 차다. 잘 묵힌 육안차는 흡사 보이차와 비슷한 탕색과 맛을 가진다. 또한 홍차가 가장 잘 팔렸다는 내용까지 보면, 마카오와 홍콩 사람들, 그리고 그곳에서 만든 차가 소비되는 연안지역 사람들은 강한 생차가 아닌 발효된 차를 즐겼다는 것을 알 수 있다.

필자가 2007년 노반장에 갈 때 숙차를 한 편 들고 간 적이 있다.

노반장에 사는 사람들에게 잘 우려서 줬더니 온갖 인상을 쓰고 뱉어버렸다. 이것이 발효를 시킨 보이차라고 말했더니 "무슨 이런 차를 마시느냐, 썩은 것이 아니냐"고 난리가 났다. 물론 숙차에는 문제가 없었다. 운남에서 가장 유명한 회사에서 만든 숙차였다. 보이차의 생산지인 운남, 그리고 소비지인 홍콩. 두 지역은 기후도 다르고 민족도 다르며 언어도 다르고 풍습도 다르고 문화도 다르다. 그들이 즐겨 먹는 음식도 전혀 다른 맛을 가지고 있다. 한마디로 같은 중국인이라는 카테고리에 넣기에는 다소 다른 사람들이라고 해도 될 정도다. 그러니 차 마시는 습관이 다른 것은 어쩌면 당연한 것인지도 모르겠다.

요즘에는 운남의 차산 사람들도 차를 묵혀두기도 하고 숙차도 마신다. 오래된 차는 값어치가 올라가니 저장하는 집도 많아졌다. 그래도 여전히 즐겨 마시는 차는 갓 만들어 풋풋한 청향이 풍부한 햇차다. 습관은 쉽게 고치기 어렵다.

마카오 숙차의 탄생

다시 노주훈의 이야기로 돌아가보자. 그는 저렴한 운남 쇄청모차로 부가가치가 높은 홍차를 만들려고 했다. 그가 시도한 방법은 차에 물을 뿌려서 발효시키는 것이었다. 발효를 마치고 건조까지 마친 차의 외형은 홍차와 비슷했다. 하지만 문제가 있었다. 외형은 홍차와 비슷하지만 맛이 달랐다. 사람들이 홍차를 마실 때 좋아하는 신선하고 상쾌한 맛이 없었다. 사실 이 맛은 홍차의 핵심적인 맛이다. 그는 홍콩의 여러 상점을 돌며 향료를 구한다. 인위적으로 향료를 섞어서라도 홍차의 맛을 내려고 했다. 몇 달을 시도했지만 실패를 거듭한다.

노주훈은 발효방법을 바꿔보기로 한다. 방법은 비슷했다. 모차에 물을 뿌려준다. 그리고 천으로 덮어 발효를 70%까지 시켰다. 적당히 건조를 해준 후 덥고 습한 창고에 넣고 60일을 뒀다. 60여일 후, 완성된 차는 색다른 형태였다. 검은색의 찻잎은 홍차와 비슷하고 우렸을 때 암갈색의 탕색이 나왔다. 해묵은 향기가 나오며 맛은 그 어떤 차보다 부드러웠다. 홍차를 만들려고 했지만, 뭔가 새로운 차가 나왔다. 결과적으로 노주훈은 원하던 홍차를 만들어내지는 못했지만 새롭게 만들어진 해묵은 향이 나는 차는 만족스러웠다. 당시만 해도 그는 몰랐을 것이다. 이때 만들어진 차가 나중에 보이차 역사에 어떤 영향을 미치게 되는지를 말이다. 그가 만든 독특한 발효차는 훗날 숙차 가공에 핵심 기술이 된다.

몇 년이 지나고 영기차장에 노주훈 선생을 찾아 손님이 찾아온다. 멀리 운남에서 건너온 동흥호차장의 장주 원수산이다. 그는 보이차 생산의 국유화 이후 차 품질이 변했다고 말한다. 그리고 홍콩의 손님들이 예전 붉은 탕색이 나오는 보이차를 그리워한다고 말한다. 동경호, 동창호, 송빙호와 같은 호급차는 물건이 없으니 가격이 많이 올랐다고 한다. 그리고 눈을 반짝이며 혹시 그런 차를 만들 수 있는 기술이 있는가를 물어본다.

노주훈은 얼마 전 만들어낸 차를 떠올린다. 해묵은 향이 나고 맛은 부드러우며 암갈색의 탕색이 나왔던 차. 비록 홍차는 아니었지만 맛은 좋았던 그 차를 떠올린다. 그 차를 만들던 방법을 기반으로 그는 새로운 보이차를 만들어낸다. 약 한 달 정도의 시간을 들여 연구를 했다. 이미 기초기술이 있으니 시간은 그리 오래 걸리지 않았다. 그리고 마침내 암갈색 탕색의 해묵은 향과 부드러운 맛이 나는 차가 만들어졌다.

시장의 반응은 폭발적이었다. 강한 맛의 보이차를 멀리했던 소비자들이 그가 만든 부드러운 맛의 보이차를 구입했다. 이때부터 영기차장에서는 대량으로 보이차를 만들기 시작한다. 매달 만들어내는 양이 30~50여 건. 당시 한 건은 병차 84편이다. 30~50여 건이면 대략 2,500~4,200여 편이 된다. 이렇게 몇 년을 만들었고 이때 만든 차는 큰 인기를 누린다. 당시 상황을 노주훈은 이렇게 말한다.

> 시장의 자금을 모조리 빨아들이는 것처럼 팔려나갔다.

노주훈은 마카오의 영기차장에서 몇 년을 보내고 홍콩으로 건너간다. 이제 본격적으로 자신의 사업을 할 시기가 왔다고 판단했기 때문이다.

홍콩 제작 호급차

1954년, 노주훈은 마카오의 영기차장을 떠나 홍콩으로 건너간다. 그곳에서 자신의 상표를 가진 상점을 개업한다. 상점 이름은 복화호(福華號). 당시 홍콩에는 여러 지역의 모차가 들어왔다. 운남성, 절강성, 안휘성, 광동성과 멀리 베트남, 미얀마의 찻잎도 들어왔다. 물류 수출의 중심지였던 만큼 차의 종류도 많았던 것이다. 노주훈은 자신이 세운 복화호차장에서 보이차를 만든다. 송빙맥(宋聘嘜)이라는 이름을 가진 보이차다. 송빙호는 홍콩에서 매우 인기가 높았던 보이차였다. 그래서 운남의 송빙호 이름을 땄고 맥은 마크(mark)의 중국식 발음에서 왔다. 이곳에서 만든 차를 복화호 송빙맥이라고 부른다.

당시 만들어진 복화호 송빙맥은 색이 검고 찻잎이 고르지 않았다. 노주훈은 마카오에서 그가 개발했던 방법으로 발효 보이차를 만든다. 여러 지역의 모차가 풍부했으니 각기 다른 모차로 실험을 해 본다. 그리고 그는 곧 재미있는 사실을 발견한다. 차의 종류에 따라서 완성된 차의 향기와 맛이 달라진다는 것이다. 어떤 차는 독특한 빈랑향(檳榔香)이 나기도 하였고 다른 지역의 차는 묵직하고 향긋한 장향(樟香)이 나오기도 했다. 그러니 모차의 선택은 차의 품질을 결정하는 아주 중요한 작업이었다.

복화호 송빙맥은 여러 지역의 모차를 재료로 만들어졌다. 왜 운남의 모차로만 만들지 않았을까? 당시 운남의 차산업은 국영화가 이루어진 상태였다. 국영 차창에서 만든 완제품인 병차는 있었지만, 초벌차인 모차는 구하기 어려웠다. 농민들이 만든 모차는 개인이 거래하는 것이 금지되었기 때문이다. 대부분 국영 차창으로 넘겨져서 긴압차로 제작되었다. 그러니 다른 지역의 차를 이용해서 만들 수밖에 없었다.

그는 복화호에서 긴차도 만든다. 긴차의 이름은 보람패(寶藍牌)긴차였다. 송빙맥도 송빙호의 이름을 땄고, 보람패도 보염패의 이름을 땄다. 유명상표를 복제한 것이 분명한 느낌의 이름이지만 판매는 잘 되었다. 강한 생차보다 부드러운 맛의 보이차가 홍콩에서는 인기였으니 가능한 일이었다. 그의 사업은 순풍에 돛 단 듯 잘 운영되었다. 그러던 어느 날, 그의 앞에 어떤 사람이 찾아온다. 지인의 조카라는 증감(曾鑒)이라는 이름의 사람이다. 우연하게 찾아온 두 사람의 만남은 이어지는 보이차 역사에 커다란 영향을 끼친다.

홍콩 제작 방품 호급차

노주훈이 마카오에서 만들어서 대량으로 판매했던 차. 그리고 홍콩으로 건너와서 만들었던 송빙맥과 보람패를 제외하고도 노주훈은 자신의 기술로 동경호, 송빙호 등의 여러 호급차의 맛을 낼 수 있었다고 한다. 맛을 낼 수 있었다는 것은 만들었다는 이야기다. 그 양이 얼마나 될지는 모르지만 그가 만든 차는 홍콩의 차루, 동남아의 화교에게 팔려나갔다. 예전에 마셨던, 혹은 지금도 마시는 호급 노차 중에 노주훈이 만든 차가 있어도 그리 놀라운 일은 아니다.

보이차는 청나라 때부터 방품이 많았다. 오죽하면 호급차 내비마다 방품을 가리기 위해 내비를 만든다는 글을 썼을까? 운남에서 운남 찻잎으로 만들이진 호급차. 그리고 어러 시억의 찻잎으로 노주훈 선생이 만든 방품 호급차. 두 차는 원료도 다르고 만들어진 시기도 다르며 가공도 다르다. 아마 만들어서 바로 마셔봤다면 구분이 가능했을 것이라 생각되지만, 시간이 많이 흐른 지금도 가능할 것인지는 알 수 없다. 그리고 현재 골동 보이차 시장에 풀려있는 수많은 노차들의 정체가 노주훈이 만든 방품일 가능성도 얼마든지 존재한다. 당시 얼마나 많은 양의 방품 호급차를 만들었는지는 노주훈 본인만 아는 사실일 것이다.

숙차 기술 광동성으로 전파

운남은 지리적으로 다른 나라와 국경을 마주하고 있다. 맹해 지역은 미얀마와 국경을, 맹납 지역은 라오스와 국경을 맞대고 있다. 그 위쪽인 홍하(紅河)의 하구(河口)는 베트남과 국경을 마주하고 있다. 조금 더 가면 태국까지 도달한다. 이렇듯 운남은 세 나라와 국경을 마주한 지역이다. 가까운 지역이니 기후와 토양의 상태도 운남과 비슷하다. 이런 조건은 대엽종 차나무들이 자생하기에 좋은 환경이다. 개인 차상들은 태국, 미얀마, 라오스와 베트남으로 건너가 차장을 세운다. 중국이 아닌 현지의 찻잎으로 만들어 홍콩이나 다른 지역으로 수출하기 위해서다. 시기적으로 보면 1950년대부터 1970년대까지 여러 차장이 해외에 설립되고 차를 만들기 시작한다. 대표적인 제품은 홍태창에서 생산된 홍태창원차, 맹경(勐景)의 맹경긴차, 하내호(河內號)원차, 태국송빙(泰國宋聘) 등이다. 이런 개인 차장들은 현지 찻잎으로 차를 만들어 보이차의 명맥을 이어가고 있었다. 이런 상황에서 노주훈이 보이차의 속성 발효법을 만들어내게 된 것이다. 동남아 지역의 차는 모차 상태로 홍콩과 광동성으로 수출되었다. 노주훈은 모자란 운남의 모차 대신에 여러 지역의 찻잎을 섞어서 보이차를 만든다. 바로 홍콩식 발효 보이차였다.

1957년, 증감이라는 사람이 노주훈을 찾아왔다. 그는 별 생각 없이 노주훈이 만드는 보이차 제조법을 물어봤다. 정말 별다른 기대는 없었을 것이다. 노주훈은 그의 독자적인 기술로 홍콩의 발효 보이차 시장을 독점하고 있었으니 말이다. 누가 쉽게 방법을 알려주겠는가? 그런데 생각지도 못한 일이 발생했다. 노주훈은 기다렸다는 듯이 제조 방법을 알려준다.

> "차 한 담(50kg)에 물 20근을 뿌려주면 온도가 올라간다네. 75℃까지 올라가는데 이때 뒤집어 주기를 여러 차례 해준다네. 뒤집어주기는 수분이 70% 정도까지 마를 때까지 해줘야 해. 그 뒤에는 포장해서 창고에 넣고 마를 때까지 두면 된다네."

차의 양과 물의 양, 그리고 건조까지의 정도와 보관까지 말을 해줬다. 밥 얻어먹으러 들른 나그네에게 한 상 크게 차려서 수저로 떠서 먹여준 것이나 다름없었다. 비기(秘技)를 얻은 증감은 기술을 자신의 동생에게 알려준다. 얼마 지나지 않아 그의 동생은 국영 차창인 광동성다업공사(廣東省茶業公司)에 취직하고 보이차 발효를 책임지는 발효기사로 근무하게 된다. 이때부터 광동성 광주에는 발효 보이차의 시대가 본격적으로 열린다. 홍콩에서 차장을 하던 상인들은 이런 말을 하며 허탈해했다.

"독점 기술이 알려졌으니 앞으로 홍콩에 모차가 들어오지 않겠구나."

그동안 모차를 발효시켜 보이차를 만들던 기술 덕분에 홍콩에는 대량의 모차가 유입되었다. 보이사 발효 기술은 다른 지역에는 없는 홍콩 유일의 기술이었다. 그런데 이 기술을 만든 사람의 입에서 유출되었고 물류운송에 유리한 광동성이 새로운 보이차 가공 중심지로 등장하게 될 것은 자명했다. 그동안 개인 차장에서 소량 만들었던 발효 보이차는 이제 규모가 큰 차창에서 저렴한 가격으로 대량 생산될 것도 분명해 보였다. 얼마 후 홍콩 상인들의 예상대로 여러 지역의 모차들은 내륙운송을 통해 광동성으로 몰려들었다.

광동 보이차 광운공병廣雲貢餅

노주훈의 기술이 유출되고 얼마 지나지 않은 1958년, 광동성의 광동성다업공사는 발효된 보이차, 즉 숙차를 만들어냈다. 원료는 운남 대엽종 모차, 광동 대엽종, 베트남, 미얀마, 라오스 등지의 모차였다. 악퇴발효를 거쳐 만들어진 숙차는 쓰고 떫은맛을 싫어하는 광동 사람들과 홍콩 사람들, 동남아에 거주하는 화교들에게 큰 인기를 얻었다. 이때 만들어진 보이차 중에는 '광운공병'이라는 이름으로 유명세를 떨친 차도 있었다.

광운공병의 '광'은 광동성을, '운'은 운남성을, '공'은 그 품질이 황제에게 진상해도 될 정도로 뛰어난 공차 급이다 해서, '병'은 동그랗고 납작한 모양의 병차라는 뜻이다. 그래서 붙여진 이름이 광운공병이다. 광운공병의 인기에 수출량은 대폭 증가한다. 광동성다업공사는 70년대 초반 해주구(海珠區)에 광동다엽진출구공사(廣東茶葉進出口公司) 제2창을 건립하고 대량으로 광운공병을 만들어낸다.

광운공병

1970년대 말기 일본시장에 보이차 열풍이 불기 시작했다. 일본 사람들은 광동성에서 만들어진 광운공병을 아주 좋아했다고 하는데, 한 해 보이차 수입량이 2,500여 톤이 넘었다고 한다. 1980년대에도 광운공병의 인기는 여전했다. 주문 물량이 폭주하자 광동성다업공사에서는 광동의 여러 지역에 있는 차창에 보이차 생산을 위탁한다. 이때 만들어진 보이차는 모두 광운공병이라는 이름으로 수출, 판매되었다. 한 해 생산량이 1만여 톤이 넘었을 정도로 생산량은 어마어마하게 늘어났다. 수출량도 1965년의 572톤에서 1983년 3,858톤으로 크게 증가했다. 아마도 이때가 광운공병의 전성기였을 것이다.

이후부터는 운남성에서 생산되는 보이차의 시대가 열린다. 운남성에서도 숙차의 악퇴발효법 기술이 향상되었고, 차의 품질도 광동성 대엽종, 미얀마, 라오스의 모차를 섞어 넣은 광운공병보다는 좋았으니 말이다. 그래도 광운공병이라는 이름의 보이차는 한 시대를 풍미한 보이차로 소비자들의 기억에 깊이 각인되었다.

운남 숙차의 탄생

1950년대 광동성다업공사에서 숙차를 만들어내면서 운남을 포함하여 각 지역의 대엽종 모차는 광동으로 빨려들어갔다. 운남에서도 1950년대 발효차를 만들기 위한 시도는 있었다. 당시 국영 차창이었던 하관차창에서 티베트로 판매되는 긴차의 발효를 위해서 시도한 방법이었다. 고온의 수증기로 쪄서 15일 동안 발효를 시켜 완성하는 방법이었다. 실험 결과는 성공적이라고 자평했지만 상용화 되지는 못했다. 차를 마셔본 티베트 사람들의 반응이 별로였기 때문이다. 그 후로 하관차창을 비롯하여 국영 차창은 계속해서 보이차는 쇄청모차와 생차 위주로 생산했다.

약 20년이 지난 1973년, 운남에서는 숙차를 만드는 연구를 다시 시작한다. 중앙정부에서 각 성에서 생산하는 차는 각 성에서 가공하여 수출까지 하라는 공문이 내려오게 된 것이다. 그동안 운남에서는 생차와 모차를 주로 광동성으로 보냈고 광동성에서는 가공과 수출을 했다. 생차는 홍콩, 동남아의 화교들에게 팔려나가 묵혔다가 마셨고 모차는 광동성다업공사에서 숙차의 원료로 사용했다. 운남성에서 가공 수출까지 하려면 숙차의 발효기술이 반드시 필요했다.

1973년 홍콩의 상인이 운남성다엽공사에 '붉은색'이 나는 보이차를 주문했다. 당시 운남에는 숙차 기술이 없었기 때문에 붉은색의 보이차가 무엇을 말하는지 알 수 없었다. 홍콩 상인은 광동에서 만든 숙차를 샘플로 보냈다. 우려보니 과연 붉은색의 탕색이 나오고 엽저는 갈색이 나는 차였다. 마침 정책이 바뀌어 가공과 수출을 모두 각 성에서 해결해야 하는 상황. 운남성다엽공사는 전담 기술자들을 광동, 마카오, 홍콩에 보내 핵심기술을 배워오도록 했다. 그들이 광동성에 도착해서 본 것은 모차를 바닥에 쌓아 두고 물을 뿌린 후 방수포를 덮어두는 것이었다. 그리고 기다리다가 온도가 올라가면 뒤집어주고 섞어주고를 반복하는 작업이었다. 핵심기술인 모차의 양, 물의 양이나 온도, 습도에 대한 정보는 얻을 수 없었다. 대충이라도 기술을 배워온 이들은 곧바로 실험제작에 들어간다.

숙차를 만드는 것은 쉽지 않았다. 광동과 운남은 기후가 다르기 때문이다. 운남도 덥고 습한 지역이긴 하지만 광동처럼 심하지는 않다. 발효하는 장소의 온도와 습도가 달라지면 모차의 양과 수분 등이 모두 달라진다. 실패를 거듭하다 1973년 처음으로 성공하게 된다. 광동에서 발효는 더운 온도와 높은 습도 때문에 모차를 낮게 쌓아서 발효를 했다. 운남에서 광동처럼 모차를 낮게 쌓아서 발효를 하니 온도가 제대로 올라가지 않아서 뜻대로 되지 않았던 것이다. 결국 모차를 높게 쌓아서 미생물이 만들어내는 열을 높혀 원하는 수준까지 발효에 성공하게 된다.

1973년 개발에 성공하게 되고 처음으로 운남에서 만들어진 숙차가 수출길에 오른다. 그리고 이듬해인 1974년부터 양산체제로 들어간다.

9

보이차의 포장

9. 보이차의 포장

병차의 규격

'중국토산축산진출구공사운남성분공사'에서 상품 수출에 맞도록 매 건당 30킬로그램의 긴압병차를 만들었다. 수출 관례에 따라 한 건에는 12통이 들어 있고 매 통에는 7편이 들어 있다. 즉 84편이 30kg이 되며 한 편의 무게는 357g이다. 이 규격은 2000년부터 개인 차창이 대량으로 보이차 생산을 시작하면서 여러 무게로 바뀌었지만 한 편에 357g이라는 규격은 아직도 많은 사람들이 병차의 표준 무게로 생각한다.

편片

편

전차, 병차, 방차 등을 세는 최소 단위로, 납작한 형태의 보이차를 셀 때 사용한다.

통筒

보이병차의 규격 단위. 전통적으로 한 통은 일곱 편의 병차가 들어 있으며 무게는 2.5kg이다. 2000년 이후 개인 차창이 많아지고 소비자의 요구에 따라서 병차의 무게는 125g, 150g, 250g, 400g으로 다양해졌고 한 통의 무게와 들어가는 병차의 개수 제한도 없어졌다.

건件

보이차 포장의 가장 큰 단위다. 전통적으로 한 건은 84편의 병차가 12통으로 포장되어 있으며 무게는 30kg이다. 이후 대건, 소건으로 나뉘었고 대건은 12통의 병차, 소건은 6통의 병차로 구성된다. 차 가격의 상승

건

과 생산 규격이 다양해지면서 특별한 제한이 없어졌다. 초기에는 대나무로 광주리를 만들어 포장했지만 인건비와 재료비의 상승, 그리고 죽각충이 발생해서 보관 장소가 지저분해지는 등의 이유로 종이상자 포장지로 대체되었다.

죽순 껍질 포장筍菓子, 죽각竹殼 포장

1960년 이전의 보이차는 모두 죽순 껍질로 포장되었다. 원료는 황죽(黃竹)이라는 대나무의 죽순 껍질로, 가을철 수확하여 햇볕에 말린 것이 가장 좋다. 죽순 껍질 안쪽에는 잔가시처럼 털이 있어서

죽순 껍질

통 포장 전에 물을 적신 천으로 깨끗하게 닦아낸 후 사용한다. 죽순 껍질은 채취 후 수분이 많으면 쉽게 곰팡이가 피어서 거뭇한 얼룩을 남긴다. 현재 보이차 생산량이 늘어남에 따라 대형 차창에서는 크라프트지, 종이상자로 대체되었고 소규모 차창이나 개인 공방에서 주로 사용한다. 가공비와 원가가 종이 포장보다 높기 때문에 주로 상품성이 높은 병차 포장에 쓰인다.

크라프트지 포장

크라프트지 포장

1973년부터 하관, 맹해차창에서 수출용 차 포장에 사용했다. 통 포장을 크라프트지로 바꾸면서 건 단위 포장도 대나무 광주리 포장에서 종이상자나 나무상자로 교체했다. 1980년대 맹해차창과1990년대 하관차창에서 다시 죽순껍질, 철사끈 포장을 사용하기 시작하여 홍콩, 마카오의 차상에게 공급했다. 두 곳의 저장환경이 고온다습한 환경이라 종이상자와 크라프트지 통포장이 썩어버렸기 때문이다.

대표大票

생산 차창에서 차의 이름, 수량, 규격, 일련번호, 중량 등등의 정

보를 기록한 표를 말한다. 건 단위 포장에 들어있으며 세로식대표
와 가로식대표로 나눈다.

세로식 대표

1984년 이전 계획경제시대에 사용했
던 대표로 세로 형태로 되어 있다. 로
트번호, 제품 무게, 성공사 명칭인
'중국토산축산진출구공사운남성다엽
분공사' 명칭이 기록되어 있으며 맹
해, 하관 등의 생산 차창에 대한 명칭
은 생략했다.

세로식 대표

가로식 대표

1985년 이후부터 생산된 차에
들어간 대표로 가로 형태로 되
어 있다. 차창에서 직접 주문을
받기 시작하면서 생산 차창의
명칭까지 인쇄되었다. 로트번
호, 비차번호, 제품 무게, 생산

가로식 대표

된 상자의 수가 인쇄되어 있으며 성공사 명칭 자리에는 생산 차창
의 명칭이 들어간다. 예를 들어 '맹해차창출품', '하관차창출품' 등
의 형식으로 인쇄되었다.

통표簡票

통표

통 단위로 포장할 때 한 장씩 넣는 종이를 말한다. 차의 정보와 회사소개 등이 적혀 있다. 청나라 말기부터 1956년까지 생산된 호급차들은 종이 포장 없이 죽순 껍질 포장으로 되어 있으며 통표 한 장이 들어 있다.

내표內票

내표

통표에서 변형되어 보이차 각 편마다 들어 있는 종이. 종이 포장지와 보이차 사이에 들어 있다. 차의 정보, 회사 소개 등이 적혀 있다. 예전 국영 차창에서 사용했던 내표는 대내표(大內票), 소내표(小內票) 두 가지로 구분한다. 대내표는 15cm × 10.5cm의 크기, 소내표는 13cm × 10cm크기다.

호급 내비

내비內飛

긴압차 표면 아래 묻혀있는 작은 종이표. 긴압을 할 때 차의 윗면 바로 아래에 넣고 가공한다. 역사상 가장 먼저 출현한 위조 방지 방법으로 생산 차창, 정

보 등이 기록되어 있다. 호급차를 만들었
던 동창호차장에서 가장 먼저 내비를 만
들어 사용했다.

현대의 내비

평출平出, 첨출尖出 내비

내비 하단에 인쇄된 '차창출
품(茶倉出品)'의 글자 중 '出'
자의 모양에 따라서 구분하
는 방법이다. '出' 자의 위쪽
뫼 산(山)이 아래 뫼산보다
작으면 첨출, 같은 크기면
평출이라고 한다. 차창에서의 분류법이 아닌 유통 시장에서의 분

첨출내비(좌), 평출내비(우)

류법이다.

포장지, 면지棉紙

보이차를 포장하는 종이. 중국에서는 면지라고 부르고 대만, 홍콩
에서는 외비(外飛)라고도 부른다. 운남에서 생산되는 면지는 주로
한지의 원료인 닥나무로 만들며 포장지에 제품명, 생산정보 등을
기록한다. 오래된 노차들은 내비와 함께 면지의 재질, 인쇄된 문자
체, 사용된 잉크의 색깔 등으로 대략적인 생산 시기를 유추한다.

대구중大口中 면지

1972년 이후 '성공사' 포장으로 생산된 차는 면지 하단에 '중국토

대구중

산축산진출구공사운남성다엽분공사
(中國土産畜産進出口公司中雲南省茶葉分公司)라고 인쇄되어 있다. 이 글자 중에서 중(中)의 입구(口), 그리고 구공사의 구(口)의 크기가 일반적인 포장보다 크게 인쇄되어 있는 제품을 대구중(大口中)이라고 한다. 차창에서의 분류법이 아닌 유통 시장에서의 분류법이다.

운남칠자병차雲南七子餅茶

중국토산축산진출구공사는 1972년 설립되었고 당시 생산되었던 병차는 '운남칠자병차'로 명명되었다. 모든 '운남칠자병차', '중국토산축산진출구공사'와 관계된 제품의 생산년도는 1972년 이후부터다.

마크번호 – 로트번호麥號

1976년, 운남성공사는 보이차 생산 회의를 열어 곤명, 맹해, 하관 세 개 차창의 보이차(악퇴발효 숙차) 생산을 늘리기로 하고 차의 로트번호를 정했다. 번호의 끝 숫자는 차창을 대표하는 숫자로, 곤명차창 1번, 맹해차창 2번, 하관차창 3번이다. 세 번째 숫자는 사용된 모차의 등급이며 모든 번호를 합치면 하나의 레시피가 된다.

예전에는 로트번호의 앞 두자리 숫자는 가장 처음으로 레시피를 사용한 년도, 세 번째 숫자가 레시피라고 생각했지만 이런 견해는 모순이 생긴다. 적지 않은 로트번호가 72, 74등으로 시작하는데 성공사는 1976년에야 비로소 통일된 로트번호를 만들고 1978년에 와서야 정식으로 각 차창에 사용하라고 통고한다. 그래서 일부 전문가들은 모든 번호를 레시피라고 생각하는 것이 비교적 합리적이라고 말하기도 한다.

위에서 언급한 바와 같이 곤명, 맹해, 하관 등의 국영 차창은 모두 성공사 소속이다. 1984년 이전까지는 성공사에 속한 채 오직 차를 만들기만 했으며 차의 로트번호와 대표는 모두 성공사에서 제공했다. 성공사에서 주문을 넣으면 그 산하에 있던 국영 차창에서 차를 만들고 다시 성공사에 납품을 하면 성공사는 차에 대표를 넣고 차상에게 판매하는 형식이다. 성공사의 입장에서 로트번호는 회사 내부에서 차의 관리 및 외부 판매에 대해 편리하게 관리하기 위해 만든 번호다.

성공사는 1993년부터 자체적으로 차를 생산하면서 진출구공사 명의와 내비, 대표를 쓰는데 여전히 7581, 7542, 8582, 7572 등의 로트번호를 사용한다. 이것은 곧 그들의 입장에서 이런 로트번호는 차창과 레시피를 사용하기 시작한 년도를 말하는 것이 아니라 오로지 차의 일련번호와 레시피라는 것을 의미한다(만약 앞의 두 자리가 생산 년도를 말한다면 1993년 성공사에서 자체 제작한 차는 93으로 시작해야 한다).

비차批次번호

차창에서 생산된 순번을 표시한 번호를 말한다. 보통 세 자리에서 네 자리로 표시하며 대부분 생산량이 많은 제품에 들어가게 된다. 예를 들면 대익의 7542, 7572와 같은 제품들은 연간 생산량이 많은 제품으로 여러 차례 나누어 제품을 만들어낸다. 2019년 가장 먼저 생산한 7542 제품에는 7542(1901)이라는 번호가 붙고 두 번째 생산한 제품에는 7542(1902)라는 번호가 붙는다. 세 자리의 비차번호는 앞의 첫 번째 숫자가 생산 연도, 네 자리의 비차번호는 앞의 두 자리가 생산 연도를 나타내며 뒤 두 자리는 생산 순서를 뜻한다.

각 차창에서는 비차번호에 따른 원료의 차이는 없다고 주장하지만 시장에서는 가장 먼저 생산된 제품, 즉 비차번호가 1인 제품이 고가에 거래되고 있다. 이런 이유 때문에 역설적으로 시장에 떠도는 방품들은 대부분 비차번호 1번이다. 투자, 재판매가 아닌 자신이 마시고 소비할 목적으로 차를 구입한다면 굳이 비차번호 1번을 고집할 필요는 없다.

10

성차사, 국영 차창

10. 성차사, 국영 차창

성차사省茶司, 성공사省公司

홍인

운남성다엽진출구공사에 속하며 운남성의 차 업무를 주관했다. 1938년부터 지금까지 각 시기의 운남성에 속한 국영 다엽공사의 약칭이다. 인급차의 포장지 상단에 표기된 회사 이름은 1950년 9월에 성립된 약칭 '성차사', '성공사'다. 전신은 1938년 창립된 '중국운남다업무역고분유한공사(中國雲南茶業貿易股份有限公司)', 이후 1944년 '운남중국다엽무역공사(雲南中國茶葉貿易公司)'로 바뀌고 중화인민공화국 성립 후 다시 '중국다엽공사운남성공사(中國茶葉公司雲南省公司)'로 바뀐다.

중국토산축산진출구공사운남성다엽분공사中國土產畜產進出口公司雲南省茶葉分公司

1973년 이후 운남 보이차의 포장지 하단에 인쇄된 성공사 전체 명칭. 1972년 6월 성립되었다. '성공사'는 중국다업공사운남성공사

창립 이래 '대약진', '문화대혁명' 등을 거치며 이름을 여러 차례 바꾼다. 1972년 6월 '운남성무역공사중국토산진출구공사(雲南省貿易公司中國土産進出口公司)'와 '중국토산축산진출구공사국량유식품다엽진출구공사운남분공사(中國土産畜産進出口公司國糧油食品茶葉進出口公司雲南分公司)'가 합병하여 '중국토산축산진출구공사운남성다엽분공사(中國土産畜産進出口總公司雲南省茶葉分公司)'를 설립하게 된다.

국영國營 차창茶廠

1938년 12월 16일, 민국정부 경제부 소속 중국다업공사와 운남성경제위원회가 합작하여 '중국운남다업무역고분유한공사(中國雲南茶葉貿易股份有限公司)'를 세우고 1939년 복흥차창(곤명차창의 전신), 불해차창(맹해차창의 전신), 순녕차창(봉경차창의 전신), 의량차창을 설립하고 1941년 강장차창(하관차창의 전신)을 세운다. 차창마다 주력으로 생산했던 보이차의 형태가 달랐는데 '곤명전차', '맹해병차', '하관타차'가 바로 그것이다.

이런 3대 국영 차창은 하나둘 영업을 종료한다. 곤명차창은 1992년 생산을 멈추고 1994년 차창을 이전한다. 하관차창은 2004년 4월 1일 민영화가 되었고, 맹해차창은 2004년 10월 25일 영업을 종료하고 민영화로 바뀐다. 차창의 민영화 전과 후의 품질과 브랜드의 차이가 있다.

곤명차창昆明茶廠

1938년 복흥차창(곤명차창의 전신)이 창립되고 창장은 동의운(童衣雲)이 맡았다. 중일전쟁, 국공전쟁 등의 전란 시기에 여러 차례 생산을 멈추고 철거, 개명, 합병을 거친다.

1960년 정식으로 '운남곤명차창(雲南昆明茶廠)'으로 명명된다. 초기에는 정치, 환경적 영향으로 실제 생산량은 매우 적었다.

1965년 이후 250g의 방전, 전차를 운남 북부 및 티베트 지역에 공급했다.

1974년 이후 성공사의 인솔 아래 네 차창의 관련 인원이 광동성에서 악퇴발효 기술을 연구했고 이 기술을 바탕으로 곤명차창에서 다시 기습기온 방식으로 제작히여 안정적인 조수악퇴 기술을 완성하게 된다.

초보적으로 완성한 시험 제품을 세간에서 '조향후전(棗香厚磚)'이라고 부르고 양산한 제품은 '73후전'이라 부른다.

7581은 곤명 숙전차를 말하는데 1992년까지 시장에서 유통되는 숙전차의 주류 상품이었다.

7581 숙전차는 1988년부터 1992년까지 생산량이 매우 많았다. 이 기간은 중차패(中茶牌) 상표가 무분별하게 남용되던 시기였다. 그래서 곤명차창은 길행패(吉幸牌)와 금계패(金雞牌)를 주 수출 브랜드로 내세웠다. 현재 고가에 거래되는 길행금과공차(吉幸金瓜貢茶)와 금계타차(金鷄沱茶)는 이때 생산된 제품으로 생산량은 많지 않았다.

1995년 자금과 모차 조달 등의 문제로 곤명차창은 대규모 개혁을 단행한다. 시 중심에 있던 대형 차창 부지를 다른 기업에 임대를 주고 십리포(十里鋪)라는 곳으로 차창을 옮긴다.

곤명차창은 2006년 차창을 새로 건설하여 생산을 시작하였고 현재까지 매년 많은 양의 보이차를 생산하고 있다.

국영 맹해차창 역사

1938년, 민국정부의 명에 따라 중국다업공사에서 전문 인원인 정학춘(鄭鶴春)과 기술자 풍소구(馮紹裘)를 운남에 파견, 조사 후 운남의 차 사업과 경제 가치가 발전 가능성이 있다고 판단하고 같은 해 12월 16일, 중국운남다엽무역고분유한공사(中國雲南茶葉貿易股份有限公司)를 설립한다.

1940년, 불해실험차창(佛海實驗茶廠)이 건립되고 범화균(範和均)이 창장을 맡는다.

1944년 '운남중국다엽무역공사(雲南中國茶葉貿易公司)'로 개명하고 1950년까지 이 명칭을 사용한다.

1950년, '중국다업공사운남성공사(中國茶業公司雲南省公司)' 창립, 약칭 '성공사(省公司)'.

1952년, 전란으로 멈춘 불해차창이 다시 영업을 재개한다.

1953년, 서쌍판납 태족 자치주 설립. '운남성다업공사서쌍판납제차창(雲南省茶業公司西雙版納制茶廠)'으로 다시 개명. 그후 '불해현'은 '맹해현'으로 이름이 바뀌고 차창의 이름도 '맹해차창(勐海茶廠)'으로 바뀐다. 이때까지만 해도 아직 차를 만들지 않았고 개편과 준비에 들어갔다.

1957년, 국영 맹해차창은 정식으로 첫 번째 많은 인원의 직원을 모집[황안순(黃安順)선생이 첫 번째 직원 모집으로 근무했다]. 1964년 악퇴발효 실험 시작[당경양(唐慶陽) 창장이 발효 부문 주임, 황안순 선생은 발효 부문 조장], 1966년 기본적인 악퇴 과정 완성. 1966년 말 '문화대혁명'이 발발하는 기간부터 1972년까지 생산을 멈추지 않고 계속 생산. 시장에서 말하는 인급차는 1957년부터 1972년 사이에 제작된 차(황안순 선생의 구술).

1964년, 성공사는 '중국다엽토산진출구공사운남다엽분공사(中國茶

葉土産進出口公司雲南茶葉分公司)'로 개명, 이 기간 중 여러 차례 이름을 바꿈.

1972년 6월, 성다엽진출구공사와 축산진출구공사가 합병하여 정식으로 '중국토산축산진출구공사운남성다엽분공사(中國土産畜産進出口公司中雲南省茶葉分公司)가 설립.

1976년, 성공사는 운남성 보이차 생산 회의를 열고 곤명, 맹해, 하관 세 개 차창의 보이차(숙차) 생산을 늘리기로 결정하며 로트번호를 만든다. 맹해차창은 74, 75 숫자로 시작하고 끝 번호는 2.

1976~1979년, 맹해차창의 수출 제품은 대부분 마대자루와 종이상자 포장의 산차 위주. 보이 긴압차는 오로지 7452와 7572 두 종류(숙차).

1979년 이후부터 수출에는 다양한 병배의 제품과 로트번호가 나타나기 시작. 예를 들어 7542, 7532, 7582 등(생차).

1981년, 성차사는 홍콩 차상의 주문제작을 받았고 맹해차창에서 1비 7572(생차)를 유일하게 제작(원래 7572는 숙차).

1985년, 홍콩남천무역공사는 성공사에 8582(생차)를 주문, 맹해차창에서 제작하여 1986~1987년 사이에 홍콩으로 보냄.

1988년, 맹해차창 대익(大益) 상표를 정식으로 사용하기 시작[이역생(李易生) 부창장 구술], 이 시기에는 오로지 전차와 소방전(小方磚)만 대익패로 생산.

1989년, 대익패가 정식으로 등록(이역생 부창장 구술)되어 맹해차창의 주요 수출 브랜드가 됨.

1994년, 주식회사로의 전환 준비.

1995년 3월 22일, 서쌍판납맹해다업유한책임공사(西雙版納勐海茶業有限公司)의 상표를 정식으로 '대익패(大益牌)' 등록, 대익패 칠자병차 생산 개시.

1996년 구조조정을 거쳐 정식으로 '서쌍판납맹해다업유한책임공사(西雙版納勐海茶業有限公司)'설립.

1999년, 성공사의 경영이 나빠지고 차창은 직접 차상에게서 주문을 받아 생산하며 제품의 규격 및 포장이 다양해진다.

2003년 말, 민영화가 확정되고 직원들의 유임이 불투명해지자 많은 직원들이 불안해한다. 이 시기에 제품에 혼란스러운 현상이 나타난다. 외주 가공, 원료를 받아 가공, 대표의 뒤 세자리 판별 숫자가 규정에 맞지 않는 등, 비정상적인 상황이 빈번하게 발생한다.

2004년 10월 25일, 구조조정을 거쳐 민영화가 되면서 국영 차창의 체제의 맹해차창은 끝이 난다.

국영 하관차창

1941년, '몽장(蒙藏, 몽고와 티베트)위원회'에서 파견된 상택인(桑澤仁)과 '운남중국다엽무역고분유한공사'(성공사)가 합작하여 대리 하관에 '강장차창(康藏茶廠)'을 설립하기로 결정한다. 강장차창은 하관차창의 전신으로 주로 긴차와 병차를 가공해 티베트 지역으로 판매하였고 타차를 가공해 사천으로 판매하였다. 현재까지 긴차와 타차는 여전히 하관차창의 주력 상품이다.

1942년, 가공한 긴차를 티베트, 사천 및 운남성의 각 소수민족 지역으로 판매하였고 등록상표는 '보염패(寶焰牌)'로 했다. 1949년 긴차 생산을 멈춘다.

1950년, '중국다업공사운남성분공사하관차창(中國茶業公司雲南省分公司下關茶廠)'으로 개명.

1951년, 긴차 규격을 통일한다. 각 238g, 매 통(筒)은 7개, 매 담(擔)은 30통.

1952년, 중국다엽공사 소속의 모든 제품은 '중차패'를 사용하도록 결정되며 이때부터 각 국영 차창은 모두 중차패를 사용했다. 하관차창은 소량의 칠자병차를 생산한다.

1953년, 기존의 부드럽게 만든 모차를 보자기에 넣어 둥글게 만든 후 18킬로그램 무게의 납틀로 가공했던 방법에서 알루미늄 시루로 직접 쪄서 긴압하는 방법을 실험한다.

1955년, 하관 지역의 오랜 역사를 가진 개인 가공장과 차상은 전부 하관차창에 편입되어 국영 차창으로 전환된다. 같은 기간, 맹해차창과 마찬가지로 여러 차례 이름이 바뀐다. 성공사 비준으로 긴차 규격을 심장형에서 벽돌형으로 바꾼 후 10톤을 먼저 생산하여 여강(麗江) 등지에 실험적으로 공급하고 소비자의 요구와 의견을 구했다. 하관차창 칠자병차의 형태는 움푹 파인 바닥면에서 평평한 바닥면으로 바뀌었다.

1958년, 고온 쾌속 인공 후발효 실험에 성공하여 발효 기간을 단축하고 원가 절감의 효과를 이뤘다.

1959년, '운남성하관차창(雲南省下關茶廠)'으로 이름이 정해진다.

1960년대에 들어서서 원료 조달의 계획적인 분배와 가공 제품의 분업을 위해 하관차창은 타차와 긴차를 주 생산품으로 삼았고 원차(병차)는 소량 생산했다. 대부분의 병차 생산은 맹해차창에게 넘겨졌다.

1960년, 250g의 보이방차 양산 허가를 받는다.

1962년, 125g 타차 생산을 시작한다.

1963년, 변소(邊銷) 긴차의 포장을 크라프트지, 삼노끈 포장으로 바꾼다.

1966년, '문화혁명'의 영향으로 긴차 보염패를 '단결패(團結牌)'로 바꾼다. 심장형 긴차는 기계 가공, 포장에 적합하지 않아 생산을 멈춘다.

1967년, 벽돌형 보이차(전차)를 생산하기 시작했다. 원료와 가공 기술은 긴차 그대로 사용했다.

1968년, 타차의 무게는 125g에서 100g으로 변경된다.

1972년, 성공사의 비준으로 칠자병차의 생산을 다시 시작한다. 같은 해 6월, 성공사와 토산축산진출구공사가 합병하면서 정식으로 '중국토산축산진출구공사운남성다엽분공사(中國土産畜産進出口公司中雲南省茶葉分公司)'가 설립된다.

1975년, 보이타차(숙차)가 실험 제작되고 1976년 홍콩 천생행(天生行)에 대량의 타차(7663)가 공급된다. 천생행은 프랑스 시장에 타차 판매를 시작한다.

1976년, 성공사는 운남성 보이차 생산 회의를 열고 곤명, 맹해, 하관 세 개 차창의 보이차(숙차) 생산을 늘리기로 결정하며 로트번호를 만든다. 하관차창은 76으로 시작하고 끝 번호는 3.

1978년, 성공사는 원래 생산량이 많지 않았던 하관차창 원차(칠자병차)를 맹해차창에서 가공하도록 지시한다.

1979년, 홍콩 천생행에서 하관차창을 참관하고 1980년 다시 프랑스의 차 도매회사, 칼럼니스트, 의학박사 등과 동행하여 참관한다.

1970년대 말기, 일본 아마츠의 타카에무라 선생이 '운남당(雲南堂)'을 설립하고 중국으로부터 7562 등의 숙차를 수입하여 일본 시장에 운남 보이차가 대량으로 들어가게 된다(다카에무라 선생의 아들 타카니리히 선생의 구술).

1983년, 일본으로부터의 주문이 들어와 성공사에 칠자병차 제작 허가를 신청한다. 일본 시장에 판매하는 주문제작 차 위주로 소량 생산.

1985년, 차창에 있는 야생차의 판매 문제를 해결하기 위해 샘플을 '상업부항주다엽가공연구소'에 보내어 감정하였고 속(屬)이 차나무와 같은 식물로 확인되어 마실 수 있다는 결론을 얻음.

1986년, 판첸라마가 하관차창을 참관, 심장형 긴차를 다시 만들어 주길 희망하며 그 자리에서 500담을 예약함. 하관차창은 가공 후 청해성정치협상회에 운송하였다. 당시 운남성 내의 변경지역에도 일부의 차를 팔았지만 양은 많지 않았다.

1987년 말, 대만은 중국의 친척 방문을 허용. 1988년 말 대만차, 예술계 일행 14명이 하관차창을 참관한다.

1988년, 중등급 원료의 많은 재고를 해결하기 위해 '병급타차'를 실험 제작한다.

1989년, 곤명차창에서 소형타차를 개발한다.

1990년, 국가2급기업으로 승격하고 보염패(긴차, 병차, 방차)를 등록하여 상표로 정식 사용한다.

1992년, 송학패타차(중국내소비) 상표등록하여 정식으로 사용.

1993년, '1급타차' 생산 시작.

1994년, '운남성하관차창', '운남성다엽진출구공사', '중경유중다엽공사(重慶渝中茶葉公司)', '운남성하관다업종합경영공사(雲南省下關茶業綜合經營公司)', '하관차창직공지분회(雲南省下關茶業綜合經營公司)'는 공동으로 '운남하관타차고분유한공사(雲南下關沱茶股份有限公司)'를 발기하여 결성한다.

1996년 차창은 공장 마크 도형을 제품에 명시하기로 하고 갑급타차에 긴압하여 원래 갑급 타차에 새겨져 있던 '甲'자를 대체했다.

1997년 하관차창은 운남다원투자유한공사(雲南茶苑投資有限公司)와 대리다원여행분사(大理茶苑旅行分社)의 설립에 투자하였고, 3그램의 소형 보이차(타차)를 생산하여 일본에 수출한다.

1999년 하관차창은 '운남하관차창타차(집단)고분유한공사(雲南下

關茶廠沱茶集團股份有限公司)'로 바뀐다. 이때 하관 제품과 병배법, 제작 과정에 변화가 발생한다.

2003~2004년 민영화가 결정된 후 맹해차창과 마찬가지로 생산 제품의 혼란이 발생한다. 생산 연도, 원료, 대리 가공, 비차번호가 맞지 않는 차들이 유통된다.

2004년 4월, 민영기업으로 바뀌고 국영 하관차창의 역사는 끝이 난다.

여명차창黎明茶廠

국가2급기업, 서쌍판납 맹해현 맹차패(勐遮壩)에 있다. 맹해의 유일한 국영 기업으로 7만여 묘의 대규모 다원을 가지고 있다. 1984년 설립하여 1985년부터 녹차, 홍차를 생산한다. 2001년, 보이차를 제작하기 시작하여 오늘날까지 여러 종류의 보이차를 생산하고 있다. 대표적인 상표로 팔각정(八角亭)이 있다.

11

1960년~2000년대
보이차 종류

11. 1960년~2000년대 보이차 종류

7532

맹해차창에서 1980년대부터 만들기 시작한 고급 생차로 1~6급 원료를 병배하여 긴압했다. 1급에서 3급 모차는 병차의 윗부분으로, 3급에서 6급 모차는 병차의 속으로 사용되었고 3~4급 모차가 주원료로 사용되었다. 사용된 원료는 7542보다 한 단계 고급이다. 1990년대 말부터는 주문제작으로만 생산했지만 드물게 차창에서 정식 생산된 적도 있다.

7542

맹해차창에서 1980년대부터 생산한 차 중에서 가장 대량으로 생산된 정규생산 생차 제품. 1급부터 6급 모차를 원료로 병배하여 긴압했다. 1급부터 3급은 병차의 윗면, 3급부터 6급은 병차의 속으로, 5~6급의 모차가 주 원료다. 맹해차창이 국영차창일 때 7542는 줄곧 시장에서 유통되는 병차의 주류 상품이었다. 대표적인 차로는 80년대 중반의 '73청병'과 1989년부터 1991년 사이의 '88청병'이 있다.

8582

홍콩남천무역공사가 1985년 성공사에 주문제작한 보이 생차(병차)다. 1985년에 주문했지만 홍콩에 납품되었던 차의 대표에는 비차번호가 701로 되어 있었다. 이것은 최초로 만들어진 년도가 1987년이라는 뜻이다. 맹해차창에서 생산했던 기존 병차와는 다르게 큰 이파리를 기본 원료로 만들었으며 주로 3~8급 모차를 병배로 긴압했다. 3~4급 원료는 병차 윗면에, 5~8급 원료는 병차 속으로, 7~8급 모차가 주 원료다.

7502

1999년 이후 생산되었던 보이생차(병차)의 로트번호. 사용된 원료는 등급을 나누지 않고 일부 홍청모차를 병배했다. 약간 신맛이 있으며 진화 3~4년 후에는 홍배 오룡차의 향기가 나타난다. 홍청모차가 들어가서 기온이 낮고 건조한 지역에서는 차의 품질이 좋지 못하게 변한다.

7572

맹해차창에서 1976년 가장 먼저 생산한 보이 숙차(병차)다. 3급에서 8급의 모차를 원료로 병배했으며 발효도는 비교적 높고 균일하다. 1981년부터 1982년까지 유일하게 1비의 생차를 생산했는데 홍콩의 차상이 주문생산한 것이다. 포장지는 대구중(大口中)과 소구중(小口中)의 두 가지가 있으며 내비는 첨출, 미술자체(중국 서체의 일종) 내비를 가지고 있다. 병차 속에 사용한 차는 7542와 8582의 중간 정도의 병배등급이다. 초창기에 제작된 7572는 대부분 홍콩에 저장되고 있었는데 보관 상태가 좋지 않다.

7452

맹해차창에서 초기에 만든 보이 숙차(병차). 맹해차창 내부 기록에 의하면 7452는 7572와 구별 없이 포장했던 차였다. 후기에는 대나무로 만든 선 난위 포장에 모든 차가 7452로 이루어지기도 했는데 일례로 1988년에 생산된 차가 그렇다. 『보이차, 속』의 작가 경건흥은 1989년에 생산된 7452-921 생차(병차)도 있다는 주장을 했다.

1988년 성공사가 보낸 공문을 보면 품질과 등급을 로트번호에 기록했는데 7452(고급 칠자병차, 숙차), 7572(중급 칠자병차, 숙차), 8582(보이 생차, 병차), 7542(보이 생차, 병차)라고 되어 있다. 기록으로 보면 7452 제품은 7572보다 고급으로 만들어졌다는 것을 의미한다. 이후로는 생산단가와 고객의 요구로 인해 7572 위주로 생산하게 되며 7452는 점차 시장에서 사라졌다.

8592

홍콩남천무역공사가 주문제작한 보이숙차(병차) 제품으로 1988년 홍콩에 도착했다. 생산횟수는 많지 않은 편으로 1988년부터 1992년까지 세 차례 생산했다. 발효도는 7572보다 가볍다. 원료는 3급부터 8급, 9급이며 비율에 맞춰 병배하여 긴압했다. 3~6급 모차는 병차의 윗면, 5~9급은 병차의 속면으로 구성되었다. 차는 7572보다 확실하게 거칠고 튼실해보인다. 일부 차에는 보라색으로 '천(天)'자가 찍혀 있어서 시장에서는 '자천(紫天)'이라고도 부른다.

두꺼운 면지(포장지)와 수공 제작한 얇은 면지 두 종류의 포장이 있다. 1992년부터 홍콩의 다른 차상이 포장지에 '天'자를 찍었는데 글자가 비교적 가늘고 색깔은 홍색이라 시장에서는 '홍천(紅天)'이라고 부른다. 자천, 홍천 모두 시장에 방품이 많은 상품이다.

자천

7262

1990년대 말기, 맹해차창은 연구를 통해 새로운 제품을 만든다. 이때 만들어진 로트번호는 7042, 7062, 7502, 7512, 7592, 7692 등이다. 하지만 이때 개발된 차들은 대부분 시장에 내놓지 않았고 오로지 7262만 정규 생산 제품으로 등록되어 대규모로 생산된다. 7262가 정식으로 생산된 시기는 2000년부터이며 고급 보이 숙차(병차)로 제작되었다. 이 차를 만드는 데 기여한 맹해차창의 병배사 이(李) 선생은 사람들의 생활 수준이 높아짐에 따라서 고급 소비취향에 맞춰 개발했다고 구술하였다. 궁정보이 등급의 어린 이파리를 병차의 윗면에, 3~6급 모차를 병차의 속면에 넣어 긴압했다. 어린 이파리로 이루어진 외형, 탕질은 진하고 두텁다.

7562

맹해차창에서 1980년대부터 만들기 시작한 일반적인 보이 숙차(전차)로 3~6급의 모차가 주 원료다. 250g으로 제작되었으며 맹해차창을 대표하는 전차 제품이다.

7581

7581

곤명차창은 전차 위주로 차를 만들었다. 7581은 악퇴기술이 숙련된 이후 대량으로 만들기 시작한 숙차(전차)다. 사용된 모차는 5~8급 위주이며 생산된 시기에 따라서 다른 포장, 무게, 규격이 있다. 1990년내 초기 오른쪽 상면에 홀로그램으로 세작된 원형 표지를 붙여 시장에서는 '홀로그램 전차'라고 부른다.

73청병(소녹인)

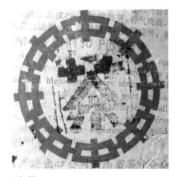

소녹인

1980년대 중기 맹해차창에서 생산된 7542 제품. 1998년 12월, 대만의 상인이 잡지에 광고를 내면서 붙인 이름이다. 그해 명명된 73청병은 가로로 된 대표가 들어 있고 로트번호는 7542-506이다. 이 대표로 판단했을 때 73청병은 1985년 제품이라는 것이 유력하다. 포장지의 중차패의 '茶' 글자 바깥에 틀이 있는데 수공으로 찍은 흔적이라서 시장에서는 '수공낙인'이라고 부른다. 대만의 차상들은 이 차의 품질이 좋고 마지막으로 생산된 인급차라고 말하며 '소녹인'이라고 부른다. 한편 대만의 보이차 전문가 석곤목은 73청병의 정의를 80년대 초기부터 1987년까지 생산된 7542라고 주장하기도 했다. 73청병의 내비는 크게 두 가지로 나누는데 일반적으로 '첨출' 내비와 '미술자' 내비로 나눈다. 병차의 크기가 제각각이며 비차는 매우 많다. 두 가지의 내비, 다양한 크기의 병차, 많은 비차 등의 문제가 있어 방품이 많은 종류의 차다.

홍대칠자병 紅帶七子餅

조기(早期) 홍대칠자병은 1980년대 중반, 대만의 상인이 주문제작하여 만들었다. 예전 대만에서 중국차의 수입을 개방하지 않았을 무렵 대만 시장으로 차를 들여오기 위해서는 중문이 인쇄된 내비를 제거한 상태에서 수입했다. 이때 차의 구분을 위해 빨간색 띠를 넣어 표기를 했다.

포장지의 재질과 인쇄는 '73청병'과 같다. 생산량이 적고 대부분이 홍콩 습창에 들어가 보관되었으며 현재 노차 시장에서 찾기는 매우 어렵다. 후기 홍대칠자병은 1997년부터 1998년사이 역시 병차에 끈을 넣어 '고급 청병'이라는 표기로 삼았다. 병배는 7532와 거의 같고 모두 주문제작한 차다. 타차에도 빨간 끈이 들어간 것이 있는데 가장 이른 것은 90년대 초기이며 대만 상인이 주문제작한 상품이다. 이후 1999년부터 병차, 타차를 가리지 않고 끈을 넣어 긴압하여 표기로 삼은 차가 대량으로 출현하게 된다.

칠자황인 七子黃印

팔중차의 차 글자 색깔이 황색이어서 황인, 홍색은 홍인, 녹색은 녹인이라는 이름이 연달아 붙게 된다. 중국다업공사와는 달리 홍콩, 대만의 차상인들은 '칠자황인'이라고 부른다. 중국토산축산진출구공사운남성다엽분공사(1972년 이후 명칭)에서 생산된 보이차. 일부 칠자황인 중에서 내비는 황인 내비를 가지고 있으며 내비 하단에 생산된 차창 기록이 없는 제품이 있다. 마치 인급차의 내비와 비슷한데 일부 상인들이 이를 근거로 1960년대 차라고 주장하기도 한다. 하지만 포장지에 쓰인 생산 차창 명칭이 1972년 이후의 명칭이며 위조하기 쉬운 내비만 보고 무조건 신뢰하기에는 근거가 빈약하다.

더 나아가서 칠자황인이 모두 70년대 차인지는 의심할 필요가 있다. 왜냐하면 칠자황인 이후 맹해차창은 비슷한 73청병을 만들었고 73청병은 80년대 중기에 생산된 차다. 칠자황인의 '茶' 자는 원래 모두 녹색이었다. 오랜 시간이 지나면서 퇴색하여 녹색은 연한 황색, 담황색, 황녹색 등으로 변한 것이지 차창에서 고의로 여러 색을 찍은 것은 아니다. 차창에서 정식으로 황색의 '茶'를 찍기 시작한 것은 1996년부터다. 병차의 겉면과 속면을 나누지 않고 가공했으며 대부분 병차의 크기가 비교적 작다. 내비, 포장지, 병차의 크기, 병배 방법 등으로 판단했을 때 방품이 많은 차 중에 하나다.

황인타차 黃印沱茶

조기 타차 중 유일하게 내비가 있는 제품으로 내비는 맹해차창 첨출, 미술체자 내비다. 시장에서는 이 차의 내비가 칠자황인과 같다는 인식이 많아 황인타차라고 부른다.

칠자철병 七子鐵餠

중국토산축산진출구공사운남성분공사의 명칭으로 생산된 제품.

내비가 없고 특수한 병차 틀을 사용했는데 현재 시장에서는 1972년 이전, 심지어 1960년대 말기 제품을 70년대 포장지로 포장했을 가능성도 있다고 말한다. 하지만 포장지 하단에 인쇄되어 있는 '성공사' 명칭이 당시 사용했던 명칭과는 다르며

칠자철병

이때 철병을 만들었다는 기록은 남아 있지 않아서 60년대 철병에 대한 진위 여부는 현재 논란이 있다. 1972년 이후 포장은 '중국토산축산진출구공사운남성다엽분공사' 명칭으로 생산되었다. 철병은 평평한 바닥, 평평한 가장자리, 뭉뚝한 못처럼 튀어나온 자국이 있다. 80년대에는 철병 생산이 없었으며 그 후 가장 이른 시기에 생산된 것은 1995년 생산된 제품이다.

문혁전文革磚

좁은 의미로 문혁전차는 1970년대 조향후전(棗香厚磚), 73후전, 조기 7581 곤명전이다. 시장에서 말하는 넓은 의미의 문혁전은 1980년대 말기 7581, 7562다. 종이의 단면이 얇은 기름종이라는 특징이 있지만 전차의 모형이 다양해서 진품과 방품을 구별하기가 어렵다.

중차간체자中茶簡體字

중국토산축산진출구공사운남성다엽분공사에서 생산한 제품으로

시장에서는 하관차창이 1970년대 초기부터 80년대 중기까지 생산한 제품이라고 주장한다. 포장지 인쇄판이 간체자판(国, 产, 进 등)인 것이 특징이고 칠자철병과 같다. 거칠고 튼실한 모차를 원료로 걸면, 속면을 나누지 않고 혼합 병배하여 생산했으며 병차의 가장자리는 약간 위로 향하고 병차의 중심도 약간 튀어나와 있다.

크라프트지로 통포장을 했고 각 통마다 한 장의 통표(筒票)가 있으며 통표 양면에 중, 영문으로 인쇄되어 있다. 성공사의 명칭의 사이와 인쇄판본과 색료의 차이가 매우 크고 사용된 모차도 모두 다르다. 내비로도 판별할 수 없으니 진품과 방품을 구별하는 것이 어렵다. 가격은 칠자황인의 60~70% 가격을 형성한다.

시장에서는 성공사 명칭을 기준으로 17자, 19자, 9자 세 종류 판본으로 나눈다고 주장하지만 성공사 명칭이 다르다는 것은 기본적으로 제품 진위 여부를 확신할 수 없다는 증거이기도 하다.

2001년 출판된 『운남성하관창지』의 18쪽에는 '1972년 성공사의 비준을 받아 칠자병차 생산을 회복했다', 131쪽에는 '칠자병차는 하관차창이 중화인민공화국 건립 이후 생산한 제품으로 이후 원료 조달의 어려움이 발생, 1978년부터 맹해차창에서 생산하도록 하달한다', 172쪽에는 '70년대 후기 차창은 다시 원차 가공을 회복했으나 수량은 많지 않았다'는 글이 나온다.

요약해보면 하관차창에서는 1949년 이후부터 병차 생산을 하였지만 모종의 이유로 생산을 중단한다. 생산을 멈춘 정확한 시기는 알 수가 없다. 그러다가 1972년 성공사의 비준을 받아 1977년까지 5년 동안 병차를 생산한다. 1978년부터 병차는 주로 맹해차창에서 생산을 맡았다. 그리고 하관차창에서는 70년대 후기 소량의 병차를 생산한다. 시기로 봤을 때 당시 하관차창에서 생산되었던 차는 모두 중국토산축산진출구공사운남성다엽분공사의 포장으로 나와

야 하는데 시장에서 유통되는 '중차간체자'라는 차들은 명칭이 모두 다르다. 결정적으로 간체자 인쇄를 회사 명칭이 세 번 바뀔 때까지 알아차리지 못했다는 것은 더 말이 안 되는 상황이다. 본질적으로 생각해보면 처음부터 '중차간체자'라는 차가 정상적으로 생산되었던 것인지, 아니면 홍콩, 마카오 상인에 의해서 만들어진 차인지는 깊이 고려해야 할 사항이다.

설인雪印

'설인'이라는 명칭은 대만의 상인이 1999년 11월에 붙인 이름이다. 제품은 1987년 맹해차창에서 생산된 7532를 말한다. 가장 먼저 생산된 1비 설인은 종이로 통포장을 했고 19~20cm의 병차 직경, 작은 내표, 두꺼운 포장지, 진한 붉은색 잉크로 인쇄한 내비를 가지고 있다. 3~6급 모차를 병배하여 겉면, 속면을 나누지 않고 긴압했다. 입창을 거치지 않은 차는 꽃, 벌꿀향이 뚜렷하지만 대다수의 차가 습창으로 저장되었다.

1비 설인 외에 1987년부터 1992년까지 생산된 많은 7532는 내표가 작다는 특징은 같지만 다른 부분에서는 뚜렷한 차이가 있다. 병차의 크기가 훨씬 크고 겉면, 속면의 차도 구분되어 있다. 모차는 비교적 큰 이파리이고 죽순 껍질 포장으로 되어 있다.

상검商檢

통포장의 죽순 껍질에 타원형의 '중국상검(中國商檢)' 스티커가 부착된 차로 당시 수출용 상품에 검역을 했다는 증빙이다.

주로 홍콩남천무역공사에서 주문제작한 상품에 대부분 상검 표지가 부착되어 있다.

88청병

홍콩 다예낙원 진국의(陳國義)가 1993년 구입하여 소장한 7542 제품. 모두 350건을 구입했고 생산 연도는 대략 1989년부터 1991년 사이다.

이 차는 지하 창고가 아닌 공업 빌딩에 저장되어서 진통 홍콩 습창에는 속하지 않지만 매 편마다 저장된 상황이 같은 것은 아니다. 왜냐하면 홍콩은 습도가 매우 높기 때문으로 88청병의 맛은 시장에서 인정하는 매우 건조한 환경에서 보관된 것과는 다르다. 넓은 의미의 88청병은 1988년부터 1994년 사이에 생산된 7542라고 말하고 홍콩에서 습창으로 보관된 7542는 88청병에 들어가지 않는다. 88청병의 이름은 진국의가 다예낙원 차관을 개업한 연도를 기념하기도 하고 중국에서 8자는 행운과 큰 부자가 되는 것을 대표하기 때문이다.

92방전方磚

방전

맹해차창에서 1991년 말부터 1993년 초까지 100g으로 만든 방형(정사각형) 전차. 지방재래품종 모차를 사용하여 색이 검고 윤기 나며 통통하고 솜털이 명확한 새싹이 보인다. 외포장은 종이 상자이고 맹해차창을 표시하는 작은 표가 부착되어 있으며 생산시기가 파란색 잉크로 찍혀 있다.

차창의 전화번호는 네 자리이며 대부분이 습창차로 보관되어 있다. 시장에서 볼 수 있는 건창 보관에 깔끔하며 내, 외 포장지가 모두 비닐 코팅된 92방전은 1999년 말 대만의 상인이 맹해차창에 주문 제작하여 만든 제품으로 맛은 좋지만 종이상자에 표시된 생산 연도의 정보가 실제와는 맞지 않게 왜곡되어 있다.

대익패大益牌

1988년, 맹해차창에서 대익패 상표가 정식으로 사용되기 시작했다. 이때 생산된 차는 오로지 전차와 소방전(小方磚)이다.

대익 로고

1989년, 대익패가 정식으로 등록되어(국영 시절 맹해차창 이역생 부창장의 구술) 맹해차창의 주요 수출 브랜드가 된다. 1995년 말 대익패는 칠자병차에도 사용되기 시작하고 1996년 제1비 자대익(紫大益) 7542를 생산한다.

등인橙印

포장지와 내비의 '茶' 자가 모두 황등(黃橙)색으로 맹해차창 내비를 가진 제품이다. 1996년부터 1997년 사이의 7542, 7532, 8582 세 종류의 제품을 말한다. 홍콩남천공사가 주문제작한 차는 대표에 '南天'이라는 도장이 찍혀 있으며 병차 형태와 모차 병배법 등이 맹해차창에서 같은 기간 생산한 차와는 차이가 있다. 세간에서는 성공사와 남천무역공사의 직원이 개인적으로 주문제작했다는 말이

파다하지만 맹해차창의 차와는 거리가 먼 만큼 차의 유래에 대해
의심할 여지가 많다.

자대익紫大益

제1비 자대익은 1996년 생산된 7542로 포장지에 보라색으로 대익
패가 인쇄되어 있고 내비는 원래의 붉은색으로 된 대익패를 사용
했다.

장미대익玫瑰大益

2001년, 맹해차창에서 생산한 4호 병과 7542 두 종류의 차. 포장
지의 대익패가 장미빛 보라색으로 인쇄되어 있고 내비 또한 장미
보라색으로 대익이 표시되어 있어 시장에서 '장미대익'이라고 부
른다. 2003년 말, 맹해차창은 대만의 상인에게 101-103의 4호병
을 넘겼는데 품질은 뛰어나지만 포장과 병차 모양이 다른 제품들
이 많아 논쟁이 되고 있다. 2003년 말부터 2004년 10월까지 대량
으로 생산된 제품 중 하나로 품질과 원료는 우수하다는 평가를 받
는다.

녹대수綠大樹

국영 시절 맹해차창에 주문제작한 브랜드 중 하나다. 가장 일찍 생
산된 것은 1990년대 초기 '고산보이차(高山普洱茶)'로 악퇴발효한 숙
차에 속한다. 포장과 사용된 모차를 보면 2000년 이후 생산된 것
과는 차이가 있다. 2000년 광동 방촌시장의 상인이 주문제작한 제

1비 '이무정산야생차(易武正山野生茶)'는 야방차(재래식 다원의 차)로 만든 제품으로 시장에서 말하는 '녹대수 고수차'가 이것이다. 내비 뒷면에는 붉은색, 남색(혹은 자홍색)으로 도장이 찍혀 있다. 생산했던 차는 병차, 전차, 타차 등이었고 정확한 생산량에 대해서는 여러 말이 있다.

녹대수 보이차가 인기를 끌자 매년 시장에서는 같은 상표로 만들어진 보이차가 출현하기 시작했고 방품이 유통되기 시작했다. 대만의 일부 전문가는 '흑표' 이무정산 야생차는 2003년 이후 만들어진 방품이라고 주장하며 모차의 등급, 원료, 맛이 다르다는 것을 이유로 들었다. 생산 시기가 아주 오래된 차는 아니지만 포장지와 내비에 별다른 위조방지 기술이 적용되지 않았기 때문에 매우 많은 방품이 유통되고 있다.

녹대수타차綠大樹沱茶

국영 맹해차창 제품으로 2000년 광동의 차상이 주문제작했다. 타차의 내비에는 홍, 남(혹은 자홍)색의 도장이 찍혀 있고 생산 시기와 모차 등급을 나누지 않는다. 규격은 하나에 125g이며 다섯 개가 한 세트로 죽순 껍질로 포장되어 있다. 총 10여 건이 생산되었고 1비 녹대수 제품 중 수량이 가장 적고 품질도 가장 좋은 차다.

포장에는 중차패(中茶牌) 상표가 인쇄되어 있는데 인쇄 품질이 균일하지 않아서 여러 두께의 글자체가 존재한다. 타차는 세 가지 긴압차 중에서 가장 먼저 생산했다(두 번째 가공이 병차, 마지막 가공이 가장 늙은 잎으로 만든 전차다). 모차는 어린 이파리로 만들었으며 향기는 부드럽고 단맛이 좋다. 다른 녹대수 시리즈와 함께 역시 방품이 많다.

2001년 녹대수

국영 시절 맹해차창에서 주문제작으로 만들어진 제품이다. 생태차(유기농차)를 원료로 했다. 일부 대만의 소장가와 상인이 차의 내비와 포장지로 봤을 때 대략 1999~2000년의 제품이라고 주장하지만 충분한 증거가 없다. 일반적으로 생태차 녹대수는 2001년 제품이라고 봐도 무방하다. 그래봐야 1~2년 차이다.

7582

예전 보이차 유통 시장에서는 7582는 8582의 전신이라며 80년대 초·중반 차라는 의견이 많았다. 그러나 2001년부터 2003년까지 중국, 대만의 보이차 전문가와 애호가들이 자료를 모으고 논증한 것을 보면 7582는 1990년대에 비로소 출현했다고 의견을 모았다. 다만, 비차와 수량은 많지 않다.

파달산야생차巴达山野生茶

2003년, 맹해차창에서 주문 제작으로 생산한 제품으로 200g과 357g 두 종류가 있다. 357g은 죽순 껍질 포장의 일반적인 규격이고, 200g 소병은 종이박스 포장, 죽순 껍질 포장, 대오리 포장으로 되어 있다. 원료는 대체로 같지만 소병에 사용된 모차가 약간 더 어린 잎의 함량이 많다는 평이 있다.

포장지와 내비는 맹해차창에서 생산한 일반적인 차와는 다른 형태다. 대익 상표 이외에 녹색식품 로고도 보이며 내비에는 '파달산야생차', '맹해차창 출품'이라는 문구가 적혀 있다. 차 품질이 뛰어나고 쉽게 판별이 가능한 포장지와 내비를 가지고 있다. 맹해차창의 민영화 직전에 생산된 보이차라는 상징성을 가진 제품이다.

궁정보이宮廷普洱

1999년 이후 맹해차창에서 만든 높은 등급의 숙산차를 말한다. 등급은 1급산차보다 가늘고 어리다. 일반적으로 모차의 급수 구분은 체에 거른 후 정하는데 궁정산차는 가장 어린 성숙도의 이파리만 모아 놓는다. 파손된 차가 많지 않으며 외관은 아름답고 맛도 달고 부드럽지만 내포성은 좋지 않다.

보염패寶焰牌

하관차창의 전신 강장차창에서 생산한 긴차 상표로 1950년대 초기까지 사용했다. 1951년 9월, 모든 국영 차창에서 '중차패'를 사용하기 시작하고 보염패 상표는 사용을 멈춘다. 그후 1990년 하관차창은 중차패 사

보염패 상표

용 정지를 통지하고 다시 새롭게 보염패를 등록하여 1991년 11월 30일부터 정식으로 사용했다. 보염패의 주요 제품은 변방에서 소비되는 차다.

중차패갑급타차中茶牌甲級沱茶

하관차창이 1951년부터 쓰기 시작한 내수 판매용 제품의 명칭.

하관 타차

1953년부터 소량이 외국으로 수출되고 교소(화교에게 판매하는) 타차라는 별칭이 붙었다. 1955년 이전에는 봄차를 주 재료로, 대산차(불해, 차리, 남교 지역)를 부재료로 그후 지금까지 모두 1~2급 모차를 원료로 만든다. 1989년에는 위조품 방지를 위해 긴압할 때 볼록한 모양의 "甲"자를 타차 표면에 부호로 남겼고 1993년도에 이르러 사용을 멈춘다. 1996년 7월 부호를 바꾸어 지금까지 사용하고 있다.

1950년대부터 250g, 125g으로 만들었고 70년대부터는 표준 규격에 100g도 추가되어 지금까지 사용하고 있다.

1991년부터 송학패갑급타차를 생산하기 시작했고 1993년 이전에 생산된 타차에는 모두 "甲"자 무늬가 찍혀 있다. 포장은 원형 종이상자와 종이봉투 포장 두 종류다. 1997년 녹색식품 로고를 추가했고 1998년에는 '국가다엽질량감독검연중심인가(國家茶葉質量監督檢驗中心認可)' 표지도 추가했다.

중차패中茶牌 을乙 · 병급丙級 타차沱茶

하관차창에서 소량 생산된 제품으로 1988년부터 1990년 사이에 생산되었다. 성공사는 과도하게 수매한 모차를 처리하기 위해 1988년 하관차창에 고급 타차를 만들어 국내 판매용으로 하라는 통지를 내렸다. 급수가 비교적 떨어지는 모차는 을급 타차로 생산하고 여전히 남아 있는 더 늙고 거친 찻잎은 병급 타차로 만들어

감숙성(甘肅省)에 판매했다. 을급 타차는 이후 생산을 멈추고 송학패 1급 타차가 대신하게 되었으며, 병급 차타는 이후로 다시 생산되지 않았다.

하관차창 下關茶廠 송학패 松鶴牌

중국다엽공사가 1990년, 각 차창에 '중차패' 사용에 로열티를 요구하자 차창은 스스로 상표 개발에 들어갔다. 1991년, 하관차창은 '송학패(松鶴牌)' 상표를 신청하고 비준을 받아 1992년, 3월부터 정식으로 사용한다. 상표 등록번호는 : 585637, 주 사용 제품은 타차다.

하관차창 송학패

송학패 松鶴牌 1급타차 壹級沱茶

하관차창은 '중차패' 사용을 중단하면서 송학패를 사용했다. 그리고 새로운 타차를 개발해 중국 내수시장에 판매하게 되는데 사용했던 모차의 등급이 중차패의 을급과 같아서 '을급 타차'로 이름을 붙였다. 그러나 시장 반응은 좋지 못했다. 왜냐하면 '을급'이라는 이름 때문에 중차패 갑급 타차에 비해 품질이 떨어진다고 생각했기 때문이다. 그래서 제품 이름을 '1급' 타차로 바꾸었고 그제서야 소비자 심리에 있던 거부감이 없어졌다.

1993년부터 종이봉투 포장으로 생산되기 시작했고 1997년부터

2001년사이에 포장지에 '녹색식품' 마크와 '국가다엽질량감독검연중심인가' 표지가 더해졌다. 2002년, 다시 한번 포장 디자인이 바뀐다.

남조패 南詔牌

남조패

하관차창의 상표로 예전 대리, 하관이 남조국이었던 것을 표현했다. 송학패와 동시에 신청해서 사용했다. 초기에는 녹차 제품에 사용했었고 2004년부터 병차, 타차 등의 관련 차를 생산했다.

소법타 銷法沱

소법타

프랑스에 판매되던 보이숙차 타차 제품. 규격은 250g, 100g로 나눈다. 하관차창에서 1975년부터 만들기 시작하여 1976년 대량으로 수출되기 시작한다. 차는 주로 홍콩의 천생차행(天生茶行)으로 넘겨진 후 다시 프랑스, 유럽, 미국과 동남아 시장으로 팔려나갔다.

1991년 하관차창은 중차패의 사용을 멈췄지만 성공사는 외국

고객의 요구에 따라 중차패를 지금까지 사용하고 있다. 250g 숙타차에는 홍쇄차(紅碎茶)가 들어가서 숙차의 맛에 홍차의 향기가 있는데 소법타차의 전형적인 특징이다.

하관차창 포병(包餠)·철병(鐵餠)

하관차창에서 생산된 병차는 긴압 방법에 따라서 포병, 철병 두 가지로 나눈다. 철병은 철제 틀에 차를 넣고 긴압을 해서 바닥면이 평평하고 드문드문 과립감 있는 돌출모양이 생긴다. 포병은 모차를 쪄서 보자기에 넣고 모양을 잡아 긴압을 하기에 보자기 묶는 부분이 차에 닿아 움푹 파인 바닥면을 만든다.

철병 바닥면

8663

1986년부터 1987년 사이 하관차창에서 생산한 숙병차 제품이다. 당시 생산되었던 8663 보이차는 현재 남은 수량이 많지 않다. 2005년 이후부터 다시 대량으로 생산을 시작했다.

8663

8653

1986년, 일본에서 주문제작한 제품. 1986년과 1987년 사이 생산한 것으로 약 3,000건 정도의 수량이 제작되었다. 운남다엽진출구공사(雲南茶葉進出口公司)가 광동분공사(廣東分公司)에 납품을 했는데 일본 무역상이 8653 주문을 취소하고 8582 등으로 대체 구매했다. 판로가 사라진 8653은 광동분공사에서 소매로 팔았는데 수차례의 운송과 판매를 거치면서 제품과 포장지에 많은 손상을 입었고 마지막에는 1990년 홍콩의 차상이 여러 번 나누어서 구매했다. 이후 생산을 잠시 멈추고 1988년 로트번호를 바꾸어 8853으로 생산을 하다가 90년대 말기 새로운 주문 제작이 들어와 다시 8653의 로트번호를 사용했다.

초기에 만들어졌던 8653은 포병이다. 병차의 크기가 비교적 작고 병차에 사용된 모차의 겉면과 속면의 차이가 명확하다.

8853

8853

1988년부터 하관차창에서 생산하는 포병으로 하관차창의 주력 생산 제품이다. 초기 제품은 8653보다 크기가 크고 병차의 모양, 병배와 모차의 사용 방법에서 차이가 있었다. 후기 생산한 제품부터는 흔히 말하는 하관차창 특유의 향기와 맛이 정립된다. 1990년대 말부터 병차의 크기는 작아지고 모차 병배와 제작 과정도 확연하게 변했다.

운해원차雲海圓茶

1995년 대만의 등시해 교수는
쇄청모차를 원료로 시험삼아
'운해원차'를 만들었다고 한다.
제작 당시에는 대수차로 만들
었다는 글은 찾아볼 수 없었는
데 몇 년 전부터 원료가 대수차

내비가 있는 운해원차

였다는 이야기가 돌고 있다. 시대적으로 1995년에는 대수차와 소
수차의 구분을 명확하게 할 때도 아니었고 심지어 신품종으로 만
들어진 대지차가 더 가격이 비싼 시기였다. 실험삼아 제작한 보이
차를 굳이 채엽하기 어려운 대수차로 했을 이유도 없으니 운해원
차가 대수차라는 주장은 정황상 신뢰하기 어렵다.

1995년부터 1996년 사이 모두 두 번 생산을 했는데 첫 번째 것
은 사모 지역의 4급 봄차, 두 번째 생산은 맹해 지역의 5급 봄차를
원료로 만들었다. 보이차의 규격은 400g이며 하얀색 포장지로 포
장했다.

운해원차는 기본적으로 모두 대만의 소장가가 수매하였고 시장
에 풀린 물량은 매우 적다. 포장지와 내비가 없는 제품과 포장지는
없지만 내비가 있는 제품이 유통되고 있다. 당시 제작할 때 내비가
있었는지 없었는지도 불분명한 상황이다. 때문에 시장에는 이미
많은 방품이 있다. 현재 진품을 판별하는 기준은 당시 차를 만들
때 가공상의 특징을 보고 판단한다. 당시 운해원차를 만들 때 솥의
온도가 높은 편이었고 강한 유념을 거쳐 만들어 졌다고 한다.

2010~2011년 사이, 이 차를 마셔본 대만의 보이차 전문가 석곤
목의 말에 의하면 병면은 검은색이었고 탕색은 혼탁하고 맑지 않
았다고 표현했다. 전형적인 홍청 보이차의 특징이다.

화련청전華聯靑磚

화련청전

마카오의 화련공사(華聯公司)는 1956년에 세워진 합자회사다. 1980년대 화련공사는 마카오와 광동성다엽진출구공사(廣東省茶葉進出口公司)의 주요 파트너였다. 1996년 홍콩 회귀 당시 홍콩의 주요 차상들은 주문을 그만두었고 광동성다엽진출구공사는 대량의 모차를 사재기 해두었다. 화련공사는 1997년부터 2000년까지 모두 4차례 대량 제작을 했는데 마지막 2000년 제작한 차의 긴압 상태가 좋지 않아 이후로는 주문제작을 하지 않았다.

노수원차老樹圓茶

1997년, 홍콩, 대만 등지에서 모인 세 명의 차상이 공동으로 주문 제작한 보이차다. 원료는 맹해지역 지방 재래품종으로 만들었다. 2003년에는 많은 차상들이 모방하여 만들었고 생·숙차 모두 있다.

1997 홍콩회귀기념병차, 기념전차

1996년 운남의 상인이 만든 보이차로 357g의 생·숙병차와 2kg의 생·숙전차가 있다. 첫 번째 만든 차는 생산 연도를 직접 보이차에 새겨 넣었는데 방품이 매우 많다. 이후 다시 긴압하여 제작한 1949년 건국기념전, 1962, 1980, 1982 등의 제품은 모두 2000년 이후 만들어진 제품으로 병차에 새겨진 숫자는 제작 연도를 말하는 것이 아니라 기념하는 연도를 뜻한다.

운남긴차雲南緊茶

운남긴차 포장지로 되어 있지만 내용물은 밥그릇 모양 타차인 보이차다. 생산 시기에 대해서 차를 판매하는 상인마다 다르게 이야기를 한다. 어떤 사람은 60년대, 어떤 사람은 70년대라고 이야기하는데 전문가의 의견을 모아보면 크게 두 가지로 나눌 수 있다. 첫 번째는

운남긴차

1997년 말, 운남성다엽분공사의 직원이 1996년 용생집단에서 생산한 250g 생차(타차)를 '운남긴차'로 인쇄된 포장지로 바꾼 후 유통한 보이차라는 주장이다. 가장 처음으로 만들었던 250g 생차 타차는 유통 시장에 '운남긴차'가 인쇄된 노란색 포장지로 되어 있다. 두 번째 주장은 역시 성공사 직원이 홍콩에서 들어온 주문에 맞춰 사내도급 방식으로 생산한 보이차라는 주장이다. 두 가지 주장에서 일치되는 것은 모두 성공사 직원이 등장하며 시기 역시 1990년대라는 것이다. 훗날 성공사는 계속해서 이 포장의 생·숙타차를 생산하는데 포장지의 색깔과 종류에 차이가 있다.

1980년대 초기 태국 모차를 사용하여 만든 제품. 포장지는 거친 격자무늬(운남의 종이 재질이 아니다), 내비는 두껍고 미술자체를 사용했다. 병차의 형태는 같은 기간 생산된 맹해차창 제품보다 크고 모양도 다르다. 무게는 400g에 차의 색깔은 검은 편으로 비교적 쓴맛이 있고 맛이 가볍다.

포장지는 성공사라고 인쇄되어 있지만 내비는 '서쌍판납태족자치주맹해차창출품(西雙版納傣族自治州勐海茶廠出品)'으로 되어 있다. 중국, 대만의 보이차 전문가는 수남인의 포장지 재질, 모차의 등급과 종류, 병차의 모양, 규격 등을 봤을 때 맹해차창에서 만들던 차와는 거리가 멀다고 주장하기도 한다. 그리고 홍콩의 상인이 홍콩에서 긴압하여 제작한 보이차 중에서 포장지, 내비의 재질과 인쇄, 병차 모양, 모차 등급과 종류, 품질이 수남인과 흡사한 차가 있는데 같은 기간에 생산된 홍태창이다.

1960년대 말부터 1973년까지 '문화혁명' 때 많은 제품의 생산이 중단되었다. 1973년부터 1984년까지 성공사는 주로 악퇴 숙차 위주로 생산했으며 생차는 매우 적었다. 칠자황인과 중차간체자를 유통시장에서는 70년대 제품이라고 주장하며 판매되었지만 당시 홍콩, 마카오 차인의 눈에 이 차들은 전통적으로 마셔왔던 보이차와는 달랐다. 그래서 홍콩, 마카오의 상인들은 1970년대부터 1980년대 중반까지 태국, 베트남, 미얀마에서 대엽종 모차를 수매하여 홍콩으로 가져와 긴압을 했고 일부 홍콩 차상들은 자신들에게 남아 있던 오래된 모차를 긴압했다. 그러면서 초기 노차와 같은 포장지를 마음대로 사용했는데 현재 시장에서 많은 차들이 혼란과 잘못된 인식을 가지게 된 이유가 된다.

그밖에 1997년부터 2000년 사이 대량으로 수남인의 '茶' 자 색깔을 가진 차가 나오는데 맹해 차창 내비를 가진 7542와 8582 등의 제품이다. 심지어 숙차도 있는데 시장에서는 '97수남인' 으로 부른다.

97수남인

이 차는 매우 혼란스러운 차로 병배, 병차 모양, 종이 재질, 인쇄 등 모두 일치하지 않는다. 이런 현상은 이런 차들의 유래가 어디인지 의논할 가치가 충분히 있다고 생각되며 확실한 것은 맹해차창의 내비를 가지고 있다고 해도 국영 시절 맹해차창에서 생산했던 차와는 거리가 멀다는 것이다.

홍태창鴻泰昌

원래 이름은 홍창차행(鴻昌茶行) 으로 태국에 설립한 홍창차행의 태국 지점이다. 1930년대 전란을 피해 태국으로 건너간 후 홍태창차행으로 개명했다. 초기에는 운남 모차로 긴압차를 제작했고 태국으로 건너간 후 태국 찻잎으로 차를 만들었다.

90년대 제작된 홍태창 방품

가장 이른 제품은 속칭 '차륜패(車輪牌)'라고 부른다. 홍태창차행은 1980년대 중기 생산을 멈췄고 현재 유통 시장에서 볼 수 있는 제품은 대부분 홍콩, 마카오, 광동 등지의 차상들이 1990년대 이후 베트남, 태국, 광동 등지의 찻잎으로 병배하여 제작한 방품이다.

리흥륭利興隆

1990년대 말기 시장에 나타난 제품으로 전차 형태의 보이차. 대만의 보이차 전문가 석곤목, 진지동의 분석에 의하면 가장 이른 제품은 1980년에 생산했고 태국의 오래된 모차를 번압하여 제작했다고 주장한다. 죽순껍질로 포장되어 있으며 네 편이 한 통이다. 후기에는 병차도 제작된다.

이창호易昌號

이창호

1998년, '창태차행(昌泰茶行)'이 세워지고 운남 녹차 위주로 생산했다. 1999년 10월 이무지역의 모차로 병차를 처음 생산했다. 창태차행의 이무지점 명칭을 '이창호'로 바꾸었으며 현재까지 창태집단에서 생산된 육대차산 지역의 제품 중 가장 뛰어난 브랜드로 손꼽힌다. 초기 창태차행에서 제작한 제품의 방식을 보면 당시 이무지역 차의 생산량이 적어 하반기까지 차를 모았다가 제작한 제품이다.

1999년에 생산된 '99이창호' 특징을 보면 포장지는 기계로 만든 얇은 면지, 서채는 해서와 전서의 인쇄판본이 있는데 해서체는 비교적 이른 시기에 사용했다. 내비는 황색, 등황색의 '茶' 자, 홍색의 '이무(易武)'로 인쇄되어 있고 병차의 모양은 단정하지가 않다. 99이창호는 실제로 1999년 10월부터 2000년 3~4월까지 생산되었다. 2000년의 '00이창호'의 특징은 짧은 섬유소가 보이는 황색

수제 면지, 내비는 녹색의 '茶', 홍색의 '易武'가 인쇄되어 있다. 수공 석모긴압을 하였으며 비교적 큰 병차의 형태를 가지고 있고 병차의 형태가 역시 단정하지 않다. 2000년 하반기부터 2001년 초까지 생산했다.

'01이창호'는 2001년 하반기부터 2002년 초까지 생산되었다. 이것은 현재 시장에서 초기 이창호를 포장, 내비, 병차의 모양 등의 특징으로 연도를 구분하는 방법이다. 2001년 이후 제품은 차창과 투기상들의 정보가 일치하지 않은 것이 많아 해독하기가 어렵다.

백판차 白版茶

'백판차'는 생산된 공장 정보가 없는 차를 말하는데 생산 차창, 내비, 내표 등의 정보가 포장지에 없고 대표 또한 없다. 이런 종류의 차의 기원은 2004년 8월 이전으로 올라간다. 대만의 차시장이 중국에 개방되

백판차

기 전 상인이 세관 검사와 밀수죄를 피하기 위해서 1980년대 중반부터 중국 차창의 정보가 전혀 없는 차를 주문제작하기 시작했다. 이렇게 만들어진 차는 제 3지역(홍콩, 마카오) 등에서 중계무역으로, 혹은 어선으로 밀수하여 대만에 도착했고 그곳에서 재포장을 하여 시장에 판매되었다. 이런 차를 시장에서는 백판차라고 불렀다.

1990년 무렵에 생산된 맹해차창 제품 및 하관차창 제품 중 적지 않은 양의 내비가 없는 차가 대만으로 들어왔다. 예를 들어 홍대청병, 8653, 8853 등으로 대부분 국영 차창 제품이다. 이 시기에 운

남에 들어가 주문제작한 대만의 상인은 많지 않아 주문생산한 백판차의 수량은 극히 적다.

대만 상인의 대부분은 홍콩 상인이 판매하는 중국 국영 차창에서 일반 생산된 차를 구입했고 내비를 파낸 후 대만으로 들여왔다. 백판차가 가장 많이 생산된 시기는 대만에서 보이차 시장이 가장 흥성했던 1999년부터 2001년 말까지이며 우리나라에도 그 시기에 적지 않은 양이 들어왔다. 1999년부터 2000년까지의 백판차는 대부분 국영 차창 제품이고, 2000년 말부터 대량으로 개인이 운영하는 소규모 차창에서 생산된 백판차가 출현한다.

번압차翻壓茶

예전 명칭으로는 '재제차(再制茶)', '재압차(再壓茶)' 등으로 불렸고 대만 보이차 전문가 석곤목을 중심으로 2001년 말 '번압차'로 부르기 시작했다. 일반적으로 쇄청모차를 고온고습의 환경에 저장한 후 증기로 쪄서 긴압한 보이차를 말한다. 건차의 모습과 엽저가 흡사 노차처럼 보이며 탕색은 생차와 숙차의 중간이고 향기와 맛도 숙차와는 다르다. 갓 만든 번압차는 잡맛이 많다. 1990년대 중반에 적지 않은 양의 운남 쇄청모차와 베트남 차를 이용하여 차에 수분을 분무하는 방식으로 차를 빠르게 변화시켰으며 1999년부터 2001년 사이에 긴압하여 병차, 전차, 타차 등으로 생산했다.

홍인산차紅印散茶

1991년부터 1995년 사이 대만에서 보이차의 인기가 높아지면서 많은 보이차 애호가와 전통차 상인들이 홍콩으로 몰려가 노차를 구입했다. 당시 홍콩은 97년 중국으로의 회귀를 앞두고 있는 상황이라 여러 오래된 홍콩의 창고에서는 노차를 헐값에 팔아버리는 경우가 많았다. 홍콩 차루(茶樓)에서는 병차를 해괴하여 병배한 후 무료로 차를 제공했다. 홍콩의 다인들은 보이차는 병배를 해야 맛이 풍부하고 기운도 오래 간다고 생각했는데 이건 노차도 마찬가지라고 여겼다. 그래서 대만 차인과 상인은 해괴한 병차를 봉투에 담아 대만으로 돌아갔고 많은 애호가들이 가성비가 좋은 이 해괴 차를 마셨다. 이 차는 호급, 인급과 조기칠자병차를 병배해서 향기롭고 달며 풍만하고 두터운 것이 특징이라 세간에서는 홍인산차라고 불렸다.

그러나 나중에는 칠자병차 하나만을 해괴하여 만들기도 하고 심지어 90년대 제품을 섞어서 병배를 하는 등 혼란스러운 차가 많이 등장했다. 애초에 병차를 해괴하여 판매하는 차라서 원료가 되는 병차의 정보가 없는 만큼 방품 여부를 가리는 것이 불가능한 보이차다.

변경차 – 미얀마, 라오스, 베트남

운남과 인접한 나라의 쇄청모차로 제작된 차를 말한다. 주로 운남과 거리상으로 가까운 지역의 다원에서 생산된 차를 원료로 만든다. 이런 지역에도 운남대엽종과 같은 형태의, 매우 흡사한 품종의 차나무가 자생하기 때문에 가공에 문제가 없다면 운남 대엽종 쇄청모차와 비슷한 맛이 나온다.

초창기에는 중국 상인들이 건너가 현지인들이 만들어 놓은 저렴한 쇄청모차를 운남으로 가져와 병배 혹은 단독으로 긴압하여 판매했지만, 현지인들의 가공 수준이 낮아서 제품의 상품성이 없었다.

지금은 중국 상인들이 현지에 직접 들어가 차농들과 계약을 하고 초제소를 건설, 생엽을 수매해 직접 가공하여 차를 만들어온다. 변경지역 고수·노수차는 맹해 지역 고수차의 1/3 가격 정도에 거래되며 완성된 차는 주로 고급차의 병배 원료로 쓰인다.

보이차주普洱茶柱

보이차주

1990년대 후반부터 천량차(千兩茶)의 형식을 모방하여 만든 보이차를 말한다. 운남의 모차를 높은 압력을 이용하여 기둥 형태로 긴압한 보이차로 천량, 백량 등 여러 종류다. 긴압도가 높아 차주 내부의 찻잎 수분이 쉽게 증발하지 않아 차주 내, 외부의 발효 정도에 차이가 생긴다. 또한 많은 수분으로 인한 탄화현상이 발생하기도 하고 높은 확률로 내부에 노란곰팡이가 발생하며 찻잎은 썩어 문드러지기도 한다. 내부의 엽저는 흑색, 홍색으로 불규칙하지만 외부의 찻잎은 비교적 정상으로 관찰되는 등 내부, 외부의 찻잎이 균일하지 않다. 늙은 이파리가 원료인 천량차에 비해 어린 이파리로 만드는 보이차를 천량차의 긴압방식으로 만들면 과도한 수분과 통풍 불량으로 곰팡이가 쉽게 발생하여 품질이 떨어진다. 호남성의 천량차에 비해 소장, 음용의 가치가 없다

무지홍인無紙紅印

무지홍인은 홍인 제품에 포장지가 없는 제품을 말한다. 포장지가

없는 이유는 홍콩의 저장 및 판매 습관과 관련 있다. 홍콩의 상인들은 포장지를 벗겨내어 저장하는 것이 발효에 유리하다고 여겼다. 초기 시장에서는 1942년 제품이라고 불렸지만 이후 '중차패'를 사용한 시기가 50년대 중반 이후라는 것이 밝

무지홍인

혀진 후 50년대 말에 생산된 것으로 주장을 한다. 하지만 포장지도 없고 언제 생산되었는지 정확하게 알 수 없는 제품을 홍인이라는 인급차의 명칭을 붙여 판매하는 것은 문제가 있다.

일부 전문가들은 향기와 맛에서 일반 홍인과 별다른 차이가 없다고는 하지만 극히 소수만 아는 홍인의 맛을 기준으로 삼기에는 근거가 매우 부족한 보이차다. 무지홍인의 인기가 높아지면서 시장에서는 일반 칠자병차의 포장을 벗겨내고 보관한 차를 무지홍인이라고 판매하기도 한다. 상황이 이러니 매우 흔하게 방품이 만들어질 수 있는 제품이다.

갑급甲級 · 을급 남인乙級藍印

인급차에 속하며 하관차창에서 생산된 것으로 보인다. 생산 시기는 1950년대 말기 이후다. 포장지의 '중차패'의 '차' 글자가 녹색으로 인쇄되어 있고 하단에 '갑급', '을급'이라는 남색의

갑급 · 을급 남인

글자가 수공으로 찍은 사각형의 도장 자국이 있어 '갑급 남인', '을급 남인'이라고 부른다. 사용된 원료를 보면 홍인보다 가늘고 어린 이파리가 많은 편이다. 그래서 향기와 맛, 탕질이 홍인과 다르며 가격은 줄곧 홍인의 절반 가격으로 형성된다. 건 단위, 통 단위 포장에 갑·을급 도장이 없는 대자, 소자 녹인과 함께 포장되어 있기도 하다.

대자녹인 大字綠印

대자녹인

갑·급 남인과 같은 포장으로 되어 있지만 하단에 '갑급', '을급'이라는 남색의 도장이 없다. 갑·을급 남인과 함께 포장되어 있는 녹인이라면 모차의 등급이나 병배된 방법이 같아 품질도 비슷하다. 간혹 저장의 문제로 품질의 차이가 발생한 차도 볼 수 있다. 유통 시장에서 비슷한 시기에 생산되었다고 하는 홍인, 무지홍인, 남인철병과 비교하면 포장지와 생산 연도에 대한 논쟁은 적은 편이다.

소자녹인 小字綠印

포장지 글씨는 미술체자로 인쇄되어 있고 남인철병과 같다. 네 종류의 남·녹인 중에서 가장 적은 수량을 보이지만 품질과 향기, 맛은 다른 세 가지 차와 비슷하다.

남인철병藍印鐵餅

외포장지와 내비의 '茶' 자가 남색으로 변색되어 있는 철병차를 말한다. 남인철병은 포장지의 인쇄판본이 '소자녹인'과 같아서 '녹인철병'이라고도 부른다. 생산 시기에 대해 매우 많은 논쟁이 있는 제품으로 현재 유통 중인 판본만 십여 종에 이른다. 유통 시장에서는 원료, 병차 모양, 포장지와 내비의 재질, 인쇄 상태로 판단을 하는데 생산 시기가 가장 길고 판본도 가장 많은 제품이라는 평가를 받는다. 대만, 홍콩에서는 1950년대부터 1970년대 초기까지 제작되었다고 주장한다.

최근 중국의 보이차 전문가 추가구(鄒家駒) 씨가 자신이 조사한 바에 의하면 50년대 하관차창에서 생산된 철병은 없다고 주장하여 큰 파장을 불러 일으켰다.

12

보이차와 화학성분

12. 보이차와 화학성분

01 생엽의 화학성분

차 폴리페놀tea polyphenol

여러 가지 페놀류 파생물로 이루어진 복잡한 혼합물을 가리킨다. 분자 구조에 페놀을 닮은 부분이 있을 뿐이지 화학적 성질은 맹독성인 페놀과 아무 관계가 없다. 폴리페놀은 쓰고 떫은맛을 내며 차의 색, 향, 맛에 매우 중요한 영향을 미치는데, 화학적인 성질이 대단히 활발해서 가공 과정에서 여러가지 물질로 변화한다.

폴리페놀은 탄수화물에서 합성되는 물질이다. 따라서 광합성 작용이 활발하게 일어나서 탄수화물 합성에 유리한 환경에서 재배한 차나무에 함량이 높다. 일반적으로 저위도 저해발 환경에서 재배한 차나무의 폴리페놀 함량이 높다. 또한 품종에 따라서 함량 차이가 크다. 일반적으로 운남대엽종의 폴리페놀 함량이 녹차를 만드는 용정, 신양모첨의 품종보다 월등하게 높다.

카테킨Catechins

폴리페놀류 물질 중 가장 많은 양을 차지하고 있는 것이 바로 카테

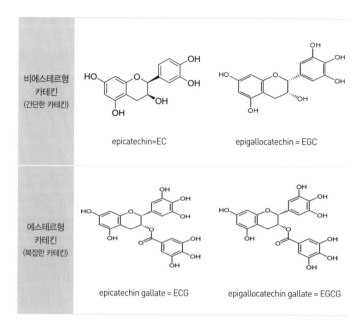

| 비에스테르형
카테킨
(간단한 카테킨) | epicatechin=EC | epigallocatechin = EGC |
| 에스테르형
카테킨
(복잡한 카테킨) | epicatechin gallate = ECG | epigallocatechin gallate = EGCG |

킨이며 폴리페놀류 총량의 70~80%를 차지한다. 카테킨은 그 함량
에 따라 크게 네 가지 종류로 나눌 수 있다. 에스테르형 결합을 하
고 있는 에스테르형 카테킨(복잡한 카테킨) 두 종류와 비에스테르형
결합을 하고 있는 비에스테르형 카테킨(간단한 카테킨) 두 종류이다.

복잡한 카테킨은 쓰고 강한 떫은맛을 가지고 있고 간단한 카테
킨은 맛이 순하고 떫은맛도 덜하며 시원하고 상쾌한 맛이 있다.

복잡한 카테킨은 가공 과정 중 효소, 습열 작용에 의해 산화되어
간단한 카테킨으로 변화한다. 차나무의 수령에 따라서 카테킨의
비율이 달라진다. 어린 차나무일수록 복잡한 카테킨(ECG, EGCG)의
함량이 많고 늙은 차나무일수록 간단한 카테킨(EC, EGC)의 함량이
높다.

플라본flavone

자연계에 광범위하게 존재하는 노란색 색소로 차의 플라보노이드는 생엽의 3~4%를 차지한다. 녹차, 보이 생차의 탕색에 영향을 미친다.

페놀산phenolic acid

분자 가운데 카르복실기와 히드록실기를 가진 방향족화합물이다. 대표적으로 갈산(gallic acid)이 있다. 생엽 중의 함량은 5%, 페놀산 파생물은 1~2%, 갈산은 0.5~1.4% 정도 차지한다.

안토시아닌Anthocyanin

자아차

안토시아닌이 많으면 차맛이 쓰고 떫고, 잎 색이 어둡고, 엽저에도 푸른빛이 돌아서 전체적으로 차의 품질이 떨어진다. 그래서 안토시아닌 함량이 높은 자아종(紫芽種)과 여름차로 차를 만들면 쓴맛이 강하다. 보통 고형물질의 0.01%이지만 자아차(紫芽茶)에는 0.5~1.0% 정도로 높다. 그러나 폴리페놀은 열에 의해 분해되거나 구조가 바뀌는 특징이 있으므로 안토시아닌 함량이 높은 찻잎이라도 살청 등의 가공을 잘 하면 쓴맛을 줄여 진하고 부드러운 차로 만들 수 있다.

단백질protein

단백질은 여러 개의 아미노산 분자가 결합해서 만들어진 고분자 질소화합물이다. 생엽의 단백질 함량은 25~30%이다. 살청 과정에서 온도가 올라감에 따라 단백질의 결합구조 중 약한 고리가 열과 수분에 의해 분해되어 아미노산이 됨으로써 차의 아미노산 함량이 증가한다. 또한 단백질은 폴리페놀과 결합하는 성질이 있는데, 가공 중에 폴리페놀과 결합하면 쓴맛과 떫은맛이 줄어든다.

대부분의 단백질은 물에 녹지 않지만 소량으로 들어 있는 일부 단백질은 물에 녹는다. 차의 맛에 영향을 미치는 것은 단백질이 아닌 단백질이 분해되어 생성되는 아미노산이다. 단백질의 함량은 재배 환경, 품종에 따라 달라진다. 질소대사가 활발한 환경, 즉 고위도, 고해발 지역에서 단백질 합성이 늘어나며 운남대엽종보다는 용정, 몽정황아와 같은 중·소엽종이 단백질 함량이 높다.

아미노산amino acid

단백질이 분해되어 생성되는 성분이며 현재까지 알려진 차의 아미노산은 약 30종으로 생엽의 1~4%를 차지한다. 차의 주요한 아미노산은 테아닌(Theanine), 글루타민산(Glutamic acid), 아르기닌(Arginine), 아스파르트산(Aspartic acid) 등이다.

전체 아미노산의 60%를 차지하는 테아닌은 시원한 맛, 감칠맛을 내는 물질로 차의 품질에 미치는 영향이 크다. 테아닌은 식물 중에서는 차나무와 애기동백나무, 아마존에서 나오는 과유사, 그리고 갈색산그물버섯(Xerocomus badius)이라는 일종의 버섯에만 있는 물질이기 때문에 차나무의 특정성분이라고 한다

이 점을 이용해 테아닌으로 진짜 차나무와 가짜 차나무를 구별

하기도 한다. 아미노산은 물에 녹아서 차탕의 향기, 맛을 구성하며 당과 결합하여 메일라드 반응(Maillard reaction)을 일으켜 건차의 색에도 영향을 미친다.

알칼로이드 alkaloid

알칼로이드는 식물 추출물 중에서 질소를 함유한 알칼리성 유기화합물을 모두 일컫는 말이다. 우리말로는 식물염기라고 하는네 어떤 특정한 물질이 아니라, 식물에서 추출한 것 중 알칼리성을 나타내면 알칼로이드라고 칭한다. 모르핀, 카페인, 니코틴은 식물에서 흔하게 볼 수 있는 알칼로이드로 대부분 진통, 환각, 흥분 효과가 있으며 중독 증상을 일으키는 것들이 많다. 독성 물질도 많아서 실제로 살충제의 성분으로 쓰이기도 한다. 폴리페놀과 더불어 식물이 진화하면서 해충, 병원균에 대항하기 위해 만들어낸 이차대사산물로 분류된다.

차의 알카로이드는 카페인(Caffeine), 테오필린(Theophylline), 테오브로민(Theobromine) 등이 있다. 그중 카페인을 제외한 두 종류는 함량이 미미하다. 생엽에서 알카로이드가 차지하는 함량은 5% 정도로 적은 양이지만, 차의 쓴맛을 내는 중요한 성분이다.

카테킨, 카테킨산화산물, 단백질과 결합해 침전물을 만들어 차탕을 혼탁하게 만드는 크림다운 현상을 일으키는 주 성분이다. 카페인은 단독으로는 쓴맛을 내지만 다른 성분과 결합하여 차의 맛을 상쾌하게 만들어주기도 한다. 아미노산에서 합성되며 단백질, 아미노산 합성에 유리한 환경과 품종에 따라서 함량이 달라진다.

이파리에 카페인이 있는 식물은 현재까지 차나무와 과유사, 마테가 유일하다.

당류 saccharide

당류는 탄수화물이라고도 부르며 생엽의 20~30%를 차지한다. 당류 물질은 단당(單糖), 과당(寡糖), 다당(多糖)으로 분류된다.

단당과 과당은 물에 녹고 단맛을 가지고 있어서 차탕의 농도와 맛에 영향을 미치고 차의 밤향, 카라멜향, 달콤한 향 등을 형성하는 기초물질이다.

다당은 여러 개의 단당이 열결된 고분자화합물이다. 주로 전분, 섬유소, 반섬유소, 펙틴질 등이 있다. 다당은 단맛이 없고, 일부 펙틴질을 제외하고는 물에 녹지 않는다. 주로 식물의 구조를 받쳐주거나, 저장물질의 형태로 존재한다.

차나무의 줄기를 이루는 것은 대부분 다당인 섬유소다. 섬유소는 단맛이 없고 물에 녹지 않기 때문에 차맛에 영향을 주지 못하지만 숙차의 가공과정 중 발효를 거치며 분해되어 단맛을 내는 단당이나 과당이 되면 차의 단맛을 더한다. 그래서 줄기의 함량이 높은 원료로 만든 숙차는 단맛이 더욱 강하게 나온다.

방향물질 芳香物質

생엽의 방향물질은 차의 향기를 이루는 주요한 물질이지만 함량은 0.03~0.05%에 불과하다. 늙은 잎보다 어린 잎에, 여름차보다 봄차에, 평지차보다 고산차에 더 많은 방향물질이 함유되어 있다. 생엽의 향기성분은 주로 알코올, 알데히드, 산, 에스테르, 케톤, 테르펜 등이다.

리프알코올(Leaf alchol), 리프알데히드(Leaf aldehyde) 등은 강렬한 풀비린내를 내기 때문에 차의 품질에 불리하게 작용한다. 그러나 휘발점이 200℃ 이하로 낮기 때문에(리프알코올은 156~157℃, 리프알데히드는 140℃) 살청하는 동안 수증기와 함께 대량으로 휘발된다. 리프알코올은 생엽의 향기성분 중 함량 60%를 차지하는 가장 많은 성분이다.

방향물질 중 200℃ 이상의 높은 온도에서 휘발하는 방향물질들은 대부분 좋은 향기를 낸다. 페닐에탄올(Phenyl ethanol)은 사과향을, 벤질에탄올(Benzyl alcohol)은 장미향을, 쟈스몬(Jasmone)은 쟈스민향을, 리나롤(Linalool)은 독특한 꽃향기를 낸다.

살청이 진행됨에 따라 저온 휘빌싱 물질이 대량 소실된 후 좋은 향기를 가진 고온 휘발성 방향물질이 발현된다.

비타민vitamin

차의 비타민은 지용성과 수용성으로 나뉜다. 지용성 비타민은 비타민A, D, E, K이고, 수용성 비타민은 비타민B1, B2, C, PP, P 등이다.

생엽에는 비타민C가 많이 들어 있다. 그러나 비타민C는 매우 쉽게 산화하는 특징이 있어 가공 과정 중에 함량이 대폭 줄어든다.

차색소茶色素

색소 성분은 생엽의 1%를 차지한다. 차의 품질에 많은 영향을 미치는 것은 엽록소(chlorophyll), 크산토필(xanthophyll), 카로티노이드(carotenoid), 플라보노이드(flavonoid), 안토시아닌 등이다. 플라보노이드와 안토시아닌은 폴리페놀의 일종이자 색소 성분이기도 하다.

02 가공 과정 중 생성되는 색소

차황소 Theaflavin, TF

차황소는 찻잎의 페놀 물질이 산화되어 만들어진다. 정제한 차황소는 오렌지색을 내는 바늘 모양의 결정이고, 녹는점은 237~240℃이다. 차황소가 녹아있는 용액은 선명하고 밝은 오렌지색을 띠고, 수용액은 약 산성으로 pH는 약 5.7이다. 차

생차의 탕색

황소의 색은 차탕의 pH에는 영향을 받지 않지만, 알칼리성 용액에서는 자동적으로 산화되는 경향이 있는데, 이 현상은 pH가 증가할수록 더욱 활발하게 나타난다.

물에 잘 녹는 수용성 성분으로 차 맛의 강도와 신선한 정도를 결정하고 떫은맛을 가지고 있으며 차탕의 '투명한 밝음'을 결정하는 성분이다. 차홍소, 단백질, 카페인과 결합해 크림다운 현상을 일으키는 성분이다.

차황소 함량은 발효가 진행 중인 보이 생차에 높으며 발효가 완료된 보이 숙차에서는 매우 낮은 함량이 들어 있다.

차홍소 Thearubigin, TR

차홍소는 구조가 복잡하고, 적갈색을 띤, 불균일한 페놀성 화합물의 총칭이다. 상대 분자량은 700~40,000 사이로 매우 큰 편이다. 대부분은 카테킨과 차황소 등이 산화·중합되어 형성한 고분자 화

홍차의 탕색

합물이다. 차홍소는 구조가 복잡하고, 분자 차이도 매우 큰 색소 물질이다. 성질이 다른 다양한 물질들이 모여서 이루어져 있고, 구조 중에서 산성 물질이 우세를 차지하는 페놀형 화합물이다. 보이 생차, 보이 숙차 모두 들어 있으며 차탕의 붉은색을 나타내는 색소 성분이다. 약한 수렴성을 가지고 있다.

차갈소 Theabrownin, TB

숙차의 탕색

차갈소에 대한 초기의 정의는 홍차에 들어 있는 특수한 색소를 가리키는 것이었다. 당시에는 홍차의 차갈소가 여러 분자들이 모여서 형성된 고분자화합물로 차황소, 차홍소 등이 진일보 산화·중합을 거쳐 만들어졌다고 생각되었다.

차갈소에 대해 통용되는 정의는 물에 녹고, 에틸아세테이트(Ethyl Acetate)와 부틸알코올(1-butanol)에는 녹지 않는 갈색 색소다. 그러나 사실 차갈소는 몹시 다양한 여러가지 물질로 이루어진 복잡한 물질이다. 그 물질들이란 폴리페놀 산화중합산물 외에도 아미노산, 당류 등이 포함되며 구체적인 화학조성과 구조는 아직까지 밝혀지고 있지 않다.

홍차는 차갈소가 많으면 탕색이 어둡고 맛이 약해진다. 때문에 차갈소가 높을수록 홍차의 품질은 떨어진다. 그런데 보이차는 발효 과정에서 폴리페놀, 카테킨, 플라보노이드, 차홍소, 수용성 과당 등이 대폭적으로 감소하는 반면, 차갈소는 눈에 띄게 늘어난다. 이것은 차갈소가 보이차에서 매우 중요한 물질이며, 보이차의 품질 및 효능과 밀접한 관련을 갖고 있음을 시사한다.

보이차에서 차갈소는 폴리페놀이 산화되어 형성된 차황소, 차홍소와 단백질, 다당, 에스테르류 물질이 미생물이 분비하는 효소와 미생물이 방출하는 호흡열과 발효 중인 찻잎으로부터 오는 온도와 습도 등에 의해 화학적인 반응을 겪은 결과 형성된 것으로 일부는 수용성으로 차탕에 녹아들어가고, 일부는 불수용성으로 엽저에 침착한다. 차탕의 색깔을 어두운 갈색으로, 건차와 엽저의 색을 진한 갈색으로 만든다.

차갈소는 함량이 높을수록 차탕을 어둡게 만들며 해묵은 진향과 연한 단맛을 가지고 있다. 고온다습한 환경에서 일정 시간 저장된 생차, 발효를 마친 숙차에 모두 있다.

13

보이차의 감관 심평

13. 보이차의 감관 심평

01 심평의 기초

감관 심평

사람의 감각기관(시각, 후각, 미각, 촉각, 청각)을 이용해 차의 외형, 내질을 객관적으로 판단하는 방법으로 간단, 신속, 원가 절감이라는 장점이 있지만 주관성이 강하고 객관적인 데이터가 없으며 심평원의 높은 수준이 필요하다는 단점이 있다.

이화학理化學 심평審評

기계, 설비를 통해 차의 물리성질과 화학성분을 심도 있게 측정하는 것을 말한다. 차를 본질에 가깝게 알 수 있다는 장점이 있다. 찻잎 내부구조, 물리·화학적 특성과 차 품질의 상관관계를 알 수 있다. 게다가 감관심평보다 객관적인 증거를 제시한다. 그러나 분석 방법이 복잡하고 비용이 높다는 단점이 있다.

심평실審評室

심평을 진행하는 장소를 말한다. 신선한 공기, 잡냄새가 없어야 하며 실내에서는 절대 금연해야 한다. 화장실과 화학실험실, 주방과는 거리가 있어야 한다. 밝기는 충분해야 하며 직사광선은 광반(光斑)을 남길 수 있으니 피한다. 자연광이 충분하게 들어오는 환경으로 만들고 자연광이 부족하면 실내등으로 보조한다. 빛 공급에 차질을 줄 수 있으니 큰 나무 화분은 두지 않는다. 벽면은 모두 흰색으로 칠해서 빛 반사가 충분하게 해준다. 심평실은 건조해야 하므로 습도가 높을 경우 제습기를 설치한다.

심평은 정신적인 영역이므로 정숙해야 한다. 차를 평가하는 모든 감각은 뇌에서 결정한다. 주변 환경이 시끄럽고 번잡하다면 심평 결과에 영향을 미친다. 심평실 내의 물품은 정리정돈을 완벽하게 하고 위생에 신경 써야 한다.

심평 주의사항

심평 전 흡연이나 매운 음식, 자극성 강한 음식의 섭취는 금한다. 식사는 심평 한 시간 전에 마친다. 향이 강한 화장품이나 향수는 정확한 심평에 방해되므로 사용하지 않는다.

02 심평 도구

감관심평은 전용 도구를 사용한다. 종류별 도구는 일치해야 한다. 청결해야 하고 잡냄새가 없는 것, 눈부심이 없는 것, 손상이 없는 것, 규격에 맞는 것을 사용해야 오차가 줄어든다.

건평대乾評臺

차의 외형을 평가하는 탁자. 일반적으로 창가에 설치한다. 차통(茶桶), 양차판(견본판) 등을 두며 색깔은 검정색이나 흰색이 좋다. 눈부심이 없어야 하며 반사가 되지 않는 칠을 해야 한다. 높이는 90~100cm, 넓이는 50~60cm가 적당하며 길이에 세한은 없다.

습평대濕評臺

물을 끓여 차의 내질을 평가하는 탁자를 말한다. 일반적으로 흰색이다. 견본차 상자, 걸이 등을 둔다.

양차반樣茶盤

심평할 차를 두는 판을 말한다. 외형을 평가하는 용도로 쓴다. 정방형과 장방형 두 종류. 일반적으로 길이 23cm, 높이 3cm, 혹은 길이 25cm, 높이 3cm, 폭 16cm의 규격이다. 왼쪽에 홈이 있다. 목재, 혹은 플라스틱 재질이 많으며 흰색으로 된 것이 심평에 유리하다.

심평배審評盃, 심평완審評碗

특수하게 만든 입이 넓은 백색의 자기로 되어 있다. 차의 내질을 심평하는 데 사용한다. 심평배 뚜껑에는 작은 구멍이 있고 심평배 윗면에는 톱니모양의 구멍이 있다. 용량은 150ml(완성차)와 250ml(모차), 110ml(오룡차)가 있다.

심평배와 심평완

엽저반葉底盤

심평 후 우린 엽저를 놓고 살펴보는 판을 말한다. 목재 혹은 플라스틱 재질로 되어 있다. 색깔은 백색, 흑색이 있으며 길이 10cm, 높이는 2cm 규격이다.

엽저반

저울

차 무게를 측정하는 용도로 사용한다. 최소 단위는 1g까지 측정 가능한 것으로 준비한다.

시계(타이머)

차를 우리는 시간을 측정하는 용도. 아날로그, 디지털 모두 가능하다.

거름망숟가락網匙

백자, 스테인리스 재질로 심평 시 찌꺼기를 거르는 용도로 사용한다.

차 숟가락茶匙

차 숟가락

백자, 5ml용량, 차탕을 떠서 맛을 보는 용도로 사용한다.

토차통吐茶桶

차를 뱉거나 물, 차 씨써기를 버리는 동이나.

주전자燒水壺

물을 끓이는 주전자로 일반적인 전기포트를 사용한다. 내부는 스테인리스 재질로 된 것이 차 맛에 영향이 없다.

03 사전 주의사항

우리는 물의 온도

100℃ 끓는 물을 사용한다. 끓는 물을 넣어야 차에 함유된 성분이 쉽게 침출되어 나온다. 너무 오래 끓이면 물에 산소용존량이 떨어져 심평에 좋지 않다.

우리는 시간

심평 시 우리는 시간은 5분이 적합하다.

심평 시 차와 물의 비율

긴압차 심평　차(3g) : 물(150ml) = 1 : 50
모차 심평　　차(5g) : 물(250ml) = 1 : 50

04　심평 순서

> 견본 섞기(흔들기) → 건차 심평(형태, 색깔, 정쇄, 정도) → 무게 재기
> → 우리기(심평배 사용) → 시간 재기(5분) → 따라내기(심평완 사용)
> → 내질 심평(탕색, 향기, 맛, 엽저)

견본 섞기

건차 심평을 위해 차를 잘 섞어주는 과정을 말한다. 차를 좌우, 위
아래로 흔들어 차의 상·중·하단을 분리해준다. 일반적으로 상·
중·하단의 차를 모두 심평한다. 건차를 섞어주면 상단에는 큰 이
파리가, 중단에는 중간 이파리가, 하단에는 작은 이파리나 깨진 이
파리가 자리하게 된다.

건차乾茶 심평審評

형태(形態), 색깔[色澤], 정쇄(整碎), 정도(淨度) 네 가지 요인으로 외형
을 심평한다.

형태 건차의 일반적인 형태를 살핀다. 차의 길이, 두께, 새싹의 여부, 유념의 정도 등을 살핀다.

색깔 건차의 색깔을 살핀다. 일반적으로 보이차 생차는 묵황색, 묵녹색이며 보이차 숙차는 갈홍색, 갈색이다.

정쇄 차의 파손 정도를 살핀다. 견본을 양차반 위에서 섞어주면 파손된 이파리는 가장 아래 바닥면으로 내려가게 된다.

정도 전체적인 찻잎의 성숙도가 비슷한지, 규격 이외의 이파리는 없는지, 찻잎 이외의 이물실이 있는지 살핀다.

무게 재기

잘 섞은 건차는 엄지, 검지, 중지를 이용하여 상·중·하단의 차를 동시에 집어서 무게를 잰다. 150ml 심평배의 경우 3g을 준비한다. 여러 번 집어내게 되면 찻잎이 쉽게 부서져서 정확한 심평이 어렵다.

우리기

내질심평의 첫번째 단계다. 정해진 양을 심평배에 넣고 끓는 물을 부어 우린다. 5분 후 심평완에 심평배를 뒤집어 놓아 찻물을 따라 낸 후 심평을 진행한다. 심평배, 심평완은 깨끗하게 유지해야 하며 차의 종류가 많을 때에는 번호, 순서에 맞게 진행해야 한다.

내질심평内質審評

탕색(湯色), 향기(香氣), 맛[味道], 엽저(葉底) 순서로 심평한다.

탕색

탕색은 우리고 난 후 차에서 침출되어 나오는 차탕의 색깔을 말한다. 수색(水色)이라고도 한다. 찻물은 공기와 접촉하는 순간부터 급격한 산화가 시작된다. 시간이 지나면서 연한 색에서 밝은 색으로, 밝은 색에서 맑은 색으로, 맑은 색에서 어두운 색으로 변한다. 게다가 온도가 낮아지면서 크림다운(cream down)과 같은 혼탁한 현상도 나타날 수 있다. 따라서 탕색은 가장 먼저 최대한 신속하게 판단한다. 탕색은 색깔 유형과 진하기, 밝기, 맑기 등을 평가한다.

향기

우린 찻물을 따라낸 후 심평배 안에 있는 엽저의 향기를 맡는다. 향기의 순수함, 차향 이외의 이질적인 향기가 있는지, 향기의 유형, 높낮이, 지속성을 기록한다. 일반적으로 고온, 중온, 저온의 향을 맡아 판단한다. 한 번 맡을 때 시간은 3초 정도이며 향을 맡은 후 30초 이상은 후각을 쉬게 해준다. 후각은 쉽게 피로해지는 기관이라 연속해서 향을 맡게 되면 정확한 심평이 어려워진다.

고온은 55℃, 중온은 45℃, 저온은 35℃가 적당하다. 그 이하의 경우 너무 향기가 낮아져서 이질적인 향기 판단에 어려움이 있다. 고온에서는 향기의 유형과 높낮이를 판단하고 저온에서는 향기의 지속성을 판단한다.

맛

미각으로 차를 심평하는 방법이다. 미각은 혀를 덮은 미뢰의 작용으로 느껴진다. 차탕을 입에 넣은 후 혀 위에서 두세 차례 굴려 혀 전체에 골고루 접촉하게 해준다. 차탕 온도는 45~55℃가 가장 적합하다. 70℃ 이상에서는 너무 뜨거워서 맛을 판별하기가 어렵고 40℃ 이하에서는 차탕이 너무 무뎌지며 쓰고 떫은맛이 증가한다. 차탕의 양은 한 스푼인 4~5ml가 적당하다. 맛 보는 시간은 약 3~4초 정도이며 차탕을 입에 넣은 후 혀 위에서 두세 차례 굴린다. 맛의 농도, 수렴성, 신선도, 순수함, 회감, 신선함 등을 평가한다.

엽저

차를 우린 후의 이파리를 시각과 촉각을 통해 관찰하고 평가한다. 엽저는 엽저판, 혹은 심평배 뚜껑에 뒤집어 놓고 관찰한다. 성숙도, 두께, 부드러움, 탄력, 균일도, 색깔, 파손도, 이물질, 가공 상태를 살펴본다.

점수 계산

심평을 마치면 각 항목에 맞는 점수로 계산한다.

모차   외형 20%, 향기 30%, 맛 30%, 탕색 10%, 엽저 10%

긴압차   외형 25%, 향기 25%, 맛 30%, 탕색 10%, 엽저 10%

14

보이차의 향기와 맛

14. 보이차의 향기와 맛

청향淸香

맑고 높으며 깨끗한 향기. 형용할 수 있는 범위가 매우 넓다. 갓 만든 쇄청모차, 보이 생차에서 나오는 향기를 말한다. 대체적으로 봄철 만든 차에서 나오며 신차의 특징이기도 하다. 빠르면 2년 이내, 늦어도 3년 정도 유지되다가 다른 향기로 전환된다. 청향을 내는 물질은 네놀리돌(Nerolidol), 이오논(Ionone), 리나놀(Linalool), 리모넨(Limonene) 등의 성분이 주를 이룬다. 청향에 속한 여러 향기는 다음과 같다.

꽃향花香

특정할 수 없는 여러 종류의 꽃향기를 말한다. 높고 깔끔하며 시원하고 복합적인 향기.

난꽃향蘭花香

난꽃과 비슷하다고 특정할 수 있는 꽃향기로 주로 풍란, 한란과 비슷하며 지역과 품종의 영향을 많이 받는다. 난꽃향이 나는 차의 산지로는 대표적으로 경매차산, 석귀 등이 있다. 빠르면 2년 이내, 늦어도 3년 정도 유지되다가 다른 향기로 전환된다.

사탕수수향甘蔗香, 수분 많은 과일향果香

사탕수수, 수박, 멜론의 시원하고 달콤함이 느껴지는 향기. 고온에서 건조한 홍차의 높은 캐러멜 향기와는 다르게 시원함이 있다. 대표적으로 만전 지역의 차에서 느낄 수 있다.

열대과일향熱帶水果

파인애플, 파파야, 망고스틴 등 열대과일에서 느낄 수 있는 달콤한 향기. 높은 채엽 기준과 품종, 지역에 영향을 받는다. 대표적으로 임창의 서남부, 보이의 북부 지역 차에서 나온다. 역시 청향 계통으로 3년 이내에 다른 향기로 전환된다. 청향 계열을 가진 차들은 저장 시간이 길어지면서 진향 계열로 바뀐다.

진향陳香

해묵은 세월을 느끼게 하는 향기를 말하며 형용할 수 있는 범위가 매우 넓다. 숙차, 혹은 오래 보관한 생차에서 나오는 향기로 보관 환경의 온도, 습도에 따라서 생성되는 시기와 종류가 다르다. 진향의 종류는 아래와 같다.

나무향木香

잘 마른 나뭇단에서 나오는 향기와 비슷하며 끝에 달콤한 느낌을 동반한다. 건조한 환경에서 보관한 차, 줄기의 비율이 어느정도 있는 차에서 느낄 수 있는 향기. 신차의 향기인 청향이 사라진 후 3~10년 사이에 나온다. 습도가 높은 환경에서 보관한 차에서는 좀처럼 나오지 않는다.

버섯향, 숲속향

비 온 뒤 숲에서 맡을 수 있는 시원하고 편안한 향기와 비슷하다. 습도가 비교적 높은 환경에서 보관된 차에서 나오는 향기.

벌꿀향蜂蜜香

진한 벌꿀에서 나오는 농축된 달콤한 향기. 주로 어린 이파리로 만든 보이 생차에서 나오며 과하게 습도가 높은 일부 지역을 제외하면 대부분 나오는 향기다. 건창 환경에서 보관했을 때 5~10년 사이에 생성되며 대표적인 지역으로는 경매, 방위, 석귀, 방동, 대설산, 망지, 유락 등등 여러 지역의 차에서 발견된다.

대추향棗香

말린 대추를 끓일 때 나오는 향기와 비슷하며 대추차의 향기를 생각하면 된다. 주로 큰 이파리가 포함된 차가 익어가면서 나온다. 생차는 대표적으로 육대차산의 이무, 만전의 고수차에서 은은하고 고급스러운 대추향을 느낄 수 있으며 숙차는 지역에 상관없이 큰 이파리로 만든 차에서 대추향을 맡을 수 있다.

장향樟香

녹나무, 장향목에서 나오는 향기와 흡사하다. 우리나라에서는 장향목이 드물어서 상상하기 어려운데 계피와 비슷하면서도 좀 더 낮은 노트의 향기로 생각하면 된다. 오래되었다는 노차에서 나오는 대표적인 향기 중 하나로 숙차, 혹은 생차를 고온다습한 환경에서 보관했을 때 생성되며 미생물의 참여가 있어야 만들어지는 향기다. 저장 연수가 오래되어야 나온다는 주장도 있지만, 습창으로 보관했을 때 2~3년 미만으로도 만들어지는 향기다.

삼향蔘香

말린 인삼과 비슷한 향기. 장향과 마찬가지로 미생물의 참여가 있을 때 나오는 향기로 고온다습한 환경에서 보관되었을 때 만들어진다. 장향과 마찬가지로 노차에서 나오는 향기 중 하나로 인식되지만, 고온다습한 환경에서 보관하면 단시간 내에 만들어지기도 한다.

보이차 맛의 종류

보이차에서 느낄 수 있는 맛은 쓴맛, 떫은맛, 단맛, 짠맛, 신맛 등이다. 쓴맛은 카페인과 폴리페놀, 떫은맛은 폴리페놀이 만들어낸다. 강력한 떫은맛은 차 폴리페놀의 주성분인 카테킨, 특히 복잡한 구조를 가진 카테킨이 만들어낸다. 단맛은 단당, 이당 그리고 일부 아미노산이 만들어내며 신맛은 아미노산과 유기산이 만들어낸다.

보이차에 짠맛을 낼 수 있는 나트륨 성분은 있지만 사람의 미각으로 느낄 수 있는 정도는 아니며 만약 보이차에서 지속적으로 짠맛이 난다면 가공 과정, 혹은 유통 과정 중 오염되었을 가능성이 있다.

보이차의 구감口感

보이차를 마시면 단순하게 쓴맛, 떫은맛, 단맛 이외의 느낌이 있다. 이런 맛 이외에 맛으로 표현하기는 어렵지만 분명하게 느껴지는 것을 구감이라고 한다. 와인으로 보면 'Mouthfeel'과 표현법이나 단어 뜻이 같다. 보이차의 대표적인 구감은 생차와 숙차가 다르다. 공통적으로 보자면 회감, 생진, 매끄러운, 풍만한, 묵직한, 가벼운, 층차감(입체적인), 탕질 등의 표현이 있다.

좋지 못한 느낌의 표현도 있다. 목이 마르는, 목을 긁는, 입이 마르는, 혀가 따가운, 입술이 따가운 느낌 등이 있다. 와인은 표현이 매우 자세하고 이해가 빠르게 된다. 'Velvety'라고 하면 벨벳처럼 부드러운 느낌이라는 뜻으로 이해가 쉽게 되지만, 보이차를 포함해서 중국차에는 '마치 무엇처럼'이라는 표현이 없다.

정해진 표현이 없어서 아쉽지만, 이런 표현은 스스로 찾아서 해보는 것도 괜찮다. 가벼운 탕질은 아니지만 부드러운 맛이 이어지면 '비단처럼 부드러운' 정도의 표현도 어울린다. 10년 정도 지난 이무 고수차에서 나오는 구감이 이런 느낌이다.

탕질湯質

차를 우릴 때 나오는 수용성 침출물이 만들어내는 맛의 농도와 차탕의 점도를 말한다. 펙틴 성분이 많은 차는 차탕의 점도가 증가하며 폴리페놀, 카페인, 아미노산이 많은 차는 맛의 농도가 증가한다. 농도와 점도가 높은 차를 우리면 탕질이 두터운 차의 맛을 느낄 수 있다.

층차감層次感

층차감은 층층이, 단계적으로 느껴지는 향기와 맛을 말한다. 입체적인, 혹은 풍만한 맛과 향기도 포함된다. 주로 산지와 계절이 다른 여러 지역의 차를 병배했을 때 나오지만 일부 산지에서는 단일 지역, 단일 계절의 차로도 느낄 수 있다.

회첨回甛

단맛을 표현하는 구감 중 하나로 마신 후 입 안에서 직접적으로 느껴지는 단맛을 말한다. 회첨은 사탕, 꿀, 설탕처럼 강력하게 느껴지는 단맛이 아닌 은은하고 미세하게 느껴지는 단맛이다. 생차와 숙차 모두 느낄 수 있으며 주로 이파리가 큰 모차로 만든 차에서 나온다. 회첨의 주 성분은 다당이 분해되어 생긴 단당, 이당, 일부 아미노산이다. 생차, 숙차 모두 느낄 수 있는 구감이다.

회감回甘

단맛을 표현하는 구감 중 하나로 차를 마신 후 목에서부터 올라오는 단맛을 말한다. 회첨과는 다르게 마신 후 어느 정도의 시간이 지나야 인지된다. 회감을 느끼게 하는 주 성분은 아직까지 명확하게 밝혀지지 않았다. 차를 제외한 다른 식품을 먹었을 때 차와 비슷한 회감을 느낄 수 있는 것으로는 생 올리브 열매가 있다. 그래서 일부 학자들은 생 올리브의 성분과 차의 공통된 성분이 회감을 느끼게 해주는 성분이라고 주장하기도 한다. 생 올리브 열매와 차의 공통된 성분으로는 폴리페놀의 일종인 플라본(flavone)이 있다. 주로 생차, 발효도가 낮은 숙차에서 느낄 수 있나.

생진生津

차를 마신 후 느껴지는 구감으로 입 안에서 침이 분비되어 도는 현상을 말한다. 중의학(中醫學)에서는 생진현상을 무병장수의 묘약으로 표현하기도 한다. 생차, 숙차 모두 느낄 수 있다.

15

보이차의 다예와 포다법

15. 보이차의 다예와 포다법

01 다구

개완蓋碗

개완

개완은 차를 우리는 도구로 뚜껑, 그릇, 받침이 있는 다구다. 개완은 '삼재완(三才碗)', 혹은 '삼재배(三才杯)'라고도 부르는데 뚜껑은 하늘, 그릇은 사람, 받침은 땅을 의미한다고 여기기 때문이다. 재질은 자기, 유리, 자사, 자도 등 여러 종류가 있다. 자기와 유리로 된 개완은 어떤 종류의 차를 우려도 차 맛에 영향을 주지 않기 때문에 범용성이 좋다. 단점은 손잡이가 따로 없기 때문에 차를 우릴 때 뜨겁다는 것과 보온 능력이 떨어진다는 점이다.

자사호紫砂壺

자사호는 명나라 때부터 만들기 시작한 유서 깊은 중국 고유의 다

구다. 원료는 자사니(紫砂泥)라
는 흙으로 의흥시(宜興市) 정촉
진(丁蜀鎭)에서 생산된다. 조형
이 아름답고 실용성도 좋아서
직급이 높은 작가가 만든 작품
은 매우 고가에 거래되며 니료

자사호

의 종류에 따라서 크게 자니(紫泥), 홍니(紅泥), 녹니(綠泥)로 나눈다.
자사광을 곱게 갈아서 반죽하여 형태를 만들고 1,100~1,200℃ 사
이의 높은 온도에서 소성한다. 보온성 좋고 호에 있는 미세한 기공
은 숙차나 노차의 잡맛을 잡아주는 역할을 한다. 반대로 높은 보온
성은 갓 만든 생차나 녹차를 우릴 때에는 향과 맛을 억누르는 작용
을 하므로 차의 종류에 따라서 다구를 선택하는 것이 좋다.

자기호, 유리호

백자, 청자, 유리 등의 재질로 만
든 호를 말한다. 사용하기 간편하
며 밀폐성도 좋은 편이다. 개완과
마찬가지로 여러 종류의 차를 가
리지 않고 우려낼 수 있다.

자기호

찻잔

차를 따라서 마시는 잔으로 원료는 자기, 자사, 도기, 유리, 금속
종류 등 여러 가지가 있다. 보이차는 자기나 유리로 만든 잔이 잘
어울린다.

잔받침
찻잔이 넘어지지 않게 받쳐주는 받침
이다.

찻잔·잔받침

다하茶荷

차를 넣어 놓는 노구로 납작한
형태를 가지고 있다. 병차, 산차
등을 담아서 차를 우리기 전 감
상을 할 수 있으며 개완이나 자
사호에 차를 넣을 때 편하다.

다하

다시茶匙

차를 덜어 다구에 넣는 도구를
말한다. 재질은 나무, 금속제,
도자기 등이 있고 모양은 숟가
락, 반구형 관 등이 있다.

다시

다침茶針

긴압차를 해괴할 때 사용하는
송곳 모양의 도구. 주로 단단한
차를 떼어낼 때 사용한다.

다침

다루茶漏

찻잎을 넣을 때 차호 입구에 걸쳐
놓아 차가 호 바깥으로 나가는 것
을 막는 깔때기 역할을 하는 도구.

다루

다포茶布

다구, 찻잔, 다판에 묻은 찻물을 닦아낼 때 사용하는 천을 말한다.

다판茶板

다구를 올려두고 차를 우리는
넓은 판을 말한다. 나무, 돌,
금속 등 여러 재질이 있다.

다판

공도배公道杯, 숙우熟盂

개완, 자사호로 우린 찻물을 직접
찻잔에 따르게 되면 우려지는 시간
의 차이 때문에 처음과 마지막 잔의
맛이 달라진다. 먼저 호의 찻물을
모두 공도배(숙우)에 따라내고 다음
으로 찻잔에 순서대로 따르면 처음
과 마지막 잔 모두 균일한 맛이 나

공도배, 숙우

온다. 유리, 자기, 자사 등의 여러 재질이 있으며 탕색을 관찰하기
에는 유리로 만든 공도배가 좋다.

거름망

찻잎을 걸러내는 도구로 자기, 유리, 목재, 스테인리스 등 여러 재질이 있다.

거름망

02 숙차 포다법

숙차 포다법

자사호나 개완, 공도배, 거름망, 찻잔, 잔받침, 다하, 다시, 다침, 집게, 다포, 다판 등을 준비한다. 숙차나 오래된 노차는 자사호에 우리는 것이 좋다. 자사호는 높은 온도를 유지할 수 있고 숙미, 숙향, 잡맛을 순화해주는 역할을 한다. 다판 위에 자사호와 공도배, 찻잔을 올려둔다. 오른손으로 포다하는 사람이면 자신을 기준으로 다판 위에 자사호나 개완을 오른쪽으로 공도배는 왼쪽으로 둔다. 그 앞으로 찻잔을 올려 두고 각종 차도구는 다판의 오른쪽에 둔다. 다포는 다판과 팽주(烹主) 사이에 둔다.

상차賞茶

차를 다하에 덜어 놓고 다하를 양손으로 들어 손님 방향으로 살짝 기울인 후 왼쪽에서 오른쪽 방향으로 천천히 이동하며 차를 소개한다. 차의 종류, 산지, 맛과 향기의 특징 등을 설명하여 마시는 사람의 이해를 돕는다.

결구潔具

다구를 닦고 예열하는 과정이다. 왼손으로 자사호 뚜껑을 열고 오른손으로 주전자를 들어 뜨거운 물을 자사호에 천천히 부어준다. 물이 가득 차면 자사호 뚜껑을 닫아주고 공도배에 따라준다. 따를 때 자사호의 뚜껑이 떨어지지 않도록 왼손 검지로 눌러준다. 공도배를 들어 천천히 기울여 사방을 씻어주고 찻잔에 골고루 따라준다. 찻잔에 따라둔 물은 다시 퇴수기, 혹은 다판에 버린다.

보이입궁普洱入宮

다하의 보이차를 자사호에 넣는 과정이다. 왼손으로 다하를 들고 오른손으로 다시를 잡고 차를 쓸어 내리듯 두 세번 나누어 자사호에 넣어준다. 자사호의 입구가 좁다면 다루를 걸고 넣는다. 차의 양은 인원수가 아닌 우리는 다구의 크기에 따라서 결정한다. 일반적으로 100cc 다구에 4g이 적당하며 취향에 따라 가감한다.

윤다潤茶

주전자를 들어 뜨거운 물을 자사호에 가득 부어주고 2~3초 미만으로 우린 후 찻물을 버린다. 메마른 차를 촉촉하게 만들어 잡맛을 없애며 차를 깨우는 과정이다.

충포沖泡

주전자의 뜨거운 물을 자사호에 부어준다. 주전자의 높이는 자사호의 가까운 곳에서 시작하여 살짝 들어올려 높은 곳에서 물이 떨어지도록 붓는다. 이것을 '고산유수(高山流水, 높은 산에서 물이 흘러 내린다)'라고 한다. 자사호 가득 물을 부으면 거품이 뜨는데 이것을 자사호의 뚜껑으로 깎아 내듯 걷어낸다. 이것을 '춘풍불면(春風 拂面, 봄바람이 얼굴을 스친다)'라고 한다. 자사호 뚜껑을 닫고 호 위로 뜨거운 물을 따라서 호에 묻은 거품과 찻잎을 없애준다. 이 과정은 호의 온도를 올려주어 맛과 향기가 더욱 잘 나오게 하는 과정이다. 우리는 시간은 긴압차의 경우 첫 번째 포다는 차가 풀어지는 시간을 주기 위해 30초, 두 번째 포다는 20초, 세 번째 포다는 15초, 네 번째 포다는 15초 정도로 우려주며 차맛이 싱거워지면 포다 시간을 다시 늘려준다.

출탕出湯

자사호를 들고 다포에 자사호 바닥을 찍어내듯 닦아낸 후 공도배에 따른다. 자사호 바닥에 묻은 물이 공도배에 들어가는 것을 방지하기 위함이다. 차탕을 공도배에 따른 후 '봉황삼점두(鳳凰三點頭, 봉황이 세 번 절한다)'의 동작으로 마지막 몇 방울의 차탕까지 공도배에 따라준다. 자사호 안에 찻물이 남아 있으면 농도가 매우 진해서 다음 차탕에 영향을 받기 때문이다. 동시에 봉황삼점두는 상대방에 대한 환영과 존경의 의미를 가지고 있다.

짐차斟茶

공도배의 차탕을 찻잔에 따르는 과정이다. 찻잔에 70%까지만 따른다. 뜨거운 차를 가득 따르는 것은 예의에 어긋난다.

봉차奉茶

찻잔을 들어 잔 바닥을 다포에 찍어내듯 닦아서 잔받침에 올린 후 두 손으로 들어 상대방 앞자리에 놓아둔다.

문향聞香, 품명品茗

엄지와 검지로 잔의 가장자리를 감싸듯 잡고 중지로 잔 바닥을 받친 후 들어준다. 이것을 '삼룡호정(三龍護鼎)'이라고 하는데 보기에도 좋고 뜨겁지도 않다. 잔을 얼굴 가까이 가지고 가서 탕색을 보고 향기를 맡으며 맛을 본다. 한 잔의 차는 세 번에 걸쳐 나누어 마신다. 첫 번째는 목을 적시고 두 번째는 입에 향기를 남기며 세 번째는 입에 맛을 남긴다.

03 생차 포다법

생차 포다법

저장 연수가 짧은 생차는 개완으로 우리는 것이 좋다. 자사호에 우리게 되면 향기와 맛이 약해지는 단점이 생긴다. 오래된 생차, 즉 노차는 반대로 자사호에 우리는 것이 좋다. 도구는 숙차와 같다. 생차는 차의 상태에 따라서 개완이나 자사호를 준비한다. 일반적으로 개완에 우리면 차 본연의 맛과 향기를 즐길 수 있다. 개완, 공도배, 거름망, 찻잔, 잔받침, 다하, 다시, 다침, 집게, 다포, 다판 등의 도구를 준비한다. 우리는 과정과 다예법은 숙차와 동일하다. 다만, 신차의 경우 우리는 시간은 숙차보다 짧게 해주는 것이 좋다.

16

보이차의 보건작용

16. 보이차의 보건작용

다이어트

양명달 등의 연구에 의하면 장기적으로 보이차를 복용하면 체중이 감소할 뿐만 아니라 콜레스테롤과 TG(triglycerides) 함량이 낮아진 다고 한다. 주홍걸(2004) 등도 장기적으로 보이차를 복용하면 비만 치료에 도움이 된다고 했다. 하국번(1988) 등은 보이차가 장의 수축 이완 운동과 위의 단백질 효소에 미치는 영향을 연구했다. 신체에 서 떼어낸 장에 보이차를 섞어 놓으면 수축률과 수축빈도가 줄어 드는 것을 발견했다. 차탕의 농도가 지나치게 높으면 창자의 활동 이 회복되지 않았는데 이것은 차를 너무 진하게 마시는 것이 좋지 않다는 것을 의미한다. 보이차는 소장의 수축률을 떨어뜨리고 수 축빈도를 감소시킨다. 음식물이 충분히 소화되지 않고 영양물질의 흡수도 줄어든다. 보이차는 장벽을 이완시켜 연동파(連動波)가 음식 물을 더욱 멀리 밀어내게 함으로써 음식물이 장내에 머무는 시간 을 단축시킨다.

보이차는 혈당지질을 낮추는 효과가 있는데, 이 실험결과를 보 면, 보이차의 혈당지질 강하는 소장에서 TG와 당의 흡수가 줄어 드는 것과 연관이 있다고 추측할 수도 있다. 수컷 쥐에 8주간 보이 차 추출물을 투여하자 쥐의 체중이 현저하게 감소했다.

혈압 강하

하국번, 임월선(1995) 등은 보이차가 사람의 혈압 심박수와 뇌혈류에 미치는 영향을 연구한 결과, 보이차를 마시고 난 후에 뇌혈관의 생리상태와 뇌혈류동력학 상태에 모두 변화가 발생하는 것을 발견했다. 심박수가 눈에 띄게 줄어들고 심장에서 방출되는 혈액양이 줄어들었고 말초혈액 또한 감소하며 혈류저항도 떨어졌다. 혈관의 이완압력이 내려가기 때문에 단위시간당, 단위면적당 유입되는 뇌혈관의 혈류도 감소하여 혈류 압력이 떨어짐으로써 뇌혈류의 파동폭이 눈에 띄게 줄어들었다. 즉, 보이차를 마시고 나면 사람의 혈관은 이완되고, 혈압이 일시적으로 떨어지며 심장박동이 늦어지고 뇌의 혈류량이 감소하는 등의 변화가 생기므로 노인과 고혈압, 뇌동맥경화 환자가 마시면 도움이 될 것으로 보인다.

돌연변이 및 세균 활성 방지

의약계 연구와 임상실험 결과에 의하면 보이차는 항균작용이 있다. 보이차를 진하게 우려서 하루 네 차례 복용하면 세균성 이질을 치료할 수 있는데 이것은 운남대엽종에 풍부하게 들어 있는 폴리페놀과 관련 있다. S.H.Wu(2007) 등은 보이차 추출물이 돌연변이와 세균 활성을 막는 것을 발견하고 이것을 보이차의 카페인과 EC(epicatechin)의 작용으로 보았다. 실제로 운남 남나산의 애니족은 지금까지도 세균성 이질에 걸리면 이를 치료하기 위해 보이차를 진하게 끓여서 마시고 있다.

암 예방 및 항암

양명달, 호미영 등은 세포 배양과 전자현미경을 이용해 보이차의 항암 효과를 심도 있게 연구한 결과, 보이차 음용이 암 예방에 도움이 된다는 결론을 내렸다. 그들은 체외에서 배양한 사람의 암세포를 전자현미경으로 관찰했는데, 보이차를 추가한 후 암세포는 다각형에서 동그란 모양으로 변형되었고, 위족도 줄어들어서 이동 및 흡착 능력이 없어졌다. 심지어 위족이 떨어져나오기도 했다. 핵에 액포가 생기고, 핵소체가 줄어들거나 파괴되어 사라지고, 염색체가 줄어들거나 굳고, 리보솜이 줄어들고, 미토콘드리아와 소포체가 확장되고 DNA합성이 줄어들고 핵분열이 정지되었다. 이런 모든 변화는 암세포가 보이차에 의해서 모양이 변형되고 최종적으로는 사라졌다는 것을 의미한다.

한편 쥐에 돌연변이를 일으킨 다음 보이차를 투여한 결과 보이차가 돌연변이를 막고 예방하는 효과가 있음을 발견할 수 있었다. 보이차의 폴리페놀과 폴리페놀산화산물은 항암 및 암 예방 성분으로 알려져 있는데, 이 연구에 의하면 보이차에 돌연변이를 막는 효과도 있는 것이 분명하다. 차가 암과 돌연변이를 막을 수 있는 것은 폴리페놀이라는 성분 덕이다. 운남대엽종으로 만든 보이차에는 일반 소엽종으로 만든 다른 차보다 월등한 양의 폴리페놀이 들어 있다.

충치 예방 및 건치

호남의과대학 구강학과 차건강실험실은 보이차가 구강 내에 서식하는 박테리아 중 특히 플라그 형성에 관여하는 스트렙토쿠스 무탄스(Streptococcus mutans)를 억제할 수 있는가에 대한 실험을 진행했다. 실험 결과 플라그 형성을 억제하는 효과가 있다는 것을 발견했다. 실험에 쓰인 보이차 추출물의 농도는 0.125~1% 사이였으며 가장 효과가 좋은 것은 1%였다.

한편 보이차에는 살균과 소염작용을 하는 생리활성물질이 많이 함유되어 있어 충치를 포함한 구강 질병을 완화하는 데 도움이 된다. 구강 질병 완화를 위해 보이차를 이용하는 경우라면 차탕의 농도를 일정 수준 이상으로 진하게 맞추는 것이 좋다.

조연(1993) 등은 보이차의 불소화합물과 폴리페놀 함량의 관계를 관찰하고 보이차의 충치 예방 효과에 대해 초보적인 연구를 진행했는데, 그 결과 보이차에 180.72~229.83mg/kg의 수용성 불소가 함유되어 있다고 했다. 4g의 보이차를 농도 0.5%로 맞추어 음용하고 50분이 지나면 불소 함량은 안전하고 효과적으로 충치를 예방할 수 있는 수준이 된다.

에이즈 바이러스의 활성 억제

중국과학원 곤명동물연구소 분자면역약리학 실험실에서 보이차가 체외 HIV-1 활성에 어떤 역할을 하는지 실험했다. 그 결과 생차와 숙차 모두 HIV-1의 활성을 억제하는 효과가 있었으며, 숙차가 생차보다 더욱 효과적으로 HIV-1의 활성을 억제하는 것으로 나타났다. 이 실험에서는 물과 알코올로 우려낸 차탕을 각각 실험 재료로 썼는데 알코올보다 물로 우려낸 경우가 효과가 더욱 좋았다. 이것은 보이차를 우려서 음용하면 HIV-1을 억제하는 천연성분을 섭취할 수 있다는 것을 의미한다.

항피로

곤명종 실험쥐를 대상으로 항피로 효과를 실험했다(2003). 먼저 실험쥐를 3개조로 나누고 1조에는 차갈소, 2조에는 보이차 추출물, 3조에는 증류수를 각각 투여했다. 그리고 쥐들을 물에 빠뜨려 수영하게 하고 수영 전후에 혈청 중의 요소질소 함량에 어떤 변화가 일어나는지 살펴보았다. 그 결과 수영 후 쥐들의 혈청 중 요소질소의 함량이 1조는 2.28mmol/L, 2조는 6.36mmol/L, 3조는 7.94mmol/L 증가했다. 이것은 차갈소가 효과적으로 제내의 단백질과 질소화합물의 분해를 감소시켜 결과적으로 혈청 중 요소질소가 형성되는 것을 막고, 간글리코겐과 근육글리코겐이 축적되게 함으로써 지구력과 속도를 높일 수 있었다는 것을 설명한다.

전체 쥐들이 수영하다가 결국 힘이 빠져서 익사할 때까지의 시간을 계산했는데, 그 결과 1조 쥐들이 수영을 하며 버틴 평균시간은 391.5±68.2분, 2조는 252±67.3분, 3조는 250.5±68.7분이었다. 이 실험 결과에 의하면 차갈소의 항피로 효과가 보이차 추출물보다 효과적이었는데 이로써 보이차의 항피로 효과는 차갈소와 연관 있다는 추측을 가능케 한다.

위장 보호

적당한 농도로 우린 부드러운 보이차를 마시면 위장에 자극을 주지 않는다. 부드럽고 끈적이고 매끄럽고 묵직한 보이차탕이 인체의 위와 장으로 들어가면 위의 표면에 막을 형성해서 위의 보호막 역할을 한다. 장기적으로 보이차를 마시면 위를 보호하고 건강하게 만들 수 있다. 보이차의 달고 끈적이고 매끄러운 맛을 내는 물질은 대부분 다당이 가수분해된 결과물이다. 이 물질은 면역력 증강과도 연관이 있다.

노화 방지

보이차, 특히 생차에는 노화를 막는 물질이 많이 들어 있다. 그중 가장 대표적인 것이 폴리페놀이다. 연구에 의하면 운남대엽종에는 폴리페놀, 그중에서 카테킨(EGCG, EGC)의 함량이 다른 품종의 차나무보다 월등히 높다. 발효를 거친 보이 숙차는 중요한 활성물질인 갈산, 차홍소, 차갈소와 다당류 물질을 가지고 있다.

항복사 – 히로시마 현상

1945년 미국이 일본 히로시마에 원자탄을 투하하여 10만 명이 그 자리에서 사망하고 살아남은 사람들도 백혈병 등으로 죽어갔다. 생존자에 대한 치료 및 조사 결과, 차농사를 짓는 사람, 차를 파는 사람, 차를 즐겨 마시는 사람은 오랫동안 생존했다. 이를 히로시마 현상이라 말한다.

색인

색인

123

3대 차구	20
4대 산지	14
73청병	248
88청병	254
92방전	254
1997 홍콩회귀기념병차	266
2001년 녹대수	258
7262	247
7452	246
7502	245
7532	244
7542	244
7562	247
7572	245
7581	248
7582	258
8582	245
8592	246
8653	264
8663	263
8853	264

ㄱ

가로식 대표	225
가수훈	166, 167
가을차	100
가이흥	133
가이흥차장	30, 75, 169, 171
가포	24
강서만	28
강성	17
강장차창	158, 237
개완	310
개토귀류	149, 150
거름망숟가락	295
거풍	128
건조	82
건창차	124
건평대	294
검여차관사	138
겨울차	101
결구	315
겸강	48
경곡	17, 18, 20, 52

경곡소엽차	53	교목형	93
경곡현	54	구감	306
경동	17, 20	국경	49
경동현	51, 52, 53	군체종	24, 48
경매	18, 55	궁정보이	259
경매차산	66	금계림	53
경발효 숙차	89	금정	52
경홍	21	금치국	144
경홍맹송	41	금화	126
경홍시	19, 30, 41	기계분류	84
계비	46	기계살청	79
고냥채	34	기낙산	30
고수차	28, 30, 95	기낙족	30, 37
고죽산	54	기퇴	88
고진	19	긴압차	27, 28, 71, 73
고차수	95, 133	긴차	73, 74
고탈	28	꽃향	302
곤록산	17, 48		
곤명	133		
곤명차창	233		
곤통형	79		
골동차	130, 131, 132, 133		
공도배	313	ㄴ	
공평	53	나동	57
과도기형	94	나무향	304
과도기형 차나무	57	나오	59, 60
과식살청	79	나오노채	61
과일향	303	나오신채	61
관굉	48	나카	33
관돌산낭균	126	나헌	46
관목형	93	낙수동	19, 21, 23
괄풍채	19, 21, 23	낙첩	50
광별노채	37	난꽃향	302
광운공병	216, 217	남간	36

남나산	19, 21, 34, 154
남나산 실험차창	173, 177, 178, 180, 183, 184, 185
남나산실험차창	35
남박	59, 60, 62
남박노채	63
남본	33
남인	275
남인철병	277
남전	57
남조국	51, 141
남조패	262
납호족	37, 57, 60, 64
내비	133, 226
내표	133, 226
넓적나무좀	122
녕이	17, 48
노단	36
노만아	19, 38, 39, 40, 41, 154
노반장	38, 39, 66, 154
노수원차	266
노수차	95
노주방	55
노주훈	207, 210, 211, 212, 214
노차	132
노차수	95
노창복덕	51
녹대수	256
녹대수타차	257
녹인	249

ㄷ

다동	45
다루	313
다시	312
다의채	34
다침	312
다판	313
다포	313
다하	312
단백질	283
단산	54
단주차	60, 103
당류	285
대리	156
대리국	51
대리차	48, 66
대리특구	15
대만여	33
대맹룡맹송	42
대맹송	19, 21, 33
대먀다	45
대설산	16, 58
대안	33
대엽녹차	44
대우다업	21
대익다업집단	39, 42
대익패	255
대자녹인	276
대지차	24, 94
대차수	95
대추향	304
대칠수	23

대표	224
독수차	103
동경하	23
동경호	133, 192, 193, 194, 196
동과	67
동과대채	68
동창호	196, 198
동흥호	133
두문수	160, 161, 162, 163
등인	255

ㄹ

란창	17
란창시	55
리흥룽	270
린편	107

ㅁ

마등	50
마율수	24, 25
마이크로 웨이브 살청기	80
마탁	30
마흑	19, 21, 23
만가파감	41
만공	24, 25
만궁	19

만나	32, 38, 41
만나차산	32
만납	23
만농노채	37
만농신채	37
만닙	37
만림	26
만만	53
만매	37, 42
만방	37
만산	41
만살	22, 23
만서	139, 140, 141
만송	19, 24, 25
만송 고수차	25
만수	19, 23
만신용	38
만아	28
만와과	41
만장	26
만전	19, 21, 22, 26
만전차	27
만천노채	41
만파	45
만파륵	42
망경	18, 55
망녹산	65
망지	19, 22, 28
망지차산	150
망홍	55
맹고	16, 52
맹고18채	58
맹고 대설산	66, 67
맹고대엽종	58, 63

맹고대엽차	53, 113
맹납	19, 21
맹납현	19, 23, 24, 26, 27
맹련	17
맹리	45
맹본	55
맹송대채	41
맹송차산	33
맹송향	33
맹왕촌	32
맹차	21
맹해	19, 133, 154, 165, 167
맹해대엽차	114
맹해맹송	33
맹해차구	20
맹해차창	19, 34, 35, 39, 130, 182, 235
맹해현	19, 32, 33, 34, 36, 37, 42
멍바라나시	18
면지	227
몽사만	140, 141
묘서산	41
무량산	48, 52
무량산 군체종	53
무성생식	107
무지홍인	274
묵강	17, 20
묵강현	46
문동	54
문련	54
문산	54
문소	54
문향	317
문혁전	251
물리소식	146

미생물 접종법	88
미제	46
미지	47
민복	51

ㅂ

박별	50
박하당	19
반교목형	93
반생반숙	76
반장	21
반장지구	19
반중	44
반파채	34
반포	46
발마채	35
방매	51
방분노채	37
방위	18, 51, 56
방위노채	57
방위신채	56
방차	73, 75
방품	129, 131
방해각	110
방향물질	285
백맹우	175, 177, 183
백모차	48
백상	126
백차원	19
백판차	271

버섯향	304	봉차	317
번압차	272	불해	74
번창	127	불해차창	130, 182
번퇴	85	비타민	286
번퇴해괴	86	빙도	16, 58, 59
벌꿀향	304	빙도노채	61, 64
벽승	44	빙도장엽차	118
변경차	273		
병급 타차	260		
병배차	103		
병차	71, 73		
보당	33		ㅅ
보산	15, 20		
보산시	14, 20	사모	17, 136
보염패	237, 259	사탕수수향	303
보이	133	사토노채	30
보이부	147, 148	산차	73
보이시	16, 17, 20, 32, 44	살청	78
보이입궁	315	삼합사	19, 21, 23
보이차주	274	삼향	305
보이현	136	상검	253
보차	136, 145	상명향	24, 26, 27, 28
복원창	188	상원차창	21
복원창호	133, 187, 189, 190	상차	314
복전	71	생엽	77
복전차	126	생진	308
복족	23, 35, 39	생차	72
복퇴	86	생태차	94
복화호	212	서맹	17
복흥차창	233	서살	48
본초강목습유	152	서쌍판납	18, 19, 32, 35, 136, 149
봄차	98	석귀	16, 65
봉경	58	석귀촌	65
봉경대엽차	53, 114	석두	45

석두채	34	습공		24
선빌	84	습열작용		82
설인	253	습창차		124, 125
성공사	232	습평대		294
성차사	232	시계		295
세로식 대표	225	신당		46
소경곡	54	신무향		46
소교목형	93	신반장		38, 40
소녹엽선	120	신발		27
소녹인	248	심평		292
소맹송	19, 21, 41	심평배		294
소법타	262	심평완		294
소수차	94	쌍강		58
소자녹인	276			
소차수	94			
소패	57			
송빙호	133			
송학패	158			
송학패 1급타차	261			
쇄청	82	아구채		34
쇄청모차	16, 27, 28, 72	아미노산		283
쇄청차	15	아엽		77
수공분류	84	아포		108
수공살청	78	악퇴발효		73, 85
수공유념	81	안남		139
수남인	268	안락촌		27
수립공차	44	안소		53
수유차	146	안토시아닌		282
숙차	73	알룩		50
순녕	15, 20	알칼로이드		284
순녕차창	180	암두		53
순료	133	앙림		28, 29
순료차	102	애니족		35, 36, 41, 48
숲속향	304	애뢰국		14

ㅇ

애뢰산	44	운남긴차	267
야생형	94	운남대엽종차	70
야생형 차나무	57	운남지략	142, 144
양차반	294	운남칠자병차	130, 228
어엽	108	운남통지	145
여름차	100	운반	54
여명차창	241	운생상	168
여복생	188	운생상차장	170
여세고	188, 190	운항10호	50, 115
연주진	44	운항14호	116
엽기	107	운해원차	265
엽병	107	운현	15, 20, 58
엽연	107	원강나차	118
엽저반	295	유념	80
엽첨	107	유락	19, 21, 22, 30
엽편	107	유락인	30
영기차창	206, 207, 209, 211, 212	유락차산	37
영덕	16, 58	유성생식	106
영창상	76, 157, 158	유진양	193
온죽	53	육대차산	19, 22, 23, 27, 29
옹기	55		30, 31, 50, 187
옹와	55	육보차	71
외비	227	육우	138
외창	51	윤다	315
용계	44	은생성	140, 141
용동	53	은생차	136
용봉단차	71	의방	19, 21, 22, 24, 25, 27, 30
용빈	45	이무	19, 21, 23, 30, 50
용생현	147	이무고진	23
용장	45	이무녹아차	117
용주차	121	이무차구	21
용파	30	이비	19, 21, 23
용패	45	이운생	168
우곤당	29	이족	50

이창	51
이창호	270
임창시	15, 20
임창지구	16
입창	127

ㅈ

자대익	256
자모충	120
자사호	310
자아차	282
장당계	165, 168
장랑	42
장랑촌	42
장미대익	256
장엽백호	50
장족	161
장향	305
재배형	94
재배형 차나무	57
저울	295
전남신어	152
전략	145
전방	50
전차	30, 73, 74
전해우형지	149, 153
전홍	15
정가채	23
정두	53
정산	23

정파	53
조수	85
좀벌레	121
주간	92
주맥	107
주문경	169
주전자	296
죽각충	122
죽림채	34
중국다엽공사	181, 182
중차간체자	251
중차패	130
중차패갑급타차	259
중차패 을	260
중창	51
지계	58, 60, 61
지계노채	62
지방군체품종	93
진강	15
진승복원창호	21
진엽	109
진원	17, 20
진향	73, 303
짐차	316

ㅊ

차갈소	73, 288
차고	152
차마고도	47, 136, 137
차마교역	138

차마사 138

차마호시 137

차벌레 121

차색소 286

차수왕 119

차 숟가락 296

차왕수 119

차인 147

차 폴리페놀 280

차홍소 287

차황소 287

창녕 20

창원 58

채엽 77

채원 44

천가채 17

천량차 71

천문산 19

청하 53

청향 302

출탕 316

충시차 121

충포 315

측맥 107

층차감 307

치방 27

칠자병차 147, 148

칠자철병 250

칠자황인 249

ㅋ

카테킨 280

ㅌ

타강 76

타차 73, 76, 155, 157, 158, 159

탄방 78

탄화 85

탕질 307

태족 55, 138, 146

토차통 296

통관 45

통표 226

퇴창 128

ㅍ

파달 19, 21, 42, 154

파달산야생차 258

파사 19, 36

파사노채 36

파사신채 36

파사중채 36

파외 59, 64

파표 30

판산	17
팔총채	26
패몽	33
페놀산	282
포다법	314
포랑산	19, 21, 38, 40, 41, 42, 154
포랑족	39, 42, 55, 56, 146
플라본	282

ㅎ

하개	19, 37, 154
하관	133
하관차구	20
하관차창	155, 159, 237
하관차창 송학패	261
하관차창 포병	263
하저	51
항춘차장	165, 168
항풍원차장	54
해괴	128
혁등	19, 22, 27
혁등차산	28
혜민호	201, 202
호급차	23, 131, 132, 133
혼채	60
혼채차	102
홍건기	83
홍기차장	75, 168, 170
홍대칠자병	249
홍방	83

홍인	130, 249
홍인산차	272
홍청	83
홍태창	269
홍토파	28, 29
화련청전	266
화평	50
활죽량자	33
황가진	196
황문흥	196
황인	249
황인타차	250
회감	307
회족	160, 161
회첨	307
흑모차	71
흑전	71

참고문헌

『茶葉生物化學』, 中國農業出版社, 2003

『茶樹栽培學』, 中國農業出版社, 2008

『茶葉審評與檢驗』, 中國農業出版社, 2010

『制茶學』, 中國農業出版社, 2020年

『茶樹育種學』, 中國農業出版社, 2005

『植物學』, 中國農業出版社, 2012

『中國茶葉大辭典』, 中國輕工業出版社, 2015

吳疆, 『普洱茶營銷－七子餅鑒茶實錄』, 雲南美術出版社, 2016

吳疆, 『普洱茶營銷』, 雲南美術出版社, 2010

鄒家駒, 『漫話普洱茶』, 雲南美術出版社, 2005

楊凱, 『茶莊茶人茶事 : 普洱茶故事集』, 雲南出版集團公司 晨光出版社, 2017

楊凱, 『號級古董茶事典』, 2012

大滇飛揚, 『大滇說茶1001夜』, 九州出版社, 2012

龔加順·周紅傑, 『雲南普洱茶化學』, 雲南科技出版社, 2011

龔加順·周紅傑, 『普洱茶與微生物』, 雲南科技出版社, 2012

邵宛芳·周紅傑, 『普洱茶文化學』, 雲南出版集團, 雲南人民出版社, 2015

詹英佩, 『中國普洱茶古六大茶山』, 雲南美術出版社, 2006

詹英佩, 『普洱茶原産地西雙版納』, 雲南科技出版社, 2007

詹英佩, 『茶出銀生城界諸山一無量山』, 雲南科學技術出版社, 2018年

石昆牧, 『經典普洱－名詞釋義』, 中央編譯出版社, 2013

石昆牧, 『經典普洱』, 中央編譯出版社, 2012年

鄧時海·耿建興, 『普洱茶續』, 雲南科技出版社, 2005年

曾致賢, 『方圓之緣一深探緊壓茶世界』, 2001

보이차에 관해 알아야 할 모든 것

쉽게 정리한 보이차 사전事典

초판 2쇄 발행 2023년 05월 30일
초판 1쇄 발행 2021년 09월 15일

지 은 이   신광헌 ⓒ 2021

펴 낸 이   김환기
펴 낸 곳   도서출판 이른아침
주   소   경기도 고양시 덕양구 삼원로 63 고양아크비즈 927호
전   화   031-908-7995
팩   스   070-4758-0887
등   록   2003년 9월 30일 제313-2003-00324호
이 메 일   booksorie@naver.com

ISBN 978-89-6745-123-3 (03810)